1. Kapitel

Irgend etwas flog summend und flügelschlagend gegen Ted Pikuls Brust. Wahrscheinlich ein Insekt, dachte er. In Gedanken versunken, versuchte Pikul das Tier zu verscheuchen und strich mit den Fingern irritiert über sein gestärktes Hemd. Im Dunkeln konnte er nicht erkennen, ob es davonflog oder zu Boden fiel, aber immerhin hörte das ständige Flügelbrummen auf.

Pikul atmete die warme Nachtluft ein und sah sich zum zehnten Mal besorgt zwischen den Fahrzeugen um, die eng aneinandergedrängt auf dem unkrautüberwucherten Parkplatz standen.

Nur eine matte Lampe über ihm beleuchtete das Gelände und erzeugte einen großen, aber schwachen Lichtkreis um die Wagen, die dem Eingang zu der alten Kirche am nächsten standen. Es waren fast alles Fahrzeuge, wie man sie in jeder beliebigen Kleinstadt finden konnte: hauptsächlich Pritschen- und Lastwagen voller Matsch oder Rost, und an vielen hielten nur noch ein paar Drähte Türen und Stoßstangen fest. Auf den Ladeflächen türmten sich große Rollen Maschendraht, formlose Plastiksäcke oder landwirtschaftliches Gerät.

Ein Fahrzeug hob sich aus dieser unscheinbaren Ansammlung heraus, ein glänzender neuer Landrover Defender 100 mit Überrollbügel, sieben Sitzen und einer Winde an der Vorderseite.

Hinter dem Steuer dieses Wagens saß eine Angestellte von *Antenna Research*. Sie hieß Frances McCarrigan, und Ted Pikul hatte die Anweisung bekommen, sich direkt nach seiner Ankunft bei ihr zu melden. Frances, eine Farmerin im Ruhestand, verdiente sich ab und zu ein paar Dollar, indem sie schwarz als Chauffeurin arbeitete. Sie hatte sein Eintreffen mit einem eher geistesabwesenden Blick zur Kenntnis genommen.

Schon wieder summte das komische Tier gegen Teds Brust. Argwöhnisch schlug er danach, doch dann fiel ihm siedendheiß das Pinkfon ein, das er in die Hemdtasche gesteckt hatte. Es vibrierte ein drittes Mal, als er es herausnahm. Mit dem Gerät in der Hand wandte er sich dem matten Licht zu, das durch die Kirchentür fiel. Das Pinkfon war so modern und sparsam gestaltet, daß oben und unten kaum zu unterscheiden war. Es handelte sich um die neueste miniaturisierte Bioware aus den modernsten modularen Thermoplasten, programmiert mit genetisch verbesserten Enzymschaltkreisen. Das Plastik war glatt und fühlte sich warm an.

Ungeschickt drückte er es an den Seiten zusammen, wie es ihm sein Chef Alex Kindred, Leiter der Öffentlichkeitsarbeit bei *Antenna Research*, gezeigt hatte. Lautlos dellte sich das Gerät unter seinem Griff ein, und ein diffuses rosa Leuchten breitete sich aus dem Inneren heraus aus.

»Äh – hallo?« sagte er in das, was er für die Sprechmuschel hielt.

»Pickel?« fragte eine Stimme scharf in seinem Ohr. »Ist da Theodore Pickel?«

»Äh, nein . . . ich meine, ja, ich bin's, ich bin . . .«

»Geben Sir mir Pickel. Den Wachmann. Warum zum Teufel ist er nicht dran?«

»Sir, ich bin's doch. Ted Pikul. Mein Name spricht sich ›Paikl‹.«

»Hier ist die Sicherheitsabteilung von *Antenna*. Sie sollten sich doch alle zehn Minuten melden! Was um alles in der Welt ist da los?«

»Hier ist alles ruhig, Sir.«

»Ist Allegra Geller schon aufgetaucht?«

»Ja, Sir«, sagte Pikul mit Blick auf den Landrover. »Sie nimmt gerade an der Software-Präsentation teil. Mit ... mit den anderen Vertretern von *Antenna*, Sir.«

»Sagen Sie bloß nicht Software dazu, Mr. Pikul! Wie lange sind Sie schon bei uns?«

»›Lang genug, die Leier zu kennen‹«, zitierte Pikul das Firmenhandbuch. »Es tut mir leid, Sir. Ich meinte natürlich, daß sie gerade das Spielsystem vorstellt.«

»Okay, wir von *Antenna* legen immer Wert auf Details. Sagen Sie mal, warum sind Sie denn nicht bei ihr, Pikul? Sie sollten doch auf sie aufpassen! Möchten Sie, daß wir Ihnen eine Ablösung runterschicken, weil Sie nicht klarkommen?«

»Nein, Sir. Ich habe alles im Griff. Ich habe mich an die Vorschriften gehalten, aber ich dachte, ich sollte vielleicht auch mal die Umgebung kontrollieren. Ich bin das Gelände abgegangen und habe mich davon überzeugt, daß alle unsere Sicherheitsmaßnahmen ausgeführt wurden. Ich wollte gerade zu Ms. Geller zurück, als Sie angerufen haben.«

»Gut. Melden Sie sich in zehn Minuten wieder. Haben Sie verstanden, Pikul?«

»Jawohl, Sir.«

Das rosa Licht verblaßte, und Pikul schob das Pinkfon vorsichtig in seine Hemdtasche zurück. Diesmal versuchte er, sich zu merken, wo oben und unten war. Wenn es das nächste Mal summte, wollte er nicht wieder so damit rumfummeln müssen.

Er zog den elektronischen Schlagstock aus seinem Gürtel und ging zügig zu der Schnellstraße auf der anderen Seite des Parkplatzes. Er blickte nach beiden Seiten. Zur Rechten, nach Süden, verschwand die Straße in unbestimmter Ferne; man konnte beim Licht des Halbmondes kaum etwas erkennen. Im Norden erhob sich eine gezackte Bergkette vor dem sternenbesäten Nachthimmel.

Die Nacht war warm, und von den weiten Feldern ringsum wehte ein lauer Wind herüber. Pikul betrachtete sehnsüchtig die fernen Berge und dachte an kühle Luft und kristallklare Bergbäche.

Weit und breit war kein herankommendes Fahrzeug zu sehen, stellte Pikul befriedigt fest. Allmählich beruhigte er sich wieder nach dem Anruf aus der Zentrale.

Er atmete noch einmal tief die aromatische Landluft ein, warf einen nachdenklichen Blick auf die Berge und lief zurück zu dem alten Kirchengebäude.

In der schlichten ehemaligen Dorfkirche fanden seit Jahren nur noch Tanzvergnügen, Gemeindeversammlungen, Wahlen und ab und zu eine politische Veranstaltung statt.

Pikul hatte gehört, daß *Antenna Research* gern an Orten wie diesem die Marktakzeptanz seiner neuen Produkte testete. Er lag weit draußen auf dem Land in einer Gegend, in der viele Benutzer von Spielesoftware lebten, der Saal war allen Bewohnern vertraut, die Miete war niedrig, und außerdem war es ein Ort, an dem sich die führenden Virtual-Reality-Spezialisten unauffällig versammeln konnten. Heutzutage konnte man nicht vorsichtig genug sein.

Das Innere der Kirche war gut beleuchtet, aber zusätzlich hatte man große Scheinwerfer herangerollt, um die Bühne zu erhellen.

Jenseits der Menge erspähte Pikul Allegra Geller. Sie war unauffällig gekleidet, bescheiden und konservativ.

Sie trug eine dunkelblaue Jacke über einem T-Shirt mit einem Aufdruck von *Antenna Research* und enge Jeans, die ihre wohlgeformten Beine zur Geltung brachten. Ihr Haar war lang und blond. Trotz ihrer einfachen Aufmachung verströmte sie eine Aura, die pure Intelligenz und Schönheit verhieß, wie sie auch stand, sprach oder dreinblickte. Als eine halbe Stunde zuvor die Leute von *Antenna* angekommen waren, war Ted ihr kurz vorgestellt worden, und er hatte sein Glück kaum fassen können, als ersten Auftrag in der Security ausgerechnet diese Frau bewachen zu sollen. Nicht nur für ihn war es ein erstes Mal. Obwohl sie berühmt war, hatte *Antenna* Allegra Geller nur selten in der Öffentlichkeit auftreten lassen, und außer durch ein paar kleine Fotos in Zeitschriftenartikeln, die in den vergangenen zwei Jahren sorgfältig gestreut worden waren, war ihr Gesicht so gut wie unbekannt. Daher war Pikul geradezu in Ehrfurcht vor ihr erstarrt, auch wenn sie bei der Vorstellung ein paar freundliche Worte zu ihm gesagt hatte. Bis jetzt hatte Pikul nie an seinem unseligen Talent gezweifelt, stets genau das Falsche zu sagen.

Er setzte sich auf den Stuhl neben dem Haupteingang und legte den Schlagstock auf den Schoß.

Während er draußen gewesen war, hatte sich die Temperatur im Saal erhöht; es war nicht nur einige Grad wärmer geworden, auch die emotionalen Ausdünstungen der Menge hatten sich deutlich gesteigert. Die Reaktionen waren durch einige aufwühlende Ansprachen und Firmendemonstrationen auf der Bühne mit Absicht angespornt worden. Jetzt war die Menge aufnahmebereit für die wichtigste Produktpräsentation.

Einer der leitenden Angestellten von *Antenna*, ein Mann namens Wittold Levi, knapp über vierzig, stand dem Publikum zugewandt an der Seite der Bühne. Er hatte ein Stück Kreide in der Hand. Neben ihm befand sich eine große Tafel auf drei Beinen.

Levi spielte mit den Erwartungen der Menge und weidete sich an den Wellen ihrer Aufmerksamkeit. Er wippte leicht auf den Fersen.

»*eXistenZ!*« sagte er plötzlich. »Der Name lautet *eXistenZ*!«

Er drehte sich zur Tafel und schrieb mit schnellen, hämmernden Bewegungen das Wort in großen Buchstaben darauf. Dann buchstabierte er es langsam und klopfte mit der Kreide auf jeden einzelnen Buchstaben.

»Schreiben Sie es immer so«, sagte er. »Kleines e, großes X, am Ende ein großes Z.« Er wandte sich wieder zum Publikum. »*eXistenZ* ... das ist neu, das ist heiß, ein Produkt von *Antenna Research*, und jetzt ist es hier.«

Alle jubelten und klatschten begeistert, und Levi hob den Kopf, damit das Licht der beiden Scheinwerfer genau auf sein Gesicht fiel und es wie von innen heraus aufleuchten ließ. Er warf der Menge einen herausfordernden Blick zu: Einige saßen immer noch in den hölzernen Bankreihen oder auf den unbequemen Plastikstühlen, die für diesen Abend hingestellt worden waren, doch die meisten hatten sich bereits erhoben.

Unter anhaltendem Applaus entfernte sich Levi von der Tafel und ging gemessenen Schritts auf die andere Seite der Bühne. Er hielt inne, drehte sich um, betrachtete das erwartungsvolle Publikum wohlwollend und ging dann zurück in Richtung Tafel. Er teilte es sich so ein, daß er beim Abebben des Jubels und Klatschens wieder genau an seinem Ausgangspunkt stand.

Hinter ihm, auf der anderen Seite der Bühne, bauten zwei junge Assistentinnen vorsichtig zwanzig oder mehr Plastikmodule auf. Beide waren offenbar aufgrund ihrer hübschen Gesichter ausgesucht worden und weil sie die schicke Freizeitkleidung im Corporate Design gut zur Geltung brachten. Aus Pikuls Perspektive von ganz hinten sahen die Module ein bißchen so aus wie hochtechnisierte Skistiefel.

Levi hob die Hand, und völliges Schweigen senkte sich über den Saal.

»Ich heiße Wittold Levi«, sagte er mit deutlicher Aussprache. »Meine Freunde sagen Witt zu mir . . . Tun Sie das doch bitte auch. Ich bin der Projektmanager für *eXistenZ* und verantwortlich für Entwicklung und Vermarktung.« Er hob die Hand, schützte seine Augen vor dem Scheinwerferlicht und blinzelte einigen Leuten im Publikum zu. »Ich sehe einige bekannte Gesichter unter Ihnen . . . doch das macht nichts. Sie können sich trotzdem den Rest der Vorstellung ansehen.«

Das Publikum reagierte mit einem freundlichen Lachen, viele hatten Witt schon bei anderen Präsentationen erlebt.

»*Antennas* Hauptziel ist die Käuferbindung, und deswegen sind wir heute abend hier. Wir brauchen Sie, Sie alle, um unser Produkt zu testen. Wir bilden ein Team. Diejenigen unter Ihnen, die schon einmal zu unseren Seminaren eingeladen worden sind, wissen, daß ich Sie jetzt normalerweise selbst mit unseren neuen Spielen bekannt machen würde. Heute abend soll jedoch *eXistenZ* vorgestellt werden, und das ist etwas ganz Besonderes. Um Ihnen zu zeigen, wie außergewöhnlich das ist, haben wir Ihnen eine Seminarleiterin mitgebracht, die man nur als . . . einzigartig bezeichnen kann.«

Eine Welle der Erregung lief durch die Menge; die Menschen bebten vor Erwartung.

Ein junger Mann, der neben Pikul stand, flüsterte aufgeregt mit seinem Freund. »Ich kann's nicht fassen! Die haben sie doch nicht etwa hierhergebracht! Hierher!«

Das Gesicht seines Kumpels glänzte vor Schweiß, und seine Kiefermuskeln zuckten.

»Ich weiß nicht«, sagte er. »Ich hab' schon seit Wochen Gerüchte gehört. Mann, ich hoffe, sie sind wahr! Aber Allegra Geller in diesem Kaff?«

Pikul warf einen Blick auf Allegra Geller, die an den langen Tisch mit Erfrischungen und Knabbereien getreten war. Sie nahm sich ein Plätzchen, zeigte aber sonst keine Reaktion.

Witt grinste spitzbübisch über das Geflüster und die Spekulationen, die sich im Raum breitmachten.

»Es stimmt!« sagte er und hob die Hände, als wollte er den Segen erteilen. »Die größte Spieledesignerin der Welt ist heute abend persönlich anwesend. Sie haben die Ehre, von ihr selbst, von ihr persönlich mit ihrer neuesten Schöpfung bekannt gemacht zu werden. *eXistenZ* von *Antenna Research* ist da ...«

In der ersten Reihe fielen zwei Leute auf die Knie, ihre Gesichter glühten vor Aufregung.

»Meine Damen und Herren, heute abend präsentiere ich Ihnen ... die Göttin der Gamepods – Allegra Geller!«

Witt sprang von der Bühne und drängte sich zwischen den beiden Knienden durch. Zielstrebig, aber höflich bahnte er sich einen Weg durch das Gedränge. Alle machten ihm Platz, denn ihnen war klar, daß gleich etwas Wunderbares passieren würde. Alle Blicke waren auf ihn gerichtet.

Er ging geradewegs auf Allegra Geller zu, die sich gerade mit einem Finger über den Mund strich, um die Krümel zu entfernen.

Witt blieb mit einem wissenden Lächeln vor ihr stehen. Er nahm ihre Hand, drehte sich um und führte sie durch die Menge zurück zur Bühne. Ehrfürchtig traten alle beiseite, als sie vorbeikam, so als würde sich das Meer wie durch ein Wunder teilen. Sie hielt den Blick gesenkt.

Pikul stellte fest, daß das, was er bisher für eine Handtasche gehalten hatte, in Wirklichkeit eine Gamepod-Tasche mit einem langen Schulterriemen war, die bei jeder Bewegung an ihre Hüfte schlug. Scheinbar gelassen hatte sie ihre Hand daraufgelegt, doch Pikul fiel auf, daß sie die Tasche auf dem ganzen Weg durch das Publikum fest im Griff hatte.

Ihm wurde klar, daß die Ehrfurcht der Menge langsam auf ihn abfärbte und ihn von seinem eigentlichen Job, nämlich diese junge Frau zu beschützen, ablenkte. Er stand auf und ging zügig nach vorne, wo er sich gleich neben der Bühne aufbaute.

Allegra Geller folgte Wittold Levi zur Mitte der Bühne, immer noch Hand in Hand mit ihm. Die Scheinwerfer und die Reaktion ihrer Fans schienen sie zu verwirren. Etwas nervös lächelte sie bescheiden in alle Richtungen, und zumindest Pikul kam sie vor wie ein Abbild alles Guten, Weisen und Schönen der Welt.

Er starrte sie gebannt und aufmerksam an.

»Hallo allerseits!« sagte Allegra mit einem ungekünstelten Lächeln und kniff im grellen Scheinwerferlicht die Augen zusammen. »Ich bin Allegra Geller.«

Die Woge der Zuneigung und die pure Begeisterung des Applauses, die ihr entgegenschlugen, schienen sie förmlich umzuwerfen, denn sie geriet einen Moment ins Schwanken.

»Ich bin froh, daß heute abend so viele hierherkommen konnten.«

Das Publikum reagierte mit einem wohlwollenden Lachen. Es war ein Insiderscherz, von dem sie wußte, daß alle ihn verstehen würden. Und sie wußten, daß sie es wußte ... Wenn *Antenna Research* eine Geller-Produktpräsentation ankündigte, ließ man dafür sogar ein Essen mit dem Präsidenten ausfallen. Selbst wenn man nicht ahnte, daß Allegra Geller selbst anwesend sein würde.

»Lassen Sie mich gleich zur Sache kommen«, fuhr sie

nach einer kleinen Pause fort. »Die Welt der Spiele befindet sich in einer Art Trance. Die meisten Menschen sind darauf getrimmt, sich mit ziemlich wenig zufriedenzugeben, doch die Möglichkeiten sind enorm. Unendlich sogar.«

Sie ließ ihre Blicke ausdrucksvoll über das Publikum schweifen und verfolgte aufmerksam jede Reaktion. Die Menschen bebten geradezu vor Erwartung, so aufgeputscht, wie sie waren.

»Okay«, sagte Allegra. »Ich stelle fest, daß Sie genau dasselbe denken wie ich. Deshalb sind Sie hier. Sie haben wahrscheinlich erwartet, daß wir heute abend ein neues Spiel testen. Eines, das ich entworfen habe. Stimmt's?«

Zustimmung brandete auf.

»Es tut mir leid . . . Es gibt kein neues Spiel zu testen. Zumindest nicht im herkömmlichen Sinn.«

Die Sache fing an, ihr Spaß zu machen. Während viele vor Enttäuschung murrten, blickte Allegra kokett auf die rohen Planken der Bühne und zwinkerte vor Vergnügen.

»Nun, ich glaube, ich habe etwas viel Besseres für Sie! Mehr, als Sie erwartet haben. *eXistenZ* ist nicht nur einfach ein Spiel.« Die Aufmerksamkeit richtete sich wieder ganz auf sie. Sie ging auf und ab, um ihren Worten Ausdruck zu verleihen. »Es ist mehr als ein Spiel: Es ist ein ganzes System von Spielen. *Antenna Research* und ich haben es gemeinsam entwickelt – das *eXistenZ*-System von *Antenna* –, und dazu gehört eine ganze Reihe neuer Spielzeuge. Neuer Erfahrungen. Neuer Herausforderungen. Neuer Erkenntnisse, nicht nur über die wirkliche Welt, sondern auch über Ihr eigenes Inneres. Heute abend gehören Sie zu den allerersten Menschen der Welt, die dieses neue System ausprobieren.«

Witt trat vor, die Kreide in der Hand.

»Ganz recht«, sagte er über den Lärm hinweg. »Ich kann nur bestätigen, was Ms. Geller gesagt hat. Über das neue Spielsystem von *Antenna Research* werden Sie noch eine ganze Menge hören. Es heißt MetaFlesh.«

Er wandte sich um und kritzelte die Buchstaben genauso schwungvoll wie zuvor auf die Tafel.

»Es wird so geschrieben«, sagte er und tippte auf die Buchstaben. »Machen Sie es gleich von Anfang an richtig. Ein Wort. Großes F in der Mitte. Aus MetaFlesh besteht unser neues Spiel – das MetaFlesh-Gamepod, nur von *Antenna Research.* Es läßt sich mit jedem Bioport im Industriestandard verbinden.« Er wiegte sich gespielt verführerisch in den Hüften und warf der Menge einen wissenden, sinnlichen Blick zu. »Mir ist klar, daß Sie alle mit Bioports ausgestattet sind, denn sonst wären Sie ja nicht hier ...«

Das gefiel ihnen. Der Besitz eines Bioports war offensichtlich die Eintrittskarte zu einem ganzen Bereich sinnlicher Erfahrungen, über deren Reize diejenigen, die sich noch keinen Bioport hatten anpassen lassen, nur spekulieren konnten.

Menschen wie Pikul zum Beispiel, der auch noch nicht mit einem Bioport ausgerüstet war. Er funkelte die Menge an und faßte seinen Schlagstock fester.

Witt sprach weiter. »... MetaFlesh verwendet zwar den Standardport, aber das Verbindungsmodul selbst ist völlig anders. Wir nennen es ...«

Er drehte sich zur Tafel und schrieb ein Wort mit großen Buchstaben.

»Wir nennen es UmbyCord«, sagte Witt und deutete wieder auf die Buchstaben. »Ein Wort, das so geschrieben wird. Großes C in der Mitte. Merken Sie sich das gut, denn in den nächsten Monaten werden Sie noch eine Menge über den UmbyCord hören.«

»Das kommt von *umbilicus*, dem lateinischen Wort für Nabel, stimmt's?« ertönte es aus der ersten Reihe.

»Genau«, sagte Witt. »Sie ahnen schon, was Meta-

Flesh und UmbyCord zusammen bewirken können. Sie werden auch feststellen, daß Sie noch nie etwas so Unterhaltsames oder Revolutionäres wie das hier ausprobiert haben. Heute abend werden Allegra und ich Ihnen einen Teil davon zeigen. Es handelt sich dabei nicht nur um eine kostenlose Demonstration, sondern sie erfolgt auch *völlig ohne Kaufzwang*. Wir sind jedoch alle sehr zuversichtlich, daß Sie sich dafür entscheiden werden.«

Während das Publikum wieder lachte, deutete er schwungvoll auf die zwei Assistentinnen hinter sich und Allegra. Sie hatten die seltsamen Geräte auf dem Tisch auf der Bühne aufgestellt und standen nun aufmerksam an je einem Ende des Tisches.

»Sind die MetaFlesh-Gamepods von *Antenna Research* bereit?« fragte Witt laut.

»Ja, Mr. Levi!« sagte die eine, und die andere wiederholte: »Ja, Mr. Levi!«

»Und wie viele der kostbaren Prototypen haben wir mitgebracht, damit unsere Freunde hier heute abend die MetaFlesh-Gamepods von *Antenna Research* ausprobieren können?«

»Einundzwanzig, Mr. Levi«, sagte die Assistentin, die Pikul am nächsten stand. Ihm fiel auf, daß ihr hübsches Gesicht einen besorgten Ausdruck zeigte. Ganz offensichtlich war das nicht die Antwort, die Witt erwartet hatte.

Sein Gesicht verdüsterte sich, und er trat näher zu der jungen Frau.

»Nur einundzwanzig?« sagte er zwar leise, doch so, daß Pikul es hören konnte. »Ich dachte, Sie hätten genau zwei Dutzend eingepackt.«

»Ja, Sir«, flüsterte sie. »Aber die ersten drei, die wir ausgepackt haben, waren ... ich weiß nicht, wie ich's beschreiben soll.«

»Unbrauchbar?«

»Eher . . . ungesund, Sir.«

»Und die anderen sind in Ordnung?«

»Wir denken, daß der Rest sauber ist.«

»Das sollten sie auch sein«, knurrte Witt. Doch als er sich wieder dem Publikum zuwandte, strahlte sein Gesicht wie zuvor. »Ich habe mich vergewissert!« rief er. »Wir haben tatsächlich einundzwanzig, genau einundzwanzig Prototypen des MetaFlesh-Gamepods heute abend startbereit für Sie. Das bedeutet, daß wir für die erste Testrunde einundzwanzig Freiwillige brauchen. Sie müssen nicht viel tun – Sie vernetzen sich einfach und klinken sich so in das Spiel ein, mit der persönlichen Hilfe der Göttin der Gamepods . . .«

Allegra lächelte schüchtern, doch der Saal tobte bereits. Alle stürmten nach vorn und streckten die Arme aus, drängten sich am Bühnenrand, flehten Witt an, er möge sich doch für sie entscheiden.

Pikul trat einen Schritt vor, weil ihm einfiel, daß er Allegra unter allen Umständen zu schützen hatte. Doch sofort wurde ihm klar, daß seine eigene Sicherheitsausrüstung lediglich aus einem elektronischen Schlagstock unbekannter Schlagkraft und einem Pinkfon aus Plastik bestand.

Er hoffte, daß Wittold Levi und seine Assistentinnen die Lage fest im Griff hatten. Für sie war es schließlich nicht das erste Mal.

2. Kapitel

Mehrere Minuten lang herrschte Chaos im überhitzten Saal. Die wogende Menschenmenge versuchte, auf die Bühne zu gelangen, während Pikul Witt und den Assistentinnen half, sie daran zu hindern. Der Enthusiasmus war friedlicher Natur, doch es schwang ein deutlicher Anklang von Fanatismus und besessener Entschlossenheit mit, denn jeder wollte zu den einundzwanzig gehören, die die Ehre hatten, sich mit Allegra Geller in das neue Spiel einzuklinken.

Endlich kehrte wieder etwas Ordnung ein, und Witt gelang es, die Menge in vier mehr oder weniger gleich lange Schlangen einzuteilen. Aus den eifrigen Freiwilligen wählten er und seine Assistentinnen die einundzwanzig Privilegierten aus. Ihr System der zufälligen Auswahl beruhte auf dem dritten Buchstaben des Nachnamens: Die ersten einundzwanzig im Alphabet durften auf die Bühne kommen. Als sie es einmal verstanden hatten, akzeptierten alle dieses System, ohne zu murren, und bald waren die meisten wieder auf ihre Plätze zurückgekehrt. Die glücklichen Freiwilligen warteten indes darauf, mit ihrer Spielausrüstung ausgestattet zu werden.

Die Assistentinnen öffneten die schweren Schnappverschlüsse an den skistiefelähnlichen Plastikmodulen und klappten die Schalen auseinander. Darin befand sich, durch eine Styroporhülle geschützt, jeweils ein Meta-

Flesh-Gamepod. Sie ähnelten bleichen, lebendigen Nieren, nicht nur in Form und Größe, sondern auch in der Wärme und Elastizität ihrer Oberfläche.

Im »Zeh« des Stiefelmoduls lag zusammengerollt der dazugehörige UmbyCord, ein langer, durchsichtiger Schlauch, gefüllt mit einer klaren, zähen Flüssigkeit. Er war an der Oberfläche knubbelig wie Muskelgewebe und darunter von roten und blauen Adergefäßen durchzogen. Seine Y-Form lief an allen drei Enden in Verbindungsstecker aus.

Als die Freiwilligen Gamepod und Schlauch bekamen, versanken sie in nachdenkliches Schweigen und hielten die bizarre Ausrüstung ehrfürchtig und andächtig in den Händen. Sie wurden gebeten, in einem Halbkreis von zweiundzwanzig Stühlen Platz zu nehmen, der dem Publikum zugewandt war.

Sie bekamen Anweisungen, wie sie sich hinsetzen und das Gamepod auf dem Schoß halten sollten. Dann wurden die UmbyCords zur vollen Länge ausgerollt und mit einem Ende in den Anschluß an der Seite des Gamepods gesteckt, worauf sich ihre Oberfläche zu wellen begann.

Beim ersten Mal reagierten die Freiwilligen noch überrascht. Der Mann, der das erste Gamepod erhalten hatte, schob seinen Stuhl heftig zurück, hielt es mit einer Hand fest und versuchte mit der anderen, das andere Ende des UmbyCords in den Bioport zu stecken, der sich auf seinem Rücken befand.

Es war nicht leicht für ihn, das selbst zu machen, daher kam ihm schnell eine Assistentin zu Hilfe.

Andere Spieler knöpften ihre Hemden auf oder zogen den Pullover aus dem Bund.

Pikul beobachtete das alles fasziniert.

Plötzlich fing eine junge Frau, die dem ersten Mann gegenübersaß und ihr Gamepod noch nicht bekommen hatte, zu stöhnen an. Ihr Gesicht glänzte vor Schweiß, und die Haare klebten ihr unordentlich an der Stirn.

»O Gott!« sagte sie leise und erregt. »O mein *Gott*!«

Sie erhob sich ebenfalls. Ihre Augen wurden glasig. Hektisch zerrte sie an ihrer Bluse herum, daß die Knöpfe absprangen, streifte sie ab und schleuderte sie von sich. Dann griff sie hinter sich und streichelte mit den Fingerspitzen den Bioport, der erwartungsvoll an ihrem Rükken glitzerte. Die Leidenschaftlichkeit ihrer plötzlichen Erregung trieb ihr den Speichel in den Mund.

Schnell trat eine Assistentin zu ihr, drückte sie wieder auf den Stuhl, holte die zerrissene Bluse und zog sie ihr geschickt über. Die junge Frau stöhnte weiter, und die Assistentin zauberte ein feuchtes Tuch hervor, das sie ihr als kühlende Kompresse auf die Stirn legte. Nach und nach beruhigte sich die Freiwillige wieder.

Pikul dachte sich, daß Witt und seine Leute diese oder ähnliche Situationen schon oft erlebt hatten und gut auf die Reaktionen der Menschen vorbereitet waren.

Er beugte sich vor und betrachtete den Bioport am Rücken der älteren Frau, die ihm am nächsten saß. So etwas hatte er bisher nur auf Bildern in Zeitschriften oder im Fernsehen gesehen.

Der Eingang bestand aus fleischfarbenem Weichplastik und war irgendwie direkt in die Wirbelsäule eingebettet, dicht über der Gürtellinie. Schon aus wenigen Zentimetern Entfernung war er kaum noch erkennbar und wirkte eher wie eine verblaßte Operationsnarbe. Von nahem betrachtet konnte man sehen, daß er aus hervorragend gestaltetem künstlichem Fleisch gearbeitet war, das mit dem menschlichen Körper verschmolz. Der Eingang selbst war ein kleines Loch, etwa vom Durchmesser des kleinen Fingers eines Erwachsenen. Als die Frau auf ihrem Stuhl hin und her rutschte, fiel Pikul die Anordnung der elektronischen Verbindungen innerhalb des Bioports auf, die im Licht der hellen Scheinwerfer glitzerten.

Witt und seinen Assistentinnen gelang es schließlich, wieder für Ruhe zu sorgen. Alle Freiwilligen setzten sich in den Halbkreis; die UmbyCords liefen ihnen um die Taille oder über die Schulter und waren mit dem Gamepod auf ihrem Schoß verbunden.

Jedes Gamepod bebte und wellte sich.

Als alle saßen, nahm Allegra Geller auf ihrem Stuhl in der Mitte Platz. Wittold Levi wieselte mit übertriebener Fürsorge um sie herum und nahm ihr jeden Handgriff ab. Als Allegra saß, klappte sie sehr behutsam ihre Tasche auf und nahm das Gamepod heraus.

Nacheinander schlossen die Spieler die noch übrige Verbindung ihrer Geräte an die zentrale Einheit an, die mit Allegras eigenem Modul verbunden war – dem Netzwerk-Gamepod von *Antenna Research*.

Dann wurde Pikul abgelenkt.

In der Nähe der Tür war Unruhe aufgekommen. Er mußte sich von Allegra und den anderen losreißen, um nachzusehen, was dort geschah.

Jemand versuchte, sich Zugang zum Saal zu verschaffen, und wurde daran von einer Gruppe Männer aus dem Publikum gehindert.

Pikul kniff die Augen zusammen und suchte am Griff seines elektronischen Schlagstocks den Schalter, während er sich durch die Menge drängte. Er aktivierte den Stock. Der Stock summte kurz auf und vibrierte dann sanft in seiner Hand. Pikul war sich nicht sicher, was der Stock alles konnte, sagte sich aber, daß er das gleich herausfinden würde.

3. Kapitel

Bei dem Eindringling handelte es sich um einen Mann von etwa Mitte Zwanzig in Bluejeans, weißem T-Shirt und glänzender Lederjacke. Er trug eine große Tasche aus Nylon und wirkte sehr aufgeregt, was zum einen jedoch nichts Ungewöhnliches in dieser Versammlung war und zum anderen auch daher rühren konnte, daß er sich an den Männern vorbeikämpfen wollte.

»Ganz ruhig!« sagte Pikul laut, als er näher kam. »Keine Panik. Zeigen Sie mir bitte Ihre Einladung, Sir.«

Der junge Mann streckte ihm eine Karte entgegen.

Pikul nahm sie und versuchte krampfhaft etwas darauf zu erkennen. Das war gar nicht so einfach: Es handelte sich nämlich um eine dieser Karten mit holographischem Paßbild und Erkennungsnummern in maschinenlesbarer Schrift.

»Was zum Teufel ist das?« fragte er.

»Eine Einladung von Ihnen, Sie Dummkopf!«

»Was?« Pikul sah genauer hin und stellte fest, daß er recht hatte. Das wackelnde Hologramm blieb endlich stehen und zeigte ein dreidimensionales Bild des Mannes vor ihm, ferner seinen Namen: Noel Dichter.

Nachdem geklärt war, daß Dichter hiersein durfte, spähte dieser besorgt an Pikul vorbei in den Saal. Er zerrte an dem Schultergurt seiner Tasche, um das Gewicht besser zu verteilen.

»O Gott«, sagte er. »Hoffentlich bin ich nicht zu spät. Habe ich das Einklinken schon verpaßt?«

Pikul war noch dabei, sich ein Bild von dem Neuankömmling zu machen. Er schien sich nicht von den anderen Teilnehmern zu unterscheiden, aber er verströmte eine nervöse Anspannung, die Pikul vorsichtig werden ließ. Er war sich nur allzusehr bewußt, daß *Antenna Research* Allegra Geller als unersetzliches Kapital betrachtete.

»Ja, sie haben schon angefangen«, sagte er. »Aber das ist erst die erste Gruppe. Sie können vielleicht noch in die zweite. Es wird den ganzen Abend dauern.« Pikul las noch einmal den Namen auf der Karte. »Okay, Noel Dichter, dann heben Sie mal die Arme. Ich muß Sie scannen. Metall und schwere Plastikmaterialien sind nicht gestattet.«

»Was soll das?« fragte Dichter ungläubig. »Waffenkontrolle?«

»Eher wegen Aufnahmegeräten«, meinte Pikul widerwillig. Er war ganz mit dem Schalter für den Strahlungsniveausensor an seinem Stock beschäftigt. »In diesen Spielen steckt eine Menge Geld. Industriespionage kommt schließlich auch mal vor, und ohne Ihnen zu nahe treten zu wollen, Mr. Dichter, wir wollen doch nicht, daß sie ausgerechnet hier vorkommt. Was haben Sie denn in Ihrem Koffer?«

»Ich habe mein eigenes Gamepod mitgebracht«, antwortete Dichter. »Es hat eine Original-Gewebestruktur von Marway. Ist vielleicht jetzt ein bißchen veraltet, aber ich dachte ... Auch wenn ich mir keins Ihrer Upgrades für *Antenna* MetaFlesh fünfzehn leisten kann, habe ich eine Methode für die virtuelle Verbindung entwickelt, von der ich hoffe, daß sie vielleicht ...«

»Ja, ja«, unterbrach Pikul, denn er verstand davon so gut wie gar nichts. »Sie werden es heute abend nicht brauchen, was auch immer es ist. *Antenna* hat alles Nötige bereitgestellt. Nennen Sie es Gastfreundschaft der Firma.«

Plötzlich erstarrte Dichter.

»Ich glaub's nicht!« rief er. »Ist sie es wirklich?«

»Wer ist was wirklich?«

»Die junge Frau auf der Bühne! Ist das Allegra Geller?«

»Ja«, sagte Pikul mit fast väterlichem Stolz. »Höchstpersönlich. Schon eine Wucht, was?«

»Was macht ein Star wie sie denn hier? Bei einer Produktvorstellung am Ende der Welt?«

»Wissen Sie, hier am Arsch der Welt leben die wirklichen Menschen. Die wahren Fans. Genau wie Sie, Noel.«

»Ja, klar, Sie haben's erfaßt. Genau wie ich.«

Dichter war sauber, daher sah Pikul keinen Grund, ihn weiter aufzuhalten, gab ihm den Koffer zurück und winkte ihn durch.

Dichter stürzte sich sofort in das Gedränge vor der Bühne.

Da Pikul nicht wollte, daß ohne seine Erlaubnis weitere Nachzügler hereingelassen wurden, schloß er die Tür ab und steckte den Schlüssel ein. Langsam ging er zurück und stellte sich neben Noel Dichter.

Auf der Bühne, in der Mitte des Halbkreises inzwischen miteinander verbundener Spieler, beendete Wittold Levi die Kontrolle der UmbyCord-Verbindungen und nickte Allegra Geller zu.

»Okay, alles in Ordnung, wie's scheint. Sind Sie soweit, Allegra?«

Sie wirkte aufgedreht, mit angespannter und erwartungsvoller Miene, und ihre Finger tanzten unruhig über den weichen Hügel ihres Gamepods.

»Klar«, sagte sie fast singend. »Das ist der Moment, den ich immer am spannendsten finde.«

Aufgeregtes Lachen durchlief die Menge. Witt stieg von der Bühne und mischte sich unters Publikum. Allegra warf einen Blick auf ihre Mitspieler.

»Ich starte gleich *eXistenZ* von *Antenna Research*«, sagte sie etwas stockend. Sie biß sich auf die Lippe und sprach wesentlich leiser weiter, so daß sich alle anstrengen mußten, sie zu verstehen. »Es wird in Sie alle heruntergeladen. Ich muß Sie warnen, es wird ein bißchen wild werden, aber ich bin ja bei Ihnen. In der realen Welt stehen unsere Assistentinnen bereit, falls es Schwierigkeiten geben sollte. Aber es wird schon nichts schiefgehen, denn es kann gar nichts schiefgehen. Denken Sie daran, es ist nur ein Spiel, eine Simulation. Bleiben Sie ruhig, egal, was passiert. Wenn es vorbei ist, bringe ich Sie alle sicher hierher zurück. Es wird Ihnen so vorkommen, als dauerte das Spiel ziemlich lange, aber das ist nur die subjektive Zeiterfahrung. In Wirklichkeit spielen wir nur ein paar Minuten.«

Wieder gab es Gelächter, aber diesmal nur unter den einundzwanzig Spielern auf der Bühne. Es klang nervös, denn die Menschen waren unsicher, was mit ihnen geschehen würde.

Flink strich Allegra mit dem Finger über eine zitzenähnliche Erhebung auf ihrem Gamepod.

Sofort schlossen alle Spieler die Augen und erstarrten. Ihre Hände, die auf den Gamepods in ihrem Schoß lagen, verkrampften sich kaum merklich; die Knöchel wurden weiß. Währenddessen begannen die Gamepods, rhythmisch zu pulsieren.

Pikul ging hinüber zu Wittold Levi.

»Allegra Geller kommt mir ein bißchen schüchtern vor«, meinte er leise. »Ich hätte nicht gedacht, daß so ein Star wie sie schüchtern ist.«

»Das mögen die Leute an ihr«, antwortete Witt. »Die meiste Zeit verbringt sie allein in ihrem Studio und entwirft Spiele. Ich glaube manchmal, daß sie am glücklichsten wäre, wenn sie um die Vorführungen ganz herumkäme.«

»Sie mag es nicht, wenn man sie anhimmelt?«

»Keine Ahnung. Egal, was sie sagt, um die Leute zu beruhigen, genau vor dieser Situation hat sie Angst. Sich mit ihren Fans zusammen ins Spiel einzuklinken. Sie sagt immer, daß es ihr zu nah ist, daß es ihr wie ein Eindringen vorkommt.«

»Warum tut sie es dann?«

Levi sah ihn an und grinste listig. »Man könnte sagen, daß wir sie dazu bringen.«

»Wir? Sie meinen *Antenna*, den Spielehersteller.«

»Genau.«

»Warum?« fragte Pikul.

Wieder sah Levi ihn an, aber diesmal grinste er dabei nicht.

»Ich kenne Sie nicht«, sagte er mißtrauisch. »Gehören Sie zu *Antenna* oder kommen Sie von einem unabhängigen Sicherheitsdienst?«

»Ich gehöre zu Ihnen«, sagte Pikul sofort. Obwohl er Witt insgeheim den Tonfall übelnahm, fischte er seinen Ausweis aus der Tasche und zeigte ihn vor. »Ich arbeite im Management-Trainingsprogramm von *Antenna*. Zur Zeit bin ich bei der Sicherheit, aber ich möchte später ins Marketing oder in die Öffentlichkeitsarbeit.« Er hielt den elektronischen Schlagstock hoch. »Um ganz ehrlich zu sein, über Sicherheit weiß ich eigentlich nur so viel, daß ich dieses Teil an- und ausschalten kann.«

Witt ging vor dem Stock in Deckung, denn Pikul hatte unvorsichtig damit herumgewedelt.

»Na gut. Dann wissen Sie ja auch, daß wir von Firmenseite ein Vermögen für die Entwicklung von *eXistenZ* ausgegeben haben. Wir alle wissen, daß es ein riskantes Projekt ist. Allegra Geller muß sicherlich noch einige Änderungen vornehmen, und Veranstaltungen wie diese hier sind fast die einzige Möglichkeit, ihr klarzumachen, daß es noch Probleme geben könnte.«

»Mit Problemen meinen Sie Bugs?« fragte Pikul. »Soll das heißen, daß in ihrem neuen Spiel Bugs sind?«

»In allen Spielen sind Bugs, aber wir können sie im Rahmen der Text-und-Bewertungsphase eliminieren. Obwohl *eXistenZ* natürlich mehr ist als nur ein Spiel.«

»Klar, es ist ein Spiel*system*. Sie haben das vorhin schon gesagt. Sie haben es sogar ziemlich betont.«

»In den oberen Etagen von *Antenna* sind ein paar Leute besorgt, daß *eXistenZ* ein zu intellektuelles Programm ist, viel zu komplex, abgedreht und abgehoben.«

»Und was glauben Sie?« wollte Pikul wissen.

»Ich bin davon überzeugt, daß es die heißeste Sache ist, die *Antenna* je herausgebracht hat, kommerziell gesehen. Und Allegra macht sich nichts daraus, als hochgestochen verschrien zu sein. Jedenfalls nicht, solange sie nicht ihren Fans gegenübersteht. Sie kommt nicht damit klar, persönlich abgelehnt zu werden, also karren wir sie ab und zu nach draußen an die Öffentlichkeit, damit sie selbst sehen kann, was Sache ist.«

»Ich hab' gehört, sie sei sehr empfindsam«, meinte Pikul bewundernd.

»Man kann schon sagen, daß das ihre Spezialität ist. Wir bezahlen Allegra Geller dafür, empfindsam zu sein.«

Ein eigenartiges, mehrstimmiges Summen erklang und breitete sich bis zur hohen, gewölbten Decke des alten Kirchengebäudes aus. Pikul und Levi wandten ihre Aufmerksamkeit wieder der Bühne zu, auf der die Teilnehmer im Takt ihrer pulisierenden, bebenden Gamepods mit den Oberkörpern vor und zurück schaukelten.

»Was passiert jetzt?« fragte Pikul leise.

»Das ist die neue Erkennungsmelodie von *Antenna Research*. Wir dachten, daß wir sie bei dieser Gelegenheit gut vorstellen könnten. Alle, die *eXistenZ* spielen, lernen auch die Melodie kennen.«

Pikul dachte bei sich, daß er zumindest versuchen sollte, ein guter Angestellter zu sein, und probierte loyal mitzusummen. Nach ein paar Takten gab er auf.

»Ein richtiger Ohrwurm«, sagte er.

Witt antwortete nicht, sondern fing auch an zu summen, wobei er die wichtigen Noten betonte und Pikul und alle anderen zum Mitmachen aufforderte. Bald summte der ganze Saal mit.

Alle außer Noel Dichter. Pikul, der sich bei allgemeinem Mitsingen nie ganz wohl fühlte, blickte sich nervös um und sah, wie der junge Mann, der an die Bühne herangetreten war, am Verschluß seiner Nylontasche herumfummelte. Als die Tasche sich öffnete, erkannte Pikul darin die fleischige Masse eines alten Gamepods. Zuerst dachte er, Dichter würde es herausnehmen, stellte dann aber erstaunt fest, daß der Mann seine Finger direkt in die elastische organische Substanz des Gamepods steckte.

Kurz darauf zog er die Hand wieder heraus und hielt darin einen kleinen, unregelmäßig geformten Gegenstand.

Auf den ersten Blick sah er aus wie der halbverrottete Kadaver eines kleinen Tieres, einer Ratte oder eines kleinen Hundes. Er bestand aus Knorpeln und Knochen mit pelzigen Fleischstückchen. Mit der freien Hand zog Dichter noch Stücke der gallertartigen Gamepod-Masse ab, die daran haftete. Dann hielt er sich den Gegenstand kurz vors Gesicht, als wollte er ihn untersuchen.

An der Vorderseite befand sich das knochige Maul eines Tieres, eine Art Schnauze, deren kleine Kieferknochen so fixiert waren, daß es offenstand. Dahinter wölbte sich ein knochiger Rückenschild, von den Fell- und Fleischresten fast verdeckt. Pikul erkannte mehrere kleine Knochen im Inneren, die wie die Hebel einer winzigen Maschine miteinander verbunden waren. Am Hinterteil, an dem Dichter es festhielt, ragte ein steifes Bein hervor.

Dichter hielt den Kadaver, als wäre er eine Handfeuerwaffe. Winzige Fußknochen formten den Abschluß des Griffs. Seine Finger krümmten sich um ein ausgerenktes Knie, als wäre es ein Abzug.

Er zielte mit dem Gegenstand auf Allegra Geller und stieg auf die Bühne.

»Er hat eine Knarre, eine gottverdammte Knarre!« schrie Pikul Wittold Levi zu und fuchtelte mit den Armen.

Witt schien in Extase zu sein und wiegte sich im Rhythmus der Firmenhymne, die den Raum erfüllte. Pikul ließ ihn stehen und stürzte sich in die Menge.

Dichter hielt die Kadaver-Waffe mit beiden Händen auf Allegra gerichtet und näherte sich ihr.

»Nieder mit *eXistenZ*!« schrie er. »Nieder mit *Antenna Research*! Nieder mit der gräßlichen Dämonin Allegra Geller!«

»Tun Sie es nicht!« schrie Pikul überflüssigerweise und kletterte auf die Bühne. Sein Schrei lenkte Dichter einen Moment lang ab. Der junge Mann blickte sich nach ihm um, wandte sich dann aber sofort wieder Allegra zu.

Er hob die Kadaver-Waffe.

Und schoß.

Eine laute Explosion ließ alle verstummen. Allegra Geller bekam die volle Wucht der Kugel ab. Sie wurde auf ihrem Stuhl herumgerissen und rückwärts zu Boden geschleudert. Der Stuhl wirbelte durch die Luft und fiel auf sie, so daß er den Schuß von ihr ablenkte, als Dichter erneut feuerte.

Die Kugel streifte die nach oben gewandte Unterseite des Sitzes, zischte durch die Luft und prallte an einem Lampenschirm ab.

Als Allegra zu Boden fiel, übertrug sich der Nervenimpuls auf die anderen Spieler, die mit ihrem Gamepod verbunden waren.

Alle keuchten, warfen die Köpfe zurück und schwankten gefährlich auf den Stühlen.

Allegra war noch bei Bewußtsein, aber sie lag gekrümmt auf dem harten Bühnenboden. Die Kugel hatte sie in die Schulter getroffen. Sie drückte die unverletzte Hand darauf, um den Schmerz zu lindern. Ansonsten lag sie reglos, die halbgeschlossenen Augen voller Schrekken. Ihr Atem ging schwer und war mit Schmerzenslauten durchsetzt.

Auf den Stühlen umklammerten einundzwanzig Spieler ihre eigenen Schultern.

Pikul krönte seine Hetzjagd über die Bühne mit einem Hechtsprung auf Dichter und ging krachend mit ihm zu Boden. Im Fallen schoß Dichter noch zweimal und traf die beiden Teilnehmer neben Allegra, die von ihren Stühlen ebenfalls zu Boden stürzten.

Endlich setzte Pikul seinen Schlagstock ein und schlug Dichter mehrmals ins Gesicht, gegen den Hals und auf die Arme. Jeder Treffer erzeugte ein heftiges Zucken, doch Dichter gab nicht auf. Er kämpfte darum, von Pikul loszukommen, und schaffte es, die Waffe auf ihn zu richten.

Pikul starrte in ein offenes Tiermaul, aus dem noch Rauch aufstieg.

Er warf sich nach hinten, um aus der Schußlinie zu kommen, und Dichter kämpfte sich auf die Knie.

Inzwischen waren Wittold Levi und seine Assistentinnen auf die Bühne gesprungen und stürzten sich nun auf Dichter. Der junge Attentäter sah sie kommen und schwenkte die Kadaver-Waffe herum.

Er traf Wittold Levi voll in die Brust. Dieser fiel nach

hinten und schlug heftig zwischen umgestürzten Stühlen, heruntergefallenen Gamepods und sich windenden UmbyCords auf dem Boden auf.

Eine der Assistentinnen zog eine normale Pistole aus dem Schulterhalfter unter ihrer Jacke. Sie stützte die Hand, die die Waffe hielt, mit der anderen, zielte sorgfältig und feuerte zweimal ruhig und treffsicher auf Dichters Schläfe. Blut schoß aus seinem Schädel, und er sackte in sich zusammen.

Das Chaos ging weiter, denn jetzt erwachten die Spieler aus ihrer Versunkenheit. Aufgestachelt von Allegras Schmerzen, versuchten sie panisch zu fliehen.

Alle schubsten, stießen und schrien, wollten dem Durcheinander auf der Bühne entkommen, den Strömen von Blut und dem Knäuel von gestürzten Körpern. Freunde und Verwandte, die das Geschehen vom Saal aus mitverfolgt hatten, drängten ihrerseits auf die Bühne, um zu helfen.

Als Pikul versuchte, auf die Füße zu kommen, schlug ihm von hinten ein Gamepod an den Kopf, das von seinem UmbyCord herabhing; das weiche und überraschend schwere Gewicht legte ihn flach. Er fiel über jemanden. Unter gemurmelten Entschuldigungen wollte er wieder aufstehen.

Der Mann drehte sich um und sah ihn verzweifelt an. Es war Wittold Levi, dessen Gesicht schmerzverzerrt war.

»Bringen Sie sie hier raus, Pikul!« stieß er hervor. Seine Stimme war nur noch ein geisterhaftes Echo der gepflegten Ausdrucksweise, in der er vorher gesprochen hatte. »Retten Sie sie! Dieser Mann ist nicht allein! Wahrscheinlich sind draußen noch mehr von denen!«

»Wen soll ich retten?« fragte Pikul etwas dümmlich.

»Allegra Geller! Bringen Sie sie weg. Sofort!«

»Ich?« fragte Pikul.

»Trauen Sie keinem.« Levis Augen wurden glasig, seine Stimme schwächer. »Trauen Sie keinem. Feinde sind überall. Draußen, drinnen ... überall. Selbst im eigenen Haus! Die Firma kann keinen Schutz ...«

Levi stieß einen entsetzlichen rülpsenden Ton aus, sein Gesicht verfärbte sich dunkellila, seine Augen fielen zu, und sein Körper verkrampfte sich.

Pikul zog sich zurück und begann nach Allegra zu suchen. Dabei stolperte er erneut und fiel diesmal über Dichters Leiche. Zutiefst erschrocken, stemmte er sich hoch und stützte sich dabei auf etwas Hartes und Elastisches.

Als er endlich wieder aufrecht stand, stellte er fest, daß er Dichters Kadaver-Waffe in der Hand hielt.

Levis Assistentinnen kamen auf ihn zu, beide mit der Pistole im Anschlag. Ohne nachzudenken, schob Pikul die Kadaver-Waffe in die Hosentasche, quetschte sie förmlich hinein und spürte, wie sie sich verbog und nachgab. Wie biegsames Körpergewebe.

Von Allegra keine Spur.

Pikul stand mit dem Schlagstock in der Hand da und sah sich verzweifelt nach ihr um.

Von dem vorgeschalteten Netzwerk-Gamepod, durch den alle UmbyCordys mit Allegras Gerät verbunden gewesen waren und der nun auf dem Boden lag, führte ein UmbyCord über die Kante der Bühne. Pikul folgte ihm und entdeckte Allegra in dem Winkel zwischen Saalboden und Bühne, gekrümmt vor Schmerzen.

Er sprang zu ihr hinunter.

Der straff gespannte UmbyCord, der mit ihr verbunden war, zerrte an ihrem Bioport am Rücken. Geistesgegenwärtig schob Pikul eine Hand unter ihr enges T-Shirt und zog den Stecker aus dem Bioport.

Als die Verbindung unterbrochen wurde, sackte sie nach vorn und entspannte sich. Sie stöhnte laut, und es gelang ihr trotz zielloser Bewegungen, aufzustehen. Mit Pikuls Hilfe kam sie auf die Beine und blieb leicht schwankend neben ihm stehen.

Zwei ihrer Fans versuchten Pikul zur Seite zu schieben, um zu ihr zu gelangen. Mit einem kräftigen Schwung des Schlagstocks scheuchte er sie zurück.

»Bleiben Sie weg von ihr!« schrie er. »Allegra kommt mit mir! Ich kümmere mich um sie!«

Die Fans wichen zurück. Neben ihm bewegte sich Allegra. Zu seinem Erstaunen lachte sie leise.

»Ich komme mit *Ihnen* mit?« fragte sie ungläubig.

»Ja, Ms. Geller«, antwortete Pikul. »Von jetzt an halten Sie sich dicht bei mir. Bis ich von *Antenna* andere Befehle bekomme.«

Obwohl sie sich immer noch die blutende Schulterwunde hielt und sehr benommen wirkte, verhielt sie sich doch vernünftig und war in der Lage zu laufen. Pikul nahm ihren unverletzten Arm und half ihr, sich umzudrehen. Sobald sie jedoch wieder das Gleichgewicht hatte, versuchte sie, zurück auf die Bühne zu steigen.

»Ich muß unbedingt mein Gamepod haben!« rief sie ihm über den Lärm der panischen Schreie um sie herum zu.

Es war unter einen umgefallenen Stuhl geraten. Sie eilte hin, griff danach und untersuchte es ein paar Sekunden lang. Ihre Gesten und Körpersprache erinnerten Pikul sofort an eine Mutter mit einem Baby. Offenbar war das Gamepod unbeschädigt, und so sah sie sich nach der Tasche um, die sie am Rande der Bühne gerade noch greifen konnte, bevor sie hinuntergestoßen wurde. Sie schob Gamepod und UmbyCord hinein und ließ das Schloß zuschnappen.

Pikul stürzte zu ihr, ergriff ihre Hand und zerrte sie durch die Menge.

Trotz der chaotischen Verhältnisse erkannten die

Leute sie sofort als den Star und drängten zu ihr, um sie zu berühren.

Pikul boxte sich den Weg frei und hielt den Schlagstock drohend vor sich.

Die Vordertür war versperrt; Pikul fluchte innerlich. Ihm fiel ein, daß er sie selbst abgeschlossen hatte, um Leute wie Dichter draußen zu halten. Der Schlüssel steckte tief unten in der Tasche, in die er auch die Kadaver-Waffe hineingestopft hatte, doch hatte er weder Zeit noch Lust dazu, das alles jetzt wieder hervorzukramen. Sie mußten so schnell wie möglich hier weg. Er gratulierte sich stumm und höhnisch zu seiner kurzsichtigen Planung.

»Da drüben!« rief Allegra.

Die Tür sah nicht so aus, als würde sie ins Freie führen, aber als Pikul sie eintrat, entdeckte er einen kleinen Flur, der an einer Küche endete. Dort befand sich eine weitere Tür. Mit Hilfe von Pikuls Stiefel gab sie den Weg frei, und einen Augenblick später waren sie draußen in der ruhigen, aromatischen Luft. Zikaden sirrten in der stillen Nachthitze. Es war beruhigend, wie immer die Sterne über sich leuchten zu sehen.

»Passiert Ihnen so was öfter?« fragte er Allegra und keuchte vor plötzlicher Erschöpfung.

Sie schüttelte nur den Kopf und hielt sich die verletzte Schulter. Durch ein Fenster warf Pikul einen Blick zurück in den erleuchteten Saal. Er konnte einen Teil der Bühne sehen. Fünf oder sechs Fans hatten Dichters Leiche entdeckt und traten aus Haß und Rache mit den Füßen danach. Wittold Levis Assistentinnen trugen seine Leiche mit großer Sorgfalt und Zärtlichkeit fort.

»Kommen Sie«, sagte Pikul. »Es ist Zeit zu gehen.«

4. Kapitel

Sie hatten die Kirche durch einen Seiteneingang verlassen, und Pikul eilte mit Allegra zur Vorderseite. Der Parkplatz, auf dem er am frühen Abend gestanden hatte, reichte bis zum Rand der Schnellstraße und bis zur anderen Seite des Gebäudes. Er zerrte sie mit sich am Eingangsportal vorbei.

»Wohin gehen wir?« rief sie.

»Zu meinem Wagen. Ich habe auf der anderen Seite geparkt.«

»Nein ... vergessen Sie's. Wir nehmen meinen.« Sie zeigte auf den Landrover Defender.

»Auf keinen Fall!« sagte Pikul.

»Warum nicht? Worin besteht das Problem?«

»Ich traue der Fahrerin nicht.«

»Wem? Frances? *Sie* können ja fahren, Sie Dummkopf!«

Sie stürzten zum Landrover, und Pikul öffnete die Beifahrertür. Frances, die eine Zeitschrift auf das Armaturenbrett gelegt hatte und im Schein der Innenbeleuchtung darin las, war überrascht von ihrem plötzlichen Auftauchen.

»Sie schon wieder?« fragte sie.

»Lassen Sie den Motor an. Wir müssen weg.«

»Junger Mann, von Ihnen nehme ich doch keine Befehle entgegen!«

»Frances?« Hinter Pikul ertönte Allegras Stimme. »Wir brauchen den Wagen.«

»Was soll denn dieser Aufruhr, Miss Geller?«

»Das ist kein Aufruhr. Wir müssen so schnell wie möglich weg.«

Frances bemerkte Allegras blutdurchtränkten Ärmel.

»Ist mit Ihnen alles in Ordnung, Miss Geller?« fragte sie besorgt. »Was ist denn da drin los?«

»Die haben ein bißchen über die Stränge geschlagen. Aber jetzt würden wir gern losfahren. Ich glaube, ich sollte Ihnen sagen, daß wir den Wagen benötigen und auch die Schlüssel. Sie jedoch brauchen wir diesmal nicht.«

»Miss Geller, Sie wissen, daß ich Sie gern chauffiere, aber mein Gehalt bezahlt *Antenna*. Ich kann Ihnen den Wagen nicht geben, wenn ich von meinem Chef kein Okay habe.«

Allegra handelte schnell; sie langte mit der unverletzten Hand um Pikul herum und griff zielstrebig in seine Hosentasche. Er zuckte zurück, überrascht von dem Gefühl der Intimität, das die Geste auslöste. Als sie die Hand zurückzog, hielt sie darin die Kadaver-Waffe und zielte damit auf Frances.

»Steigen Sie aus, Frances«, sagte Allegra. »Sie können Ihrem Chef sagen, daß der Wagen entführt wurde.«

»Tut mir leid, Miss Geller«, meinte Frances und lachte in sich hinein. »Aber Sie brauchen schon was Stärkeres als ein totes Eichhörnchen, um mich zu vertreiben.«

Pikul wollte die Sache mit der Waffe erklären, doch Allegra verlor keine Zeit. Sie schoß zweimal; einmal auf das Seitenfenster hinter Frances' Kopf und einmal in die Nackenstütze.

»Scheiße!« sagte Pikul. Die Schüsse hallten in seinem Kopf wider.

Frances war schon so gut wie ausgestiegen.

»Sie müssen den Schalthebel nach unten drücken, um den Rückwärtsgang einzulegen«, meinte sie durch das Fenster. »Der Tank ist noch fast voll. Nehmen Sie den Allradantrieb nur, wenn Sie ihn wirklich brauchen.«

Dann konnten sie ihren Kopf nicht mehr sehen.

»Danke, Frances«, rief Allegra.

Pikul rutschte auf den Fahrersitz. Allegra folgte ihm und schlug die Tür hinter sich zu.

Der Motor sprang sofort an, als Pikul den Zündschlüssel drehte. Sie öffneten auf beiden Seiten die Fenster, damit der Pulverdampf abzog. Zuerst war Pikul irritiert von der ungewohnten Handschaltung und dem Abstand der Pedale, doch er hatte schon viele Fahrzeuge gefahren. Er legte den Rückwärtsgang ein und wendete den schweren Landrover, dann holperte und schlidderte er über die Böschung und landete mit quietschenden Reifen auf der Schnellstraße. Er trat auf das Pedal, bis der Wagen in Schwung kam.

Sie fuhren nach Norden, auf die fernen Berge zu.

Die Scheinwerferkegel beleuchteten die Straße vor ihnen. Lautlos glitten die Streifen der weißen Mittelmarkierung unter den Rädern davon, wie Leuchtspurmunition, die aus weiter Ferne vor ihnen in Bodenhöhe abgefeuert wurde. Der Motor dröhnte kräftig und beruhigend, die harte Federung ließ sie jedoch deutlich die unebene Straße spüren.

Allegra preßte sich gegen den Türrahmen, den Kopf ans Fenster gelehnt. Das Licht des Armaturenbretts ließ ihr Gesicht bleich erscheinen. Nachdem sie sicher davongekommen waren und sich vergewissert hatten, daß sie nicht verfolgt wurden, war sie in diesen Zustand der Apathie verfallen. Die Hände ruhten matt in ihrem Schoß, und auf seine Fragen antwortete sie nur mit vagen Kopfbewegungen. Nach ein paar Minuten hatte Pikul es aufgegeben, mit ihr zu sprechen, und ließ einfach nur noch die Straße an sich vorbeiziehen.

Schließlich rührte Allegra sich und konzentrierte sich auf die eingeschränkte Sicht, die die Nacht ihnen ließ. Auf der Gegenfahrbahn zischte ein Lastwagen an ihnen vorbei, dessen vier aufgeblendete Scheinwerfer sie anstrahlten. Eine orangene Lichterkette umrahmte die Fenster der Fahrerkabine. Kaum hatten sie das bemerkt, war der Lastwagen auch schon an ihnen vorbeigedonnert und außer Sichtweite. Der Landrover wackelte in den Luftturbulenzen, die er erzeugt hatte. Allegra spähte durch ihr Seitenfenster: Im Mondlicht waren verschwommene Umrisse von Bäumen und offenes Land erkennbar.

»Wir verlassen dieses Farmland«, sagte Allegra. Ihre Stimme klang nicht sehr kräftig. »Sicher kommt bald eine Kreuzung. Biegen Sie irgendwohin ab. Dann fahren wir noch ein Stück weiter und suchen einen sicheren Platz zum Anhalten.«

Sie bewegte sich ungelenk und setzte sich in anderer Haltung hin.

Pikul sah zu ihr hinüber und bekam plötzlich ein ganz schlechtes Gewissen.

»Das hatte ich beinahe vergessen – Sie wurden ja angeschossen. Wie geht es Ihnen?«

Sie wandte sich wieder ab.

»Es blutet nicht mehr«, sagte sie leise. »Und es tut auch nicht mehr so weh. Es ist ganz taub geworden. Ich halte es noch eine Weile aus. Aber Sie haben schon recht: Ich wurde angeschossen.«

»Ich habe noch nie jemanden getroffen, der angeschossen wurde«, sagte Pikul.

»Ich auch nicht.«

»Ich hab' so darüber nachgedacht . . .«

»Worüber?«

»Ja, also, wann man Sicherheitsleute braucht. Normale Leute brauchen keine.«

»Normale Leute werden auch nicht von Irren mit toten Tieren angeschossen.«

»Das meinte ich, irgendwie. Tut mir leid.« Er starrte nach vorn in die unbestimmte Weite. »Angeschossen werden. Es kam mir so vor, als hätten Sie fast damit gerechnet.«

»Ich rechne damit, daß Sie mich sicher nach Hause bringen. Sonst nichts.«

»Ist gut.«

Der Wagen schwankte wieder heftig.

Er bemerkte, daß sie immer noch ihre verletzte Schulter umklammerte. Das Schaukeln des Wagens mußte für sie die Hölle sein, egal, was sie sagte.

Ein paar Minuten später kam der Wagen auf ein etwas erhöhtes und ebeneres Stück Straße, Leitplanken flitzten zu beiden Seiten vorbei. Sie erblickten einen breiten Fluß, der im Mondlicht silbern schimmerte. Dann waren sie wieder auf der normalen Schnellstraßen-Fahrbahn und holperten über den schlechten Asphalt. Direkt hinter der Brücke war eine Ausfahrt gewesen. Pikul verringerte die Geschwindigkeit auf Schrittempo, wendete im Dunkeln und fuhr zurück. Kurz darauf waren sie wieder an der Brücke, und Pikul bog in die schmale Nebenstraße ein. Er fuhr langsamer, am Fluß entlang. Die Straße führte unter Bäumen mit überhängenden Ästen hindurch. Im Licht der Scheinwerfer tanzten glitzernd Insekten. Bald wandte sich die Straße wieder nach Norden und führte in eine höhergelegene, rauhere Gegend. Als die Bäume zurückblieben, war von dem Fluß nichts mehr zu sehen. Vor ihnen lagen jetzt ganz nah die Berge.

»Haben Sie irgendeine Ahnung, wo wir sind?« fragte er sie.

»Noch nicht. Fahren Sie weiter. Irgendwann muß es ja

in die Berge gehen. Dort kenne ich ein paar Orte, wo wir hinkönnen.«

Die Bewegungen des Wagens waren plötzlich viel besser zu ertragen.

»Eigentlich gefällt's mir auf dem Land«, sagte Pikul nachdenklich. »Ihnen nicht auch? Meistens ist es erholsam und ruhig.«

»Aber nur, solange Sie nicht wissen, was wirklich los ist.«

»Wie meinen Sie das?«

»Auf dem Land gibt es sehr viele Spannungen, Zorn und Gewalt«, sagte Allegra unerwartet heftig. Sie drehte sich zu ihm um und starrte ihn an. Einen Augenblick lang dachte er, daß sie irgend etwas Unerklärliches, Gewaltsames mit ihm vorhatte. Es ging ein dunkles, geheimnisvolles Gefühl von ihr aus, das nicht allein auf ihre Wunde zurückzuführen war. Er warf einen Blick auf die Straße und sah dann wieder zu ihr.

»Auf dem Land wimmelt es von Tausenden von Lebewesen«, fuhr sie fort. »Alle schreien ›Ich! Ich! Ich!‹ und versuchen, sich gegenseitig zu töten, zu beherrschen und zu fressen. Es ist ein schrecklicher und anstrengender Ort!« Sie verstummte und blickte hinaus in die Nacht.

»Also, mir gefällt's auf dem Land«, meinte Pikul träge.

»Das ist gut. Ich glaube nämlich, daß Sie eine ganze Weile hier draußen sein werden.«

»Hier draußen?«

»Klar. Wenn Sie in die Stadt zurückkehren, werden die schon auf Sie warten.«

»Die?«

»Ja. Meine Attentäter. Die Sie in die Flucht geschlagen haben. Sie werden sich ein bißchen mit Ihnen unterhalten wollen, wo ich abgeblieben bin.«

Pikul dachte darüber nach.

»Glauben Sie nicht, daß es vielleicht nur dieser eine Irre gewesen ist, der auf eigene Faust gehandelt hat?« fragte er.

»Haben Sie nicht gehört, was er mir zugeschrien hat? Der war nicht allein. Den haben die geschickt.«

»Geschickt?« fragte Pikul. »In ein Dorf, auf die Gefahr hin, daß Sie gar nicht dort sind?«

»Sie wissen überhaupt nichts über die Branche, in der ich arbeite.«

»Ich lerne schnell. Glauben Sie wirklich, daß eine ganze Gruppe von Leuten hinter Ihnen her ist?«

»Wie wollen Sie denn sonst erklären, was da vorhin passiert ist?«

»Verschwörungen sind ziemlich beliebt«, meinte Pikul. »Das ist irgendwie befriedigender als nur ein einziger ausgeflippter Irrer.«

»Wie Sie meinen.«

Sie wandte sich wieder ab. Er warf ihr noch einen verstohlenen Blick zu und sah im Schein der Armaturen, daß sie sich auf die Lippe biß. Immer noch hielt sie ihre Schulter umklammert.

Sie fuhren immer tiefer in die Nacht. Die einzigen Zeichen, daß die Gegend bewohnt war, waren hier und da ein erleuchtetes Haus oder Fenster, die zwischen Bäumen aufflackerten. Ab und zu drehte Allegra sich ungelenk im Sitz und blickte zurück, um zu sehen, ob sie verfolgt wurden. Doch es gab nur die Straße vor ihnen im Scheinwerferlicht, hinter ihnen in Dunkelheit getaucht, und um sie herum die Bäume und die wogenden Hügel.

»Und was kommt jetzt?« fragte Pikul nach einer Weile. »Was machen wir hier draußen? Kennen Sie sich hier aus? Kennen Sie irgend jemanden hier auf dem Land?«

»Niemanden, der von hier ist«, sagte sie. »Aber ich kenne eine Menge Leute, die mit Spielen zu tun haben, und von denen wohnen viele hier draußen. Überall verstreut in der Gegend: Spieleentwickler, Projektkoordinatoren, kleine Fertigungsbetriebe ... alles, was man sich vorstellen kann.«

»Wie komisch. Das wußte ich gar nicht.«

Sie warf ihm einen Blick zu, der besagte, daß er wohl nie etwas mitbekam.

»Die Städte sind voll mit störenden Wellen: durcheinandergeratene Thermik, Elektrooptik, digitale Netzwerke, UKW-Sender, Piepser und Radaralarmanlagen. Von dem ganzen Zeug gibt es so viel, daß man sich nicht mehr davor schützen kann. Die Ablesungen stimmen nicht mehr. Schon vor Jahren ist die gesamte Industrie aus der Stadt weggezogen.«

»So wie Silicon Valley?«

»Nein. Das liegt immer noch in der Stadt. Ich meine Farmen, kleine Anwesen, Häuser in Tälern, Orte ohne Menschenansammlungen und Verkehr. Da liegt die Zukunft. Die industrielle Revolution hat die Menschen in die Stadt getrieben, und die elektronische Revolution, die *System*revolution, treibt sie wieder hinaus.«

»Also kennen Sie sich hier aus?«

»Ein bißchen.«

»Wohin fahren wir gerade?«

»Ich weiß ja nicht, was Sie vorhaben, aber ich muß irgendwo übernachten. Nur zu Ihrer Information.«

»Wissen Sie schon, wo?«

»Nicht direkt. Morgen vielleicht.«

»Aber Sie kennen Orte, wo wir uns verstecken können?« fragte er.

»Vielleicht – aber ich stelle fest, daß ich ein paar Feinde habe, von denen ich bisher nichts wußte. ›Nieder mit Allegra Geller!‹ Wie würde es Ihnen gefallen, wenn jemand mit einer Kanone auf Sie zustürzt und Ihren Namen brüllt?«

»Wow«, sagte Pikul, der gerade darüber nachdachte. »›Nieder mit Ted Pickel‹ ... ganz schön unheimlich, was?«

»Es heißt ›Paikl‹, nicht ›Pickel‹. Aber wieso ...«

»Auf Ihrem Namensschild steht Pickel.«

»Es wird anders ausgesprochen.«

»Okay. Tut mir leid. Sie können Allegra vergessen und einfach Geller zu mir sagen. Alle, die mich kennen, tun das. Das gefällt mir – meinen Vornamen fand ich schon immer irgendwie komisch.«

»In Ordnung ... Geller.«

»Alles klar, Pikul. Jetzt sind wir Freunde.«

Auch darüber dachte er nach und stellte fest, daß es ihm gefiel. Wenn sie sich doch auch nur wie eine Freundin benehmen würde. Sie besaß eine anziehende Persönlichkeit, soweit er das in der Kirche hatte erkennen können, doch ihm gegenüber verhielt sie sich mißtrauisch, ängstlich und war offenbar in dem Glauben, daß er zu der Verschwörung gegen sie gehörte.

»Diese Kanone, die der Typ hatte«, sagte er nach einer Weile. »Woher wußten Sie, wie man damit umgeht? Ich habe so was vorher noch nie gesehen.«

»Sie hat einen Abzug«, sagte sie gelassen. »Ich dachte, damit müsse man abdrücken, und dann habe ich es getan.«

»Kann ich sie noch mal sehen?«

»Später. Vielleicht baue ich sie in mein nächstes Spiel ein.«

Wieder fuhren sie über ein Schlagloch, und der Landrover schwankte und wippte. Geller stöhnte, und Pikul sah, daß der Blutfleck während ihrer Unterhaltung größer geworden war.

»Sie bluten wieder«, sagte er. »Ich vergesse dauernd, daß Sie angeschossen wurden. Sie reden nicht so, als würden Sie gerade an einer Schußwunde sterben.«

»Vielleicht werde ich aber an einer Schußwunde sterben, wenn wir uns nicht bald darum kümmern.«

Etwas Großes summte an Pikuls Brust wie ein Insekt, und instinktiv schlug er mit der Hand danach. Dann fiel ihm wieder ein, was das war. Während er mit einer Hand lenkte, zog er das Pinkfon aus der Brusttasche.

»Was ist das?« fragte Geller.

»Mein Pinkfon. Die Zentrale. Ich weiß nicht, ob ich rangehen soll.«

»Tun Sie's«, sagte sie.

Er drückte die weichen Seitenteile, und wieder leuchtete das diffuse rosa Licht im Innern auf.

»Ja . . . Pikul.« Er hörte das Zischen der digitalen Frequenzoptimierung. Dann wurde irgendwo in der Ferne eine Leitung frei. Die Stimme, die sich meldete, klang tief und nah, als ob sie von der Rückbank des Wagens käme.

»Pikul, was zum Teufel ist da passiert?«

»Ein Fan ist ausgerastet, Sir. Er hat im Saal rumgeballert. Niemand weiß, wieso. Vielleicht war er einfach nur übergeschnappt.«

»Vielleicht war er einfach nur auf das Kopfgeld aus«, meinte die Stimme. »Auf Allegra Geller sind fünf Millionen Dollar ausgesetzt. Eine Randgruppe, die sich die Anti-*eXistenZ*ialisten nennt, steht dahinter. Das haben sie heute abend im Fernsehen gesagt, und morgen früh wird es auf jeder Titelseite stehen. Was ist denn mit Geller passiert? Soweit ich gehört habe, hat sie den Anschlag überlebt, aber ist sie in Sicherheit?«

»Ja.«

»Wo ist sie?«

»Bei mir. Ich kümmere mich um sie.«

»Was soll das heißen, sie ist bei Ihnen? Wo sind Sie denn?«

»Tja, wir sind wahrscheinlich gar nicht so weit entfernt von der Kirche. Wir fahren nach Norden, sind etwa eine halbe Stunde schnell gefahren, deshalb schätze ich, daß wir jetzt . . .«

Pikul konnte nicht zu Ende sprechen, denn plötzlich hatte Geller ihm das Pinkfon aus der Hand gerissen. Sie fummelte einen Augenblick daran herum und versuchte, es abzuschalten. Sie mußte irgendeinen anderen Kopf gedrückt haben, denn es fing an zu kreischen, und ein Streifen Druckerpapier kringelte sich aus einem Schlitz an der Oberkante. Geller riß ihn ab und starrte im Licht des Armaturenbretts darauf.

Die Stimme des Mannes, mit dem Pikul gesprochen hatte, erklang immer noch aus dem Lautsprecher.

»Geller, geben Sie mir das Pinkfon.«

»Scheiße, Pikul.«

Sie fingerte wieder daran herum und schaffte es, das Ding abzuschalten. Das rosa Licht verblaßte. Sie streckte den Arm aus dem offenen Fenster und warf das Pinkfon hinaus, so weit sie konnte.

»He, warum haben Sie das getan?« fragte Pikul, entsetzt über ihre abrupte Aktion. »Das war unsere Verbindung zur Zivilisation.«

»Das war die Verbindung der Zivilisation zu uns, Pikul. Da drin ist ein satellitengesteuertes Peilgerät. Solange wir das Pinkfon bei uns haben, wissen sie auf fünf Meter genau, wo wir sind.«

»Sie? Sie meinen die Zentrale von *Antenna*?«

»Ich meine alle mit der richtigen Ausrüstung. Hören Sie, ich habe mitbekommen, was Wittold Levi vorhin bei der Präsentation zu Ihnen gesagt hat. Daß wir Feinde im eigenen Hause hätten. Das hat er gesagt, als er im Sterben lag.«

Der Wagen scherte kurz aus, als Pikul die Bedeutung dieser unliebsamen Erinnerung aufging.

»Ich glaube nicht, daß Levi *gestorben* ist«, sagte er verstört. »Also, ich meine . . . wirklich tot. Sie etwa? Ich vermute, er wurde ohnmächtig. Ziemlich ohnmächtig, wenn Sie so wollen, aber eigentlich nicht total *tot.*«

Sie machte eine ungeduldige Bewegung.

»Wer hat Sie da gerade angerufen, Pikul? Was hat er gesagt?«

»Das war Mr. Kindred.«

»Alex Kindred? Leiter der Abteilung für Öffentlichkeitsarbeit und Marketing?«

»Genau. Alex Kindred, auf dem überaus teuren Pinkfon, das Sie weggeworfen haben.«

»Was hat er gesagt?«

»Er hat mir erzählt, daß eine Gruppe eine Prämie auf Sie ausgesetzt hat. Fünf Millionen Dollar ...«

»Ach ja, die Anti-*eXistenZ*ialisten. Ich habe von denen im Autoradio gehört, als wir zur Präsentation fuhren. Die Welt der Spiele ist voller Verrückter.«

»Es scheinen ziemlich *gefährliche* Verrückte zu sein. Wenn man nach diesem Dichter geht ...«

»Er war mit Sicherheit einer von ihnen.«

»Aber was haben die bloß gegen Sie?«

Sie schauderte. »Vielleicht sollten Sie sie selbst mal fragen. Sie haben mir nie einen Brief geschrieben und irgendwas erklärt. Aber ich glaube nicht, daß es gegen mich persönlich gerichtet ist. Ich habe *eXistenZ* erfunden, und das gefällt denen überhaupt nicht. Sie behaupten, dieses Spielsystem würde letztendlich die Wirklichkeit zerstören.«

»Und? Tut es das?«

»Es ist nur ein Spiel, Pikul.«

»Aber tut es das?«

»Nein, natürlich nicht.«

Er starrte nach vorn auf die dunkle Straße, die durch eine gesichtslose Landschaft führte. Er wünschte sich, in einen Ort oder an einen Wegweiser zu kommen, um endlich zu erfahren, wo sie waren. Aber vor ihnen war nur

Dunkelheit, ohne das geringste Anzeichen menschlichen Lebens.

»Verstehen Sie das alles?« fragte er sie. »Sie scheinen nicht besonders überrascht zu sein.«

»Man hört so dies und das. Es ist wirklich nicht leicht, mich zu überraschen. Die Leute, die mit Spielen zu tun haben, sind meist ganz in Ordnung, aber natürlich gibt es auch ein paar Verrückte. Die sind immer dabei, egal, wohin Sie blicken. Was hat Kindred noch gesagt?«

»Abgesehen davon nicht viel. Vielleicht erinnern Sie sich noch daran, daß Sie mir das Pinkfon weggenommen haben, bevor wir das Gespräch beenden konnten. Ich glaube, daß er mich für Ihren Leibwächter hält und *Antenna* mich für Ihre Sicherheit verantwortlich macht.«

»Leibwächter?«

»Ich geb' mir Mühe«, meinte Pikul bescheiden.

»Wo haben Sie denn Ihre Kanone, Sie Leibwächter?«

»Was?«

»Ihre Kanone. Leibwächter haben immer Kanonen.«

»Ich gehöre zur neuen Generation. Wir verfügen über geheime Techniken.«

»Sie reden Schwachsinn. Ich weiß, daß Sie nicht bewaffnet sind. Sie wußten ja noch nicht einmal, was Sie mit der toten Ratte anfangen sollten. Wie können Sie mich ohne Waffe beschützen?«

»Ich habe einen elektronischen Schlagstock.«

»Meinen Sie diesen Pfadfinder-Viehtreiberstab? Wohl eher ein Deppen-Stöckchen für Kälber! Kommen Sie auf den Teppich, Pikul.«

»Hören Sie mal, Geller, ich geb' mir wirklich Mühe, Sie zu beschützen«, fuhr Pikul auf. »Aber vergessen Sie bitte nicht, daß ich nur ein Trainee im Marketing bin. Mein Ausbilder meinte, ich sollte verstehen, wie die ganze Firma funktioniert, deshalb hat er mich heute abend als Sicherheitsmann für Ihre Präsentation eingeteilt.«

»Ganz toll, was?« sagte Geller. »Geradezu beschissen großartig. Auf meinen Kopf ist eine Prämie ausgesetzt, und die schicken mich raus mit einem Idioten von der Öffentlichkeit.«

Sie starrte wütend aus dem Seitenfenster. Er streckte die Hand aus, um sie zu beruhigen, doch als seine Finger ihren Arm berührten, riß sie ihn weg. Sie schrie auf, weil die Bewegung ihrer verletzten Schulter sehr schmerzhaft für sie war. Immer noch starrte sie in die andere Richtung, hinaus in die Nacht.

Pikul wollte etwas zu seiner Verteidigung sagen, überlegte es sich dann aber anders. Er ließ seine Gedanken zur Ruhe kommen und konzentrierte sich eine Weile lang nur aufs Fahren, doch die unabsehbaren Folgen der ganzen Geschichte begannen ihm Sorgen zu machen.

»Auf Ihren Kopf ist wirklich eine Prämie ausgesetzt?« sagte er dann. »Wissen Sie denn eigentlich, warum Sie verfolgt werden?«

»Ja.«

»Meinen Sie nicht, daß ich ein Recht darauf habe, das auch zu wissen?«

»Machen Sie sich deswegen nicht in die Hose, Pikul. Ich komm' damit schon klar. Wir müssen nur einfach eine Weile verschwinden, und ich schätze, selbst Sie können das ohne größere Probleme bewerkstelligen.«

»Danke.«

»Aber jetzt müssen wir mal kurz anhalten.«

»Was denn, hier?«

»Ja, hier. Halten Sie bitte sofort den Wagen an. Da, am Straßenrand.«

»Warum?«

Geller biß die Zähne zusammen: »Es wird Zeit, daß Sie und ich mal eine Minute ganz allein für uns verbringen.«

5. Kapitel

Die Minute, die sie ganz allein für sich verbrachten, fand mitten auf der schmalen Straße unter Bäumen statt. In der warmen Sommerluft schrillten Insekten. Die Blätter und Zweige über ihnen regten sich nicht und tauchten die Straße in mondlose Schatten. Sie ließen den Landrover mit laufendem Motor stehen, stiegen aus und gingen nach vorn, um das Licht der Scheinwerfer zu nutzen. Geller kniete sich auf den harten Asphalt, zog ihre Jacke aus und zerrte den weiten Ausschnitt ihres T-Shirts über die verletzte Schulter herunter.

Pikul, der noch nie mit einer solchen Sache konfrontiert worden war, wurde fast übel, als er die Kugel mit seinem Schweizer Offiziersmesser herausschnitt. Er ging zu langsam und zögerlich vor.

Gellers Augen schwammen in Tränen. »Los doch, Pikul, *machen Sie schon*! Wenn Sie es tun wollen, dann los!«

»Ich möchte Ihnen nicht weh tun.«

»Vergessen Sie's. Sie tun mir bereits weh. Schneiden Sie nur die verdammte Kugel raus, bevor ich umkippe.«

»Tun Sie das bitte nicht!« flehte er sie an.

»Na gut, ich gebe mir alle Mühe. Aber wenn Sie nicht bald fertig sind, bringe ich Sie wahrscheinlich um.«

»Schon gut, ich tu ja, was ich kann.«

Ihm brach der Schweiß aus. Er biß die Zähne zusammen und schnitt tiefer in die Wunde. Tief drinnen spürte er etwas Hartes, Rundes, das der Messerspitze Widerstand leistete.

Wenn er die Spitze noch etwas tiefer und leicht zur Seite bewegte . . .

Aus der Wunde sprang etwas, gelb und weiß, und schoß in einem glitzernden Bogen durch den Scheinwerferstrahl.

Geller stöhnte vor Schmerzen und wich ihm aus. Wieder preßte sie die Hand auf die blutende Wunde. Sie ließ den Kopf hängen, so daß ihr die Haare übers Gesicht fielen, und rang nach Atem.

Pikul ließ das Messer fallen und ging zu der Stelle, wo die Kugel hingeflogen war. Schnell fand er sie am Rande des geteerten Parkplatzes. Sie war hart und glitschig und ließ sich nicht sofort greifen. Er wischte sie mit den Fingern ab, brachte sie zu Geller und hielt sie ins Licht.

»Ich hab' sie. Sehen Sie sich das mal an!«

»Toll. Sie haben eine Kugel gefunden.«

»Nein, sehen Sie doch! Hat Sie jemand gebissen?«

»Wie meinen Sie das?« Geller sah ihn an. Ihr Gesicht war bleich und schmerzverzerrt.

»Was ich Ihnen gerade herausgeschnitten habe, ist ein Zahn. Ein menschlicher Zahn.«

Er hielt ihr das Objekt hin, doch nach einem kurzen Blick wandte sie sich ab und begann in der Dunkelheit nach der Tasche für das MetaFlesh-Gamepod zu suchen.

»Dann wollen wir uns diese seltsame Pistole doch noch einmal genauer ansehen«, sagte sie.

Nach wenigen Augenblicken hielt sie die Kadaver-Waffe in den Händen und betrachtete sie von allen Seiten. Nach eingehender Untersuchung fand sie das Magazin und ließ es aus dem Griff herausschnappen. Im Scheinwerferlicht drehte sie es hin und her und gab es dann Pikul.

Das Magazin bestand aus Knochenplatten und Knorpelstücken und war voller Zähne.

»Was zum Teufel ...«, sagte Pikul.

»Wie Sie schon sagten, die Kugeln sind menschliche Zähne.« Sie hielt sie sich dicht vor die Nase und betrachtete sie eingehend. »Sehen Sie nur, der hier hat sogar Karies.«

»Mit Amalgamfüllung?« Pikul versuchte, der Waffe auf diese grausige Weise Normalität zu verleihen.

»Nein, kein Amalgam«, antwortete sie sachlich. »Ist das nicht eine Metallegierung aus Silber und Quecksilber?«

»Ich hab's!« sagte Pikul und versuchte, ihr die Kadaver-Waffe zu entreißen. Sie hielt sie außer Reichweite. »Kein Metall in dem ganzen verdammten Ding«, meinte er. »Sie wurde so konstruiert, daß sie Metall- oder Plastikdetektoren unbemerkt passieren kann. Das Teil besteht aus Fleisch und Knochen. Dichter hat es an mir vorbeigeschmuggelt! Ich habe ihn mit meinem Stock untersucht, und er hatte am ganzen Körper kein Metall.«

»Sieht so aus, als hätten Sie recht.«

»Kein Zweifel. Unglaublich, was für eine Mühe die sich gemacht haben.«

Geller konnte diese bizarre Entdeckung offensichtlich nicht fassen; sie wirkte, als sei ihr schwindelig.

»Wenn sie ein kleineres Kaliber anfertigen«, sagte sie, »müssen sie Milchzähne nehmen!«

»Also wollte Dichter Sie heute abend wirklich umbringen.«

Geller sah ihn lange und forschend an, bis Pikul ihren Blick als beunruhigend empfand und wegsehen mußte. Sie schwieg. Als er wieder hinsah, hatte sie immer noch den Blick auf ihn gerichtet, tief in Gedanken versunken.

»Ja, das glaube ich auch«, meinte sie nüchtern, als sie wieder aus ihrer Versunkenheit auftauchte.

6. Kapitel

Sie hielten an einem Schnellimbiß, kauften ein paar Hamburger zum Mitnehmen und mieteten dann ein Zimmer im Salmon Falls Motel. Es war schlecht beleuchtet, die Tapete dunkel und alt, der Teppich schmuddelig und früher wohl einmal orangefarben. Es gab zwei große Doppelbetten. Sie setzten sich darauf und benutzten den Boden dazwischen zum Abstellen der Papiertüten und Kartons. Gierig verschlangen sie das Essen, wobei Salatstückchen und Soßentropfen auf den Boden fielen.

Beide waren schweigsam. Pikul dachte über den Rest der Nacht nach, die sie vor sich hatten, darüber, daß er ein Zimmer mit einer so ungewöhnlichen Frau wie Allegra Geller teilen sollte. Sogar müde, verletzt und verängstigt, wie sie zweifellos war, benahm sie sich ganz ungezwungen und lächelte ihn sogar ab und zu an, was er verlockend und bezaubernd fand. Doch er konnte sich keinen Reim auf sie machen. Sie wollte nichts von ihm; nichts von dem, was sie sagte oder tat, ließ darauf schließen. Sie war einfach nur ... eine gute Begleiterin. Sie schien in seiner Gegenwart locker und entspannt zu sein, nahm ihn einfach so hin. An der Rezeption des Motels hatte er erst nach zwei Einzelzimmern fragen wollen, aber Geller war ihm ins Wort gefallen und hatte der Angestellten gesagt, daß sie nur ein Zimmer bräuchten.

»Sie Leibwächter«, erklärte sie ihm, als sie aufs Zimmer gingen. »Ich mögliches Opfer. Ob es Ihnen gefällt oder nicht, Sie weichen heute nacht nicht von meiner Seite.«

Pikul nahm sich fest vor, mit der Situation klarzukommen.

Sobald sie mit dem Essen fertig war, ging Geller ins Bad und drehte die Dusche auf. Die Tür ließ sie einen Spaltbreit offen. Das Geräusch fließenden, plätschernden Wassers drang verlockend ins Zimmer. Pikul saß still auf dem Bett, stocherte mit einem Fingernagel in den Zähnen und dachte an die schönste Frau, die er je gesehen hatte, und daß sie nun nackt und naß nur ein paar Meter von ihm entfernt war. Fast im selben Raum.

Und dann war sie wirklich im selben Raum. Auf ihren Beinen und Schultern glitzerten viele Tröpfchen. Sie hatte sich ein feuchtes und viel zu knappes Motelhandtuch umgeschlungen und ein noch kleineres um die Haare gewunden. Rastlos tigerte sie eine Weile auf und ab und tupfte sich trocken. Offensichtlich war sie mit den Gedanken ganz woanders.

Das Motelhandtuch war dünn und fadenscheinig von jahrelangem Gebrauch und klebte ihr recht offenherzig am Körper. Pikul erschien sie wie eine Vision aus Armen, Beinen und verlockend angedeuteten Kurven, die er kaum anzusehen wagte.

Die Wunde an ihrer Schulter sah immer noch erschreckend aus, aber sie hatte aufgehört zu bluten, und das heiße Wasser hatte sie etwas gereinigt. Auf Gellers Vorschlag ging Pikul zum Landrover und holte den Verbandskasten. Er half ihr, die Wunde zu versorgen: ein steriles Polster, festgehalten von zwei Pflasterstreifen.

Ihre körperliche Nähe verwirrte ihn; sie roch wunderbar nach Seife und Shampoo. Aus ihren Haaren tropfte Wasser auf sein Knie. Als er den Verband anlegte, neigte sie den Kopf, und die klaren Konturen von Schlüsselbein, Hals, Kehle, Wangen und Lippen, ihre weiche Haut, die blonden Haare, ihre sanfte Weiblichkeit machten ihn schier verrückt.

Danach räumte er das Chaos auf, das sie beim Essen angerichtet hatten. Währenddessen saß Geller mitten auf ihrem Bett. Sie hatte ihr Gamepod auf das Handtuch über ihrem Schoß gelegt und den UmbyCord in ihren Bioport gesteckt. Ihre Augen waren geschlossen, und ihre Finger zuckten feinfühlig über die empfindliche Oberfläche des Gamepods. Sie schien in eine Art Trance gefallen zu sein; ihr Körper bewegte sich aufreizend im Rhythmus einer unhörbaren Musik.

Pikul konnte nicht aufhören, sie anzustarren, gebannt von den Spannungen, die ihre Bewegungen bei dem zu kleinen Handtuch hervorriefen, das ihren Körper so knapp bedeckte. Der Knoten, mit dem sie es unter der Achsel befestigt hatte, begann sich zu lösen, wie er es insgeheim gehofft hatte. Interessiert beobachtete er, wie der Saum mit einer Langsamkeit, die ihn rasend machte, Millimeter um Millimeter über ihre linke Brust rutschte. Er fühlte sich hin- und hergerissen: Sollte er höflicherweise wegsehen? Oder das Tuch vorsichtig wieder hochziehen? Oder sollte er so tun, als bemerkte er nichts, und dem Gang der Dinge und der Schwerkraft freien Lauf lassen?

Bevor er sich entschließen mußte, erwachte Geller plötzlich aus ihrer Trance. Sie schlug die Augen auf und beugte sich über ihr Gamepod, um eine Einstellung vorzunehmen. Dabei löste sich der Handtuchknoten völlig. Ihre Hand konnte das Tuch gerade noch rechtzeitig festhalten.

Ihr Blick blieb auf das Gamepod gerichtet, während sie das Tuch wieder unter der Achsel befestigte.

Als sie schließlich etwas sagte, schienen ihre Worte

nicht ihm zu gelten. »Die ganze Welt der Spiele ist in einer Art Trance.«

»Das haben Sie auch bei der Präsentation gesagt.« Er stellte fest, daß seine Stimme etwas höher klang als sonst.

»Die Leute geben sich mit so wenig zufrieden«, sagte sie. »Sie verkaufen sich aus Gewohnheit unter Wert. Sie sind gefangen in einem Käfig aus ihren eigenen begrenzten Erwartungen. Sie glauben, daß das, was sie sehen, alles ist, was sie wissen oder jemals wissen werden. Sie machen sich keine Vorstellungen, sie träumen oder phantasieren nicht einmal. Für die meisten endet der Horizont beim jährlichen Urlaub, bei einer großen Reise. Manche tun noch nicht einmal das. Aber da draußen liegt die ganze Welt und wartet nur darauf, entdeckt zu werden. Und jetzt gibt es noch mehr als die Welt: Virtuelle Realität fügt dem Ganzen eine weitere Dimension hinzu. Man kann die ganze Welt und mehr erforschen, indem man einfach das eigene Gehirn benutzt. Das Problem besteht darin, eine bestimmte Art von Mut zu haben. Man braucht Mut, alles Vertraute von sich zu werfen und zu experimentieren. Nur wenige können sich überhaupt vorstellen, welche erstaunlichen Erfahrungen sie machen könnten, wenn sie nur etwas waghalsiger wären.«

Sie blickte nachdenklich auf die dunkle Tapete. Teilweise schälte sie sich von der Wand und enthüllte den verfärbten Putz darunter. Die schäbige Umgebung schien sie nicht zu berühren. Sie war ganz mit ihren Gedanken beschäftigt.

»Gerade mit Ihrem Gamepod ...«, sagte Pikul. »Wo waren Sie? Was haben Sie gemacht?«

»Ich habe einen Spaziergang durch *eXistenZ* gemacht.«

»Ja, das habe ich gesehen. Aber was haben Sie da wirklich getan?«

Sie sah ihm in die Augen, und einen Moment lang hätte er schwören können, daß ihre Zunge schnell und genießerisch über ihre Lippen fuhr. Dann lächelte sie schüchtern und wandte sich ab.

»Einen Spaziergang gemacht«, meinte sie. »Habe ich Ihnen doch gesagt. Das ist so ziemlich alles, was ich allein dort tun kann, was man überhaupt tun kann. Es ist schon interessant, aber etwa so, wie ein fremdes Land für Touristen interessant ist. Ich war in meinem eigenen Käfig gefangen. Damit man richtig hineinkommt, muß man mit einem anderen Spieler verbunden sein. Wie es in der Redensart so heißt: Dazu gehören zwei. Allein kann es schon reichlich langweilig werden.«

Während sie das sagte, blickte sie ihm wieder in die Augen. Die Einladung war unverkennbar.

»Haben Sie Lust, mit mir zu spielen?« fragte sie und zeigte auf das Gamepod.

»Ich?« fragte er. »Aber ich habe noch nie . . .«

Unerklärlicherweise spürte Pikul Panik in sich aufsteigen. Alles in ihm drängte ihn, sich von ihr fernzuhalten. »Sprechen wir über das eigentliche Problem!« Die Worte strömten unkontrolliert aus ihm heraus. »Warum soll ich *Antenna* nicht anrufen? Die werden verrückt, wenn sie nicht wissen, was mit Ihnen passiert ist. Schließlich haben wir ja nichts Falsches getan. Wir sind einfach nur weggelaufen, weil wir nicht wußten, wie viele von denen noch da waren. Stimmt's? Ich finde, wir sollten *Antenna* informieren, daß es Ihnen gutgeht und daß sie jemanden schicken sollen, der Ihnen helfen kann und sich auskennt . . .«

Während er sprach, knöpfte Geller sein Hemd auf und sah ihm weiterhin einladend in die Augen. Als der letzte Knopf offen war, zog sie die Hemdschöße aus der Hose und schlang ihre Arme um seine Taille. Mit sanftem Druck preßten sich ihre Brustwarzen durch das dünne

Handtuch hindurch an seine nackte Haut, und er roch ihre immer noch feuchten Haare.

Er hörte auf zu sprechen und wartete darauf, daß die Welt um ihn herum explodierte.

Plötzlich trat sie einen Schritt zurück. »Wo ist Ihr Bioport?«

»Mein Bioport?« fragte er verdutzt.

»Jetzt erzählen Sie mir nicht, daß Sie nie angepaßt wurden!«

»Ich wurde nie angepaßt. Na und?«

»Sie arbeiten bei *Antenna* und haben keinen Bioport? Das ist ja unglaublich. Sie haben nie eins von meinen Spielen gespielt, weil Sie *überhaupt* noch nie ein Spiel gespielt haben.«

»Also, Allegra – ich meine, Geller! Ich bin im Management-Trainingsprogramm, und mein Ausbilder ...«

»Zum Teufel mit Ihrem Ausbilder! Hier geht's um mich, nicht um irgendeinen Karrierefuzzi von *Antenna*. Das heißt, daß Ihnen überhaupt nicht klar ist, was für ein Genie ich bin.«

»Ein Genie, was?« Pikul wünschte sich, daß sie ihn wieder umarmte, aber dafür war sie zu weit entfernt. »Ich brauche ein Spiel nicht zu spielen, um zu wissen, wie ich es am besten verkaufe.«

»Aus Ihnen spricht *Antenna*. Das ist doch alles nur Quatsch, angeberisches Gerede. Wenn Sie meine Spiele nicht spielen wollen, werden Sie nie für *Antenna* arbeiten. Dafür werde ich sorgen.«

»Hören Sie mal, ich habe mir schon immer gewünscht, Ihre Spiele auszuprobieren«, sagte Pikul nicht ganz aufrichtig. »Aber ich habe diese ... Phobie. Eine Phobie, daß etwas in meinen Körper eindringt.«

»Ach, wirklich?«

»Chirurgisch eindringt, meine ich. Das verstehen Sie doch, oder?«

»Ich weiß nicht so recht. Davon, daß etwas in sie eindringt, träumen schließlich die meisten Frauen, die ich kenne.«

»Falls Sie es noch nicht bemerkt haben sollten, ich bin keine Frau.« Pikul stellte fest, daß ihre Beziehung versandete, bevor sie richtig angefangen hatte. Er wußte, daß er in ein Loch gefallen war und sich heftig bemühte, noch tiefer hineinzugeraten. Er versuchte einzulenken: »Vielleicht ist es mit einem Bioport etwas anderes?«

»Es ist etwas anderes.«

»Ich weiß nicht . . . Das klingt nicht sehr überzeugend. Ich glaub, ich kann's nicht. Das ist zu abgefahren. Davon kriege ich eine Gänsehaut.«

»Meine Güte, Pikul. Kommen Sie schon . . . Sie injizieren Ihnen nur mit einer kleinen Hydrospritze etwas ins Rückgrat. Die Einklinkverbindung wird ins Rückenmark geschossen. Es wird auch in Einkaufszentren gemacht und ist nicht schlimmer als das Stechen von Ohrlöchern.«

Pikul zuckte zusammen. Er hatte auch vor dem Stechen von Ohrlöchern Angst.

»Sie haben die Leute bei der Präsentation gesehen«, fuhr Geller fort. »Sie alle waren angepaßt. Farmer, Lieferwagenfahrer, Studenten, Senioren, Polizisten, was auch immer. Millionen Leute haben sich Bioports anpassen lassen. Es ist nur ein Piekser.«

»Klar. Mit nur einem minimalen Risiko von Querschnittslähmung. Ich hab's im *National Enquirer* gelesen.«

»Sie haben sich diesen Beruf ausgesucht, Sie Pfeife.«

»Haben Sie denn kein überzeugenderes Argument?« fragte Pikul und fand, daß sie sich bis jetzt keine besondere Mühe gegeben hatte.

»Sie meinen, ich sollte Ihnen nicht mit Vernunftgründen kommen?«

»Ja ... was ist das Beste daran? Unvernünftigerweise?«

Offenbar hatte er damit bei ihr einen Nerv getroffen.

»Mögen Sie intime Zweisamkeit?« fragte sie. »Wirkliche Nähe? Möchten Sie gern jemanden spüren und umarmen und ganz für sich haben?«

»Sicher.«

»Es gibt keine größere Nähe, als *eXistenZ* zu zweit zu spielen.« Sie trat wieder auf ihn zu und hob ihm ihr anziehendes Gesicht entgegen. Sie stand dicht bei ihm – berührte ihn nicht, doch sie war ihm so nah, daß er ihren Atem leicht über seine Brust streichen spürte. »Wenn man mit jemandem *eXistenZ* spielt, verspürt man eine Nähe jenseits jeglicher Beschreibung. So etwas haben Sie im richtigen Leben noch nie erlebt, weil es unmöglich ist, sich im richtigen Leben so nah zu kommen. Wollen Sie es nicht wenigstens einmal ausprobieren? Sie können mit mir alles spielen, was Sie wollen.«

Ihm war schwindelig vor lauter Gefühlen und Verwirrung. Wenn sie von Spielen sprach, meinte sie dann ...? Natürlich würde er gern mit ihr spielen, aber sprachen sie eigentlich über dasselbe?

»Ich dachte, Sie ...«, begann er. »Als Sie ... also, als Sie mein Hemd aufgeknöpft haben ...«

»Ich habe nach Ihrem Bioport gesucht.«

»Ja, *jetzt* weiß ich es, aber vorhin.«

»Sie haben gedacht, ich hätte etwas anderes vor. Vielleicht, vielleicht auch nicht. Also, sobald wir uns erst einmal gemeinsam eingeklinkt haben, gibt es keine Grenzen mehr für das, was wir miteinander spielen können. Keine Regeln, keine Hemmungen. Ich frage Sie, ob Sie mit mir *eXistenZ* spielen wollen?«

»Jetzt?«

»Klar. Aber wissen Sie auch, warum das nicht geht?«

»Weil ... weil ich keinen Bioport habe.«

»Genau. Sie haben keinen Bioport.«

Jetzt wich er vor ihr zurück. Wegen ihr brach ihm der Schweiß aus, und er wollte nicht, daß sie etwas davon mitbekam. Er versuchte umständlich, sein Hemd wieder anzuziehen, verwechselte die Knöpfe und mußte sich umdrehen, bis er sich zurechtgefunden hatte. Er verdrängte den Gedanken an das, was sie ihm anzubieten schien: Sie war *verfügbar*, aber er konnte sie nicht bekommen.

Als er wieder hinsah, hatte sie sich auf die Bettkante gesetzt und hielt ihr Gamepod auf dem Schoß.

»Gehen Sie wieder ins Spiel zurück?« fragte Pikul.

»Nein. Kommen Sie und sehen sich das an.« Vorsichtig näherte er sich ihr. »Mein Baby hat bei der Präsentation vorhin einen ordentlichen Schlag abgekriegt. Sehen Sie, wie es zittert?«

Er kniff die Augen zusammen und blickte auf das Gamepod. Es zitterte wirklich; rasche peristaltische Bewegungen durchliefen das Gehäuse.

»Ja, äh . . . es zittert wirklich«, sagte er.

»Ich bin nicht nur einfach sentimental, Pikul. Dieses Baby hier ist das höchstentwickelte Stück organische Elektronik der Welt. Als in der Kirche die UmbyCords herausgerissen wurden, geschah das genau in dem Moment, als es am empfindlichsten war. Der Spielaufbau wurde hiervon auf die vernetzten Gamepods heruntergeladen. Die dafür nötigen Softwareprotokolle gehören zum Ausgeklügeltsten, was je für ein Spiel entwickelt wurde. Gott weiß, was für Schaden das angerichtet haben kann. Verstehen Sie das Problem?«

»Nun ja, ich . . .«

»Die einzige Möglichkeit, wie ich herausfinden kann, ob alles in Ordnung ist, ob das Spiel nicht verunreinigt wurde, ist, mit jemandem, dem ich vertraue, *eXistenZ* zu spielen. Jemand Nettes.« Sie sah ihn wieder an. Ihre Lippen glänzten feucht, und in ihren Augen tanzte ein Funken Gefahr. »Sie haben gesagt, daß ich Ihnen vertrauen kann, aber sind Sie auch nett?«

»Ja, ich bin nett. Sehen Sie mich doch an. Total nett.«

»Aber Sie haben keinen Bioport.«

»Ich besorge mir einen«, sagte Pikul. »Das kann ja nicht so schwer sein, wenn all die Lieferanten, Farmer und anderen Leute einen haben, wie Sie gesagt haben. Wir sind meilenweit von der Zivilisation entfernt und müssen jemanden finden, der es ohne Registrierung macht. Das wäre illegal und vielleicht auch gefährlich, wenn sie die gute alte Hydrospritze ans Rückgrat drükken ... aber ich bin nett, was soll's?«

»Also tun Sie's?«

»Ich denke schon.«

»Es wird Ihnen nicht leid tun.«

Sie drehte sich zur Seite und legte das Gamepod aufs Bett, dann beugte sie sich vor, um aufzustehen. Dabei bemerkte er, daß sich das Handtuch wieder gelöst hatte, denn einen Augenblick lang konnte er die sanfte, spitz zulaufende Rundung ihrer Brust sehen. Sie drückte das Tuch wieder an sich und ging in Richtung Bad.

»Wohin gehen Sie?« fragte Pikul.

»Mich anziehen. Ich kann nicht halbnackt rausgehen.«

»Und wohin gehen wir?«

»Ihnen einen Bioport beschaffen.«

»Wie, jetzt? Sofort?«

»Was du heute kannst besorgen ...«, meinte Geller.

»Wie soll das gehen? Fahren wir einfach mitten in der Nacht bei der guten alten Tankstelle an der Ecke vorbei?«

»So ähnlich«, sagte sie und zog die Badezimmertür zu. Diesmal schloß sie ab.

Pikul tigerte hin und her und rieb sich dabei mit der Hand über seinen noch unberührten Rücken.

7. Kapitel

Etwa drei Kilometer die Schnellstraße entlang befand sich eine Tankstelle, die geöffnet war. Zumindest hing ein Schild dort, das dies besagte. Davor standen drei beleuchtete Zapfsäulen; das Gebäude selbst war jedoch dunkel. Pikul hielt mit dem Landrover an den Zapfsäulen und drückte ein paar Sekunden lang auf die Hupe.

Nach einer ganzen Weile öffnete sich die Holztür des alten Gebäudes, und langsam kam ein schlaksiger Tankwart zu ihnen geschlurft.

»Volltanken«, sagte Pikul. »Bleifrei.«

»Verstanden.«

Beim Schein der Zapfsäulenbeleuchtung entzifferte Pikul seinen Namen, der auf den Overall gestickt war. Anscheinend wurde er »Sprit« genannt. Sprit beugte sich beim Tanken über den Einfüllstutzen. Er starrte in die Dunkelheit hinaus und pfiff leise vor sich hin. Pikul und Geller standen nervös hinter ihm.

»Kann ich sonst noch was für Sie tun?« fragte der Tankwart, als der Tank voll war.

»Vielleicht«, meinte Geller. »Sprit – heißen Sie so, Sprit?«

»Das ist mein Spitzname.« Der junge Mann sprach mit breitem Akzent. Er schien ebenfalls nervös zu sein, aber gleichzeitig ging ein ungreifbar bedrohliches Gefühl von ihm aus.

»Könnten Sie mal nach unseren Bioport-Eingängen sehen?« fragte Allegra.

»Wonach? Meinen Sie vielleicht die Zündkerzen?«

»Nein, Sie wissen schon. Mein Freund hat Schwierigkeiten mit dem Bioport.«

Der junge Mann richtete sich auf und sah sie lange an. Zum ersten Mal konnten sie sein Gesicht deutlich erkennen. Seine Züge waren gleichmäßig und ausgeprägt, aber seine Augen wirkten leer, ohne jede Regung. So, wie er sie jetzt ansah, schien er sich ein Urteil über sie zu bilden, doch die Ausdruckslosigkeit seines Blicks verriet nicht, wie es ausfiel.

»Mit dem Bioport«, meinte er langsam. »Das ist so eine Art Loch im Rücken, oder? Hier in der Gegend gibt es eine Menge *Arsch*löcher, aber im großen und ganzen war's das auch schon. Ich hab' keine Ahnung, warum Sie gerade mich nach so was fragen.«

»Das können Sie sich doch bestimmt denken«, sagte Geller. »Ich glaube auch, daß Sie bereits wissen, wer ich bin.«

»Verstehen Sie mich nicht falsch«, sagte der junge Mann sofort. »Aber wenn Sie die First Lady wären und hier nach einem unregistrierten Bioport suchen würden – ich könnte Ihnen nicht dabei helfen, einen anzupassen.«

»Ich bin nicht die First Lady«, sagte Geller. »Aber vielleicht bin ich die letzte.«

Sie trat zur Seite, damit das Licht von der Zapfsäule direkt auf ihr Gesicht schien. Mit gelassener Miene sah sie den jungen Tankwart an und wartete offenbar auf seine Reaktion.

Er starrte zurück, und Pikul bemerkte, wie sich seine Augen vor Erstaunen weiteten.

Sprit zog eine speckige Brieftasche aus dem Overall und klappte die Kartenfächer auf. Pikul erspähte Familienfotos, eins vom Angeln mit drei Männern in Watstiefeln darauf, ein paar auf Hochglanz polierte heiße Öfen, vor denen junge Männer standen. Bei einem Foto hielt Sprit inne: ein Farbbild von Geller aus einer Illustrierten. Die Unterschrift lautete: »Allegra Geller – Göttin des Gamepods«.

Sprit hielt es Pikul kurz unter die Nase, als wäre es eine Polizeimarke. Dann wandte er sich zu Geller und warf sich ihr blitzschnell und völlig unerwartet zu Füßen. Von dort starrte er zu ihr hoch.

»Allegra Geller«, sagte er mit inbrünstiger Ehrfurcht. »Sie haben mein Leben verändert.«

Er nahm ihre Hand in seine und strich mit den Lippen sacht darüber.

Mit breitem Grinsen vollführte Geller einen kleinen Hofknicks. Beide brachen in Gelächter aus.

»Ich bin Ted Pikul«, sagte Pikul und streckte die Hand aus, aber schon gingen die beiden anderen Seite an Seite zum Gebäude und verschwanden in der Dunkelheit.

Pikul folgte ihnen in ein düsteres Durcheinander aus halbreparierten Autos, Ölfässern, an die Wand gelehnten Auspuffrohren, Reifenstapeln, Werkzeugregalen, Hebebühnen, Kettenflaschenzügen, hydraulischen Wagenhebern, Reifendrucktabellen ... All das wurde nur schwach von einer Glühbirne erhellt, die hoch oben an der Decke hing. Geller sah sich um.

»Ich glaube, ich gehe ein bißchen frische Luft schnappen«, meinte sie zu Sprit. »Solange Sie Pikul den Bioport anpassen.«

»Klar, passen Sie mich an«, sagte Pikul.

Sprit winkte Geller liebevoll zu, als sie wieder auf den Hof ging. Dann legte er eine Reihe Schalter neben dem Kettenflaschenzug um, und in der schmuddeligen Werkstatt wurde es heller.

»Und Sie kennen sich wirklich mit dem Anpassen von Bioports aus?« fragte Pikul.

»Ich würde es keinem sonst verraten«, meinte Sprit fröhlich. »Aber sicher, ich kenne mich aus.«

»Und Sie machen es hier?«

»Wo denn sonst? Neue Reifen, neue Kupplungen, neue Batterien, neue Bremsbeläge, neue Zündkerzen, neue Bioports . . . alles, was Sie sich nur wünschen. Warten Sie hier, Pikul, und ich bereite alles vor.«

Er ging hinüber auf die andere Seite der Werkstatt, wo noch ein Overall am Haken hing. Er zog den aus, den er anhatte, und schlüpfte in den anderen. Der sah zwar nicht sauberer aus als der erste, hatte aber ein paar Löcher weniger.

»Was haben Sie früher gemacht?« fragte Pikul.

»Früher?«

»Bevor Ihr Leben durch Allegra Geller verändert wurde.«

»Ach so. Tja, ich hatte eine Tankstelle und eine Werkstatt.«

»Aber Sie haben doch immer noch eine Tankstelle und eine Werkstatt.«

Sprits Schultern versteiften sich, und er drehte sich mit einem finsteren Blick zu Pikul um. Dann grinste er; die Leutseligkeit war wieder da, wie eingeschaltet.

»Klar«, sagte er. »Zumindest sieht es nach außen hin so aus. Sie können keinen Blick dahinter werfen, weil Sie auf der armseligsten Ebene buchstäblicher Realität gefangen sind. Auf den tieferen Ebenen, die Sie nicht würdigen können, hat Allegra Gellers Werk mich befreit.«

»Befreit?«

»Haben Sie je ihr Spiel *ArtGod* gespielt? Ein Wort, großes G in der Mitte?«

»Vergessen Sie nicht, ich habe noch keinen Bioport«, sagte Pikul.

»›Du, der Spieler dieses Spiels, du bist Gott.‹« Bei der Erinnerung an das Spiel blickte Sprit sehnsüchtig drein. »Sehr vergeistigt. Auch witzig. Gott, der Künstler, Gott, der Mechaniker. Solche Spiele werden heute nicht mehr entworfen.«

Er zog den Overallreißverschluß hoch.

»Der ist doch steril, oder?« fragte Pikul.

Sprit sah kurz an sich herunter und wischte sich die ölverschmierten Hände am Brustteil ab.

»Ziemlich«, meinte er. »Aber Sie brauchen sich keine Sorgen zu machen. So, wie es geliefert wird, kann man einen Bioport in einem Schlachthof reinschießen, ohne daß es eine Entzündung gibt.«

»Warum haben Sie sich dann die ganze Mühe gemacht, in einen sauberen Overall zu steigen?«

Sprit war unterwegs zum Werkzeugregal, aber Pikuls Bemerkung ließ ihn innehalten. Anscheinend war ihm dieser Gedanke noch nie zuvor gekommen. Wieder spürte Pikul, wie Feindseligkeit in dem jungen Mann aufstieg und schnell unterdrückt wurde.

»Wissen Sie, das ist was Mentales«, sagte Sprit. »Bereitet mich auf die Aufgabe vor. Stellt mein Gehirn auf die Hydrospritze ein. Was man sich nämlich auf gar keinen Fall leisten kann, ist ein Fehlschuß mit dem Markierer.«

»O Gott«, stöhnte Pikul.

»Gott, der Künstler, Gott, der Mechaniker«, antwortete Sprit und lächelte Pikul breit und hinterhältig an.

Er kramte eine Weile im Regal herum und hob dies und das beiseite auf der Suche nach dem, was vielleicht darunterlag. Dann ging er an eine lange Werkbank, die voller Werkzeuge und Ersatzteile war, und entdeckte dort endlich seinen Werkzeugkasten aus rotem Metall mit Rädern. Er zog eine der großen Schubladen auf.

Nach weiterer kurzer Suche zog er ein kleines, fettverschmiertes, elektronisches Gerät heraus, das etwa wie ein Spannungsmesser aus Kohlefasern aussah. Es hatte einen metallenen Fühler mit einer langen, scharfen Spitze, die Sprit gedankenverloren an der Hose abwischte. Dann prüfte er die Spitze im Gegenlicht, beleckte den Daumen und Zeigefinger und rieb damit das äußerste Ende. Dann wischte er sie wieder ab.

Er setzte eine Brille aus unzerbrechlichem Industrieglas auf.

»Das Ding hier nennt man einen Markierer«, sagte Sprit und betrachtete es mit zusammengekniffenen Augen durch die dicke Brille. »Es funktioniert mit einer Kombination aus Sonar und Laser, um den Punkt am Rückgrat zu finden, an dem sich das ›X‹ mit dem ›Y‹ kreuzt. Wir wollen doch keinen Mikrometer daneben liegen.« Er nahm die Sicherheitsbrille kurz ab und pustete ein paar Stäubchen weg, die sich daraufgesetzt hatten. »Ein Mikrometer daneben, und Sie kriegen 'ne Menge Probleme. Rückenmarksverletzungen, Lähmungen, Krämpfe, unstillbare Schmerzen, so was in der Art.«

Pikul schloß kurz die Augen.

»Aber das kleine Ding hier liegt nie falsch, wenn man es richtig benutzt. Es markiert die richtige Stelle und funktioniert sozusagen als Entfernungsmesser. Das Anpassen ist dann ein Kinderspiel.«

»Mit Messern spielt man aber nicht«, meinte Pikul, doch Sprit bekam den Witz offenbar nicht mit.

»Ziehen Sie das Hemd hoch«, ordnete er humorlos an. »Und drehen Sie sich um.«

Widerstrebend tat Pikul, was man ihm sagte. Er ging zu einem Ohrensessel neben einer Werkbank und kniete sich nach Sprits Anweisung umständlich darauf. Dann biß er die Zähne zusammen und wartete auf den Weltuntergang.

Vor ihm befand sich ein kleines, verdrecktes Fenster,

das auf den Hof ging. Dort stand Geller, ihr Gamepod über die Schulter gehängt. Sie ging in der Dunkelheit herum und betrachtete ihre Umgebung mit einem Ausdruck der Ehrfurcht. Leicht strich sie mit den Fingerspitzen über alles, an dem sie vorbeikam, von den rostigen Resten kaputter Autos bis zu den hypermodernen Zapfsäulen.

Weißes Feuer stach in sein Rückgrat, und Pikul erstarrte vor Schmerzen.

»Na, das tat doch gar nicht weh, oder?« meinte Sprit.

Pikul wollte antworten, aber seine Stimme war nur noch ein stammelndes, hohes Quietschen. Er hustete, räusperte sich und blinzelte die Tränen weg.

»Nur ein bißchen«, sagte er tapfer.

»Hab' ich's doch gesagt.«

»Gut ... also, danke für alles.« Pikul erhob sich aus seiner ungemütlichen knienden Position. Er reckte und streckte sich. Jetzt fühlte sich alles wieder wie immer an. »Was bekommen Sie?«

»Ich bin noch gar nicht fertig«, sagte Sprit. »Das war nur der Markierer. Er markiert die Haut an der Stelle, wo der Bioport hinsoll.«

Pikul drehte sich nach hinten und versuchte, einen Blick über die Schulter zu werfen. Er tastete mit der Hand nach der Stelle.

»Nicht reiben!« warnte Sprit. »Ein Mikrometer daneben ... wissen Sie noch?«

Aus einer anderen Schublade zog er die Bioport-Implantierpistole. Sie war größer als der Markierer, hatte zwei ungemütlich aussehende hydraulische Hebel und dazwischen eine tödliche Trommel. Ihr Pumpmechanismus klang wie heftiges Würgen, als Sprit ihn betätigte.

Aus einem luftdicht verschlossenen Päckchen nahm er etwas Metallisches und ließ es am Trommelende einschnappen.

»Zurück auf den Stuhl, bitte.«

Pikul gehorchte widerstrebend.

»Jetzt tut's wirklich weh, oder?« fragte er.

»Ich hab' noch nie einen verstümmelt.«

»Wie viele haben Sie denn schon gemacht?«

»Drei«, sagte Sprit. »Sie sind der dritte.«

Geller ging bis zum Landrover und wieder zurück. Über ihr leuchteten hell die Sterne, und es wehte ein warmer Westwind. Sie sog die Luft tief ein. Zum ersten Mal seit Verlassen der Kirche fühlte sie sich relativ sicher. Ja, zweifellos liefen die Verrückten immer noch frei herum und suchten sie, aber es würde sehr lange dauern, bis sie genau diese Tankstelle an genau dieser Straße gefunden hätten.

Bei ihrem Rundblick wurde sie plötzlich auf eine Bewegung an der entferntesten Zapfsäule aufmerksam. Sie ging hin, um nachzusehen.

Irgendein Tier war auf den verchromten Handgriff gekrochen. Dort saß es nun im Mondschein und zuckte in der warmen Nacht. Sie beugte sich vor, um es genauer zu betrachten.

Es war ein salamanderähnlicher Lurch mit sechs Beinen. Die dicken Zehen waren gespreizt, um auf dem glatten Metall einen besseren Halt zu finden. Es bewegte sich unaufhörlich und wand sich von einer Seite zur anderen.

Es hatte zwei Köpfe.

Jeder Kopf saß auf einem eigenen Hals, und beide versuchten, sich gegenseitig niederzukämpfen. Die beiden winzigen Köpfe schwangen hin und her und schlugen aneinander.

Geller streckte die Hand aus und nahm das Tierchen vorsichtig hoch. Einen Augenblick lang klebten die Zehen fester an dem Metall, aber dann lösten sie sich mit einem fast unhörbaren Sauggeräusch. Mit weit abgespreizten Beinen lag das Tier auf ihrer Handfläche. Immer noch schwankten die beiden Köpfe hektisch hin und her und ließen den Lurch stolpern, wenn er einen Schritt machen wollte. Schließlich ertastete der Schwanz ihre Daumenwurzel und schlang sich darum, um im Gleichgewicht zu bleiben.

Allegra beugte sich vor, um es näher zu betrachten. Plötzlich hörten die Köpfchen auf zu zappeln und blickten aus froschähnlichen Glupschaugen zu ihr hoch.

Dann hörte sie einen Schrei aus der Werkstatt. »Geller, Hilfe! *Geller!*«

8. Kapitel

Pikul war bis ans andere Ende der Werkstatt zurückgewichen und hielt einen großen Schraubenschlüssel in der Hand, den er aus einem Regal gerissen hatte. Mit schußbereit erhobener Bioport-Implantierpistole stand Sprit vor ihm. Beide Männer atmeten schwer und starrten sich wütend an.

Geller stürzte herein.

»Sprit, was ist hier los?« schrie sie.

Er warf ihr einen Blick zu.

»Ihr Freund tut so, als wollte ich ihn überfallen. Eigentlich werde ich sonst für so was bezahlt.«

»Ja, das wurden Sie ja auch – von allen beiden!« brüllte Pikul. »Der Typ ist ein verdammter Amateur, Geller. Ich laß mir nicht einen Bioport verpassen, damit der das an mir üben kann. So einfach ist das, und das ist mein letztes Wort.«

»Was soll das heißen, ›von allen beiden‹?« fragte Geller Sprit.

»Ein Scherz von mir«, antwortete er. »Ich wollte ihn nur ein bißchen aufziehen. Wie das ein guter Arzt so macht, wissen Sie.«

»Pikul versteht keinen Spaß«, meinte Geller ruhig und schob ihn zur Seite. Sie ging zu Pikul. »Dann also keinen Bioport?«

»Nein.«

Sie blickte zurück zu Sprit, schätzte die Entfernung ab und senkte dann ihre Stimme zu einem heiseren Flüstern. Ihr Atem strich sacht über Pikuls Wange.

»Das ist genau das, was ich meinte, Pikul«, sagte sie. »Das ist der Käfig, den man sich selbst baut. Er hält einen gefangen und läßt nur wenige Schritte zu. Für immer. Man kann nicht fliehen, weil man vergessen oder nie mitbekommen hat, wie man überhaupt hineingelangt ist. Das ist Ihre Chance, Pikul. Brechen Sie aus. Jetzt sofort.«

Er starrte sie schwer atmend an.

»Ich will nicht«, beharrte er.

Sie kam noch näher.

»Denken Sie an die Belohnung, Pikul. Denken Sie daran, wohin wir beide dann gehen können.« Sie beugte sich zu ihm, zupfte an ihrem T-Shirt und zog es nach vorne, so daß er einen Blick in ihren Ausschnitt werfen konnte. Er tat es. Sie ließ den Stoff los.

»All das kann Ihnen gehören«, sagte sie. »Das ist kein Versprechen. Es ist eine Voraussage.«

Wieder kniete Pikul auf dem Sessel und wartete zitternd und bebend auf den Einstich. Er hörte, wie Sprit hinter ihm hin und her ging; er spürte, wie irgend etwas eingestellt wurde; er hörte wieder das Würgen aus tiefster Kehle. Ein kaltes, metallenes Etwas berührte seinen Rücken.

Wumm!

Pikul fiel nach vorn in den Sessel, und Schmerz durchfuhr seinen Körper. Noch nie im Leben hatte er auch nur annähernd so starke Schmerzen gespürt, doch sie schwanden erstaunlich schnell.

Schon knapp eine Minute nach dem schrecklichen Aufprall fühlte sich die untere Partie seines Rückens wie ein sehr großer und empfindlicher Abszeß an, aber die unerträglich lähmenden Schmerzen waren vergangen.

Pikul fragte sich, ob er noch eine Weile in dieser erniedrigenden Position mit dem Gesicht nach unten liegenbleiben sollte, um klarzustellen, wie sehr er leiden mußte, entschloß sich dann aber anders. Langsam drehte er sich herum. Sein Sehvermögen kehrte zurück.

Sprit und Geller beobachteten ihn. Er bildete sich ein, daß Geller ihn voller Mitleid und Zuneigung ansah, doch sicher war er sich nicht.

»Okay, Pikul«, meinte Sprit. »In den nächsten Stunden werden Sie dort eine Schwellung haben, aber schon morgen merken Sie nichts mehr davon.«

»Ganz toll«, sagte Pikul. »Großartig.«

Er versuchte, sich aus dem Sessel zu erheben, aber sobald er das Gewicht auf die Füße verlagerte, brach er in den Armen von Geller und Sprit zusammen.

»Was ist los?« schrie er angstvoll auf. »Ich kann nicht laufen!«

Geller half Sprit dabei, ihn wieder in den Sessel zurückzuhieven.

»Der Bioport versorgt Sie von selbst mit einem Betäubungsmittel, wie bei einer Schwangerschaft«, erklärte Sprit.

»Ich kann nicht schwanger werden.«

»Wenn Sie es könnten, wäre Ihnen das Gefühl vertraut. Sofortige Lähmung von der Hüfte abwärts.«

»Lähmung?« wiederholte Pikul und stellte sich verschiedene wichtige Körperteile unterhalb der Hüfte vor.

»Nur vorübergehend. Sie wollten doch nicht den vollen Schmerz invasiver Rückenmarkspunktion erleben, oder? Das Betäubungsmittel bewahrt Sie davor. Es ist gleich vorbei.«

Pikul bemerkte, daß auf Sprits Arbeitshandschuhen frische Blutströpfchen und kleine Hautfetzen klebten. Auch die Gläser seiner Sicherheitsbrille waren mit winzigen Blutspritzern übersät.

»Sie kommen mir eher wie ein Metzger als wie ein Mechaniker vor«, sagte er.

»Heutzutage wird vieles durcheinandergebracht, finden Sie nicht auch?« meinte Sprit, aber er wischte die Tröpfchen nicht weg. Ein Lächeln verzog seinen Mund, aber die Augen blieben kalt und leer. »Ich werde mich mal waschen. Machen Sie beide es sich gemütlich.«

Er warf die Handschuhe beiseite und ging in Richtung Waschraum. Er strotzte vor Selbstzufriedenheit.

Geller nahm die Tasche mit dem Gamepod von der Schulter und packte es aus. Dann begann sie, einen Y-förmigen UmbyCord für zwei Spieler daran zu befestigen.

»Was machen Sie da?« fragte Pikul.

»Wir müssen nicht warten, bis die Schwellung abgeklungen ist.«

»Sie wollen sich in mich einklinken? Während ich gelähmt bin?«

»Sicher doch.«

»In dieser Müllhalde?« Pikul deutete hilflos mit der Hand auf das schmierige Chaos um sie herum.

»Es ist völlig egal, wo in der realen Welt wir sind. Nur das Spiel zählt.«

»Ja, aber ...«

Geller hielt inne, drehte sich um und sah ihm direkt in die Augen.

»Sie wollen doch immer noch mein Spiel spielen, oder?« fragte sie.

»Ja ... ich wollte und ich will. Aber hören Sie mal, Allegra. Hier in dieser Werkstatt spielen? Jetzt? Mit Gott dem Mechaniker gleich nebenan?«

»Jetzt oder nie. Heutzutage zählt nur die sofortige Befriedigung aller Bedürfnisse, oder etwa nicht?«

Sie beugte sich vor, hob sein Hemd und begutachtete seinen Rücken.

»Oh, wie schön!« sagte sie.

Zu Pikuls Überraschung beugte sie sich noch weiter vor und strich mit ihrem Gesicht über den Bioport, rieb Wangen, Lippen und Haare daran und stieß dabei zufriedene Grunzlaute aus. Schließlich nahm sie mit einem leise schmatzenden Geräusch den Bioport in den Mund.

Pikul spürte fast nichts davon, wegen des Betäubungsmittels, aber er hörte alles und konnte sich den Rest vorstellen. Wenn seine Reflexe unterhalb der Gürtellinie nicht vorübergehend außer Funktion gesetzt worden wären, hätte er darauf eine unmißverständliche Reaktion unterhalb der Gürtellinie verspürt. Er betrachtete Gellers Rücken und konnte gerade noch erkennen, wie ihr Kopf erotisch auf und nieder wippte, während sie den Bioport mit Zunge und Lippen bearbeitete.

Eher verlegen als erregt wartete Pikul, bis sie zufrieden war. Dann sah er zu, wie sie eine winzige Spraydose Schmiermittel aus der Tasche nahm und ihn damit einsprühte.

»Aua! Das ist ja kalt!«

»Ein neuer Bioport ist manchmal ein bißchen eng. Dann ist es schwierig, den Stecker reinzukriegen. Ich möchte Ihnen nicht weh tun.«

»Wie kommt es, daß ein Bioport ...«, sprach Pikul seinen Gedanken laut aus. »Wie kommt es, daß ein Bioport sich nicht entzündet? Schließlich hat er doch eine Öffnung direkt in den Körper. Sollten Sie nicht lieber ein Desinfektionsmittel als dieses Zeug benutzen?«

»Machen Sie sich nicht lächerlich.«

»Lächerlich?«

»Wissen Sie eigentlich, was Sie da reden, Pikul?«

»Ich schon«, sagte Pikul. »Manchmal denke ich sogar, ich bin der einzige, der es weiß. Hören Sie, Geller, ich schäme mich nicht zuzugeben, daß mich das alles ein bißchen nervös macht. Ich sitze hier in diesem Dreckloch, umgeben von großen Pfützen Schmieröl und von Müll, ein Irrer mit bluttriefenden Händen hat gerade eine Rückenmarksoperation an mir ausgeführt, und jetzt wollen Sie mit mir auf dem Boden herumrollen.«

»Brechen Sie aus dem Käfig aus, Pikul . . .«

»Meinen Sie nicht wenigstens, daß Sie Ted zu mir sagen könnten?« fragte er. »Es mir ein bißchen leichter machen könnten?«

»Später vielleicht«, sagte sie, versunken in ihr Tun.

Vorsichtig schob Geller den Stecker des UmbyCords in Pikuls neuen Bioport. Er spürte, wie sie zufrieden daraufklopfte, als er sicher steckte. Dann setzte sie sich ihm gegenüber und sah ihm eindringlich in die Augen.

Sie streckte die Hand aus und drückte die Startzitze ihres Gamepods.

Sofort zog sich das Gamepod krampfartig zusammen. Um sein Gehäuse zuckten und knisterten weiße Blitze. Rauch von verschmorten Leitungen drang aus den Falten, und eine Art bioelektronisches Fett spritzte aus den vielen Poren seiner Oberfläche.

»O Gott!« schrie Geller entsetzt.

Sie sprang auf und riß den UmbyCord mit solcher Wucht aus Pikuls Bioport, daß er im Sessel herumgeworfen wurde. Er verspürte keine Schmerzen, nur das rein physische Zerren ihrer hektischen Bewegung.

»Scheiße, Pikul!« fauchte sie. »Ich glaub's einfach nicht. Ich habe Ihnen vertraut, und zum Dank dafür lassen Sie meinen Gamepod durchbrennen! Sie haben ihm einen Neurospannungsstoß verpaßt.«

»Ich habe was? Was meinen Sie damit? Neurospannungsstoß . . . was ist das?«

»Ich habe Sie in mein Gamepod eingeklinkt«, sagte sie niedergeschlagen. »Sie sind in Panik geraten und haben einen Neurospannungsstoß produziert. Jetzt ist das Ding völlig im Arsch! Sie haben ja keine Ahnung, was für eine Katastrophe das für mich ist!«

»Ich war nervös ... das stimmt. Ich war richtig nervös. Aber ich bin nicht in Panik geraten.«

»Sie haben mein Gamepod hochgehen lassen!«

»Ihr Gamepod ist durchgebrannt. Okay, darüber wollen wir nicht streiten. Aber warum schieben Sie mir die Schuld zu?«

»Es wurde in Sie eingeklinkt und ist durchgebrannt«, sagte Geller mit eiskalter Logik.

»Können Sie nicht ein neues kriegen?«

Sie sah ihn ungläubig an, und einen Augenblick lang dachte er, sie würde in irgend etwas ausbrechen: Tränen, hysterisches Kichern, Tobsucht. Dann senkte sie den Blick, und ein Anflug von Traurigkeit lag auf ihrem Gesicht.

Sie kauerte vor ihm und wiegte das Gamepod.

»Pikul, in diesem Gerät ist die einzige, die Originalversion von *eXistenZ*. Es ist das komplette Spielsystem, und seine Entwicklung hat achtunddreißig Millionen Dollar gekostet, die Marketingkosten im Vorfeld nicht gerechnet. Jetzt bin ich von meinem eigenen Spiel ausgesperrt! Ich kann es weder rausholen noch selbst reinkommen!«

»Meinen Sie das ernst?« fragte er. »Das ist die einzige Softwareversion, die es davon gibt?«

»*eXistenZ* ist keine Software. Von Software kann man ein Back-up machen. *eXistenZ* ist ein komplettes, lebendiges System! Das kann man nicht kopieren. Heutzutage dreht sich alles um Sicherheit. Es ist die einzige Version, und sie sitzt da drin fest, und das ist alles nur Ihre Schuld.« Geller wischte mit dem Ärmel über das Gehäuse. Ihre Bewegungen waren von tragischer Gemessenheit, als behandele sie ein krankes Kind. »Ich habe meine leidenschaftlichsten fünf Jahre für dieses merkwürdige kleine Wesen geopfert«, fuhr sie fort. »Und ich habe es nie bereut, Pikul, weil ich wußte, daß es das einzige ist, das meinem Leben irgendeinen Sinn verleiht.«

»Aber wieso ist es meine Schuld? Ich habe Ihnen doch schon gesagt, ich habe ganz bestimmt keinen Neurospannungsstoß produziert. Ich habe keinerlei Neurospannung gespürt.«

In diesem Augenblick kam Sprit in die Werkstatt zurück. Fast wie nebensächlich hielt er eine lange Schrotflinte in der Hand, und sie war auf Geller gerichtet.

»Entspannen Sie sich, Pikul«, meinte er. »Es war nicht Ihre Schuld. Es war meine.«

Jeder Instinkt drängte Pikul dazu, Geller zu beschützen, aber er war immer noch gelähmt. Vergeblich wand er sich im Sessel hin und her. Geller wich vor Sprit zurück und umklammerte schützend ihr Gamepod.

»O nein, Sprit!« schrie sie. »Nicht du!«

»Tja, ich glaub' schon, daß ich's war.« Einen Moment lang wirkte er unschlüssig. Mit der freien Hand strich er die Haare zurück, die ihm über das schweißnasse Gesicht gefallen waren. »Ich würde diesen Bioport nicht noch mal benutzen. Außer vielleicht als Toaster oder so.«

»Was ist hier los, Sprit?« fragte Geller.

»Sie sind eine Menge Geld wert, wenn Sie tot sind.«

»Wovon sprechen Sie überhaupt?« fragte Pikul.

»Sie wissen schon, wovon. Das ganze Land weiß doch Bescheid, es läuft in allen Nachrichten im Fernsehen. Fünf Millionen für ihre Leiche. Und keine Fragen.«

»Aber sie hat Ihr Leben verändert!« rief Pikul, im Sessel gefangen.

»Schon . . . und jetzt werde ich ihres verändern.«

»Warten Sie mal, Sprit! Warum haben Sie mir diesen fehlerhaften Bioport eingesetzt?«

»Sieht so aus, als gäbe es zusätzlich zu den fünf Mio.

einen Extrabonus dafür, Allegra Gellers neuestes Spielsystem zu zerstören. Ich glaube, auch das habe ich gerade hingekriegt, stimmt's?«

Geller war stehengeblieben. Auf ihrem Gesicht entdeckte Pikul jetzt einen neuen, harten Ausdruck. Sie ging langsam und vorsichtig auf Sprit zu, wollte auf gar keinen Fall eine überhastete Reaktion hervorrufen.

»Aber können Sie wirklich jemanden kaltblütig umlegen, Sprit? Können Sie das wirklich? Mich umlegen?«

»Klar kann ich«, sagte er.

»Okay, nehmen wir mal an, Sie würden es tun.« Ihre Stimme schwankte, dann fing sie sich wieder. »Sie verstecken meine Leiche irgendwo da draußen. Sie nehmen Kontakt auf zu den Irren, die das Kopfgeld ausgesetzt haben. Sie vertrauen darauf, daß die zahlen. Sie übergeben denen meine inzwischen verrottete, scheißfaule Leiche. Glauben Sie wirklich, die rücken die fünf Mio. Bares raus? Ohne daß die Bundespolizei einen Finger rührt? Ohne daß irgendwo ein faules Spiel gespielt wird? Gehen Sie denn nie in ein Scheißkino?«

»Ihr Drehbuch gefällt mir, Geller«, meinte Sprit. »Die Handlung Ihrer Spiele hat mir schon immer gefallen. Wie ich schon sagte, wird das Leben dadurch völlig verändert. Ich will das, was Sie mir gerade erzählt haben. Da will ich mit dabeisein.«

Er spannte die Schrotflinte und legte den Finger an den Abzug.

Im selben Moment ertönte das Geräusch heftigen Würgens, und Sprit zuckte zusammen. Er hielt inne und wollte sich umdrehen.

Zu spät! Pikul feuerte die Bioport-Implantierpistole und erwischte Sprit am Schädelknochen hinter dem rechten Ohr. Sprits Hinterkopf explodierte, und er wurde zu Boden geschleudert. Sein krampfartig herumschwingender Arm fegte eine Reihe von Werkzeugen krachend mit hinunter. Die Flinte flog ihm aus der Hand und schlidderte durch die dreckige Werkstatt.

Pikul warf die Pistole weg und stemmte sich aus dem Sessel. Seine Beine konnten das Gewicht immer noch nicht tragen, und er stürzte neben Sprits Leiche zu Boden. Aus der Kopfwunde strömte Blut und breitete sich auf dem Betonboden zu einer dunklen Lache aus.

»O Gott, ich glaube, er ist tot!« sagte Pikul überflüssigerweise. »Ich wollte ihn doch nur ablenken.«

»Jetzt ist er wirklich abgelenkt«, meinte Geller. Sie sah verächtlich auf den Körper des toten Mechanikers. »Dann klink mal deinen verdammten Toaster in *das* Loch, du Leiche!«

9. Kapitel

Sie fuhren durch die Nacht. Besser gesagt, Geller fuhr, und Pikul saß neben ihr. Er spürte, wie das Gefühl in die Region unterhalb der Gürtellinie zurückkehrte. Es war der stechendste Schmerz, den er je erlebt hatte.

»Sprit wollte Sie umbringen«, meinte er, in den Beifahrersitz des Landrovers zurückgelehnt.

»Das haben Sie gemerkt!« Sie gönnte ihm einen sarkastischen Blick.

»Das sind schon zwei Menschen an einem Tag, die Sie ernsthaft umbringen wollten.«

»Noch nie war ich so beliebt.«

»Machen Sie keine Witze«, sagte Pikul. »Wer Sie umbringen will, scheint keine Rücksicht darauf zu nehmen, ob ich auch was abkriege.«

»Sie sind ein ausgebildeter Leibwächter. Aus der neuen Generation, wie Sie sagten.«

»Vermutlich meinte ich damit, daß ich noch in der Ausbildung bin. Soviel Gewalt bin ich nicht gewöhnt. Ich lebe eher ruhig.«

»Ich auch«, sagte Geller. »Wollen Sie wissen, wie mein normales Leben aussieht, wenn ich gerade mal nicht von einer Bande Irrer kreuz und quer durch die Gegend gejagt werde?«

»Nur zu.«

Eine ganze Weile lang sagte sie nichts. Pikul versuchte

nicht weiter, sie zum Sprechen zu bringen, denn er kannte sie schon gut genug und wußte, daß er ihre Absichten in der Hälfte der Fälle falsch interpretierte. Sie blickte beim Fahren stur nach vorn auf die Straße und biß sich gedankenversunken auf die Lippe.

»Na gut, ich wohne in einer Kommune draußen an der Schnellstraße 11«, meinte sie schließlich. »Wo die Seen anfangen. Kennen Sie das? Es ist ziemlich hübsch und ziemlich einsam. Die Kommune umfaßt fünfzehn Leute. Sie kommen und gehen, aber im Schnitt sind es etwa so viele. Manche Sachen machen wir in der Gruppe, einkaufen zum Beispiel. Aber das ist auch schon so gut wie alles. Ich habe ein Studio am hinteren Ende des Geländes. Da bin ich völlig von Bäumen umgeben und von den anderen Gebäuden durch einen Bach getrennt. Hinter meinem Studio liegt der See. Manchmal sehe ich ein, zwei Wochen lang keine Menschenseele, wenn ich das nicht will.«

»Kein Fernsehen?«

»Ich sehe nicht fern. Nur Videos. Aber selbst die nicht so oft. Meist arbeite ich. Das tue ich wirklich gern. Ich esse und schlafe und tauche in die Arbeit ein. Das ist mein Leben. In meinem Studio steht der fortschrittlichste Spielsimulator im ganzen Land, und dahinter, in einem besonderen Gebäude, habe ich alle Matrizen zur Entwicklung von Organen, die ich brauche, um damit mein Gamepod versorgen zu können. So sieht mein Leben aus, Pikul: Ich steige einfach jeden Tag in die virtuelle Welt, entwerfe mein Spiel und verwöhne mein Gamepod.«

»Mir kommt das irgendwie unwirklich vor.«

»Na, einmal im Monat bekomme ich mein Gehalt. Verstehen Sie es jetzt ein bißchen besser?«

»Nur von *Antenna Research*«, intonierte Pikul.

»Genau. Aber worauf ich hinauswill: Ich lebe nicht in einer Welt, in der Todesdrohungen ausgestoßen werden und in der man mit einer Waffe aus einem toten Tier überfallen wird. Ich lebe im Einklang mit der Natur, und die Menschen um mich herum sind Künstler, Handwerker, Gestalter, Denker. Wir fühlen uns einer weltweiten Bewegung zugehörig, die sich von Verbrechen und Gewalt abwendet und sich zu einer höheren Daseinsform entwickeln will.«

»Klingt toll«, meinte Pikul sarkastisch. »Wenn man nicht gerade bettelarm ist, nicht in einer heruntergekommenen Großstadtgegend lebt, nicht krank oder geistig zurückgeblieben ist, nicht . . .«

»Schon gut, ich hab's verstanden. Ich habe ja nicht gemeint, daß alle so leben. Ich weiß, daß ich privilegiert bin. Aber meine Arbeit ermöglicht Millionen von Menschen eine Menge Spaß, und das, was ich tue, ist im Grunde harmlos. Nicht alle können in einer Blockhütte am See leben. Aber einige schon, und ich gehöre dazu . . . Das bereitet mich jedoch nicht auf die große weite Welt vor, in der Leute meinen Namen brüllen und sich mit Haß in den Augen auf mich stürzen.«

»Ich muß die ganze Zeit daran denken«, sagte Pikul.

»Weiß ich. Ich auch.«

Melancholisch überdachte Pikul die Lage, während die Landschaft am Fenster vorbeiflitzte. Würde so sein weiteres Leben aussehen: Flucht über Schnellstraßen und ländliche Nebenstrecken?

»Allegra, wir brauchen Hilfe«, meinte er irgendwann.

»Sie sagen es. Ich muß dieses Gamepod reparieren lassen.«

Kurz darauf wurde der Schmerz wirklich unerträglich. Pikul starrte matt durch die Windschutzscheibe in den heller werdenden Himmel. Endlich ging die Sonne auf. Geller fuhr immer noch mit Höchstgeschwindigkeit, und Pikul schlief vor Erschöpfung von den Ereignissen der langen Nacht schließlich doch ein.

Eine ganze Weile dämmerte er im Halbschlaf dahin, während der Motor in gleichmäßigem Rhythmus dröhnte, der nur dann und wann in einer Kurve, beim Abbiegen oder von einem Schlagloch unterbrochen wurde. Doch er konnte sich trotz allem entspannen, in dieser großen, komfortablen Maschine, die für breite Straßen und rauhes Gelände gebaut war.

Als der Landrover anfing, heftig hin und her zu schwanken, und der Motor höher drehte, öffnete er schließlich wieder die Augen und sah, daß sie einen schmalen, unbefestigten Weg hinauffuhren. Zu allen Seiten erhoben sich mächtige Berge. Hohe Tannen versperrten die Sicht; der Geruch nach Nadelbäumen, Harz und Blumen belebte Pikul wie ein Stärkungsmittel. Die Luft war kälter und frischer, der Himmel blauer. Er setzte sich im Sitz auf und stellte fest, daß er sich zumindest wieder etwas bewegen konnte, obwohl das tatsächliche Empfindungsvermögen in seinen Beinen noch zu wünschen übrigließ.

Sie kamen an ein Tor aus Steinpfosten, an denen ein komisch anmutendes rustikales Schild hing: *Caledoner Skiclub – Privatweg.*

»Wollen Sie mit mir Ski fahren?« fragte er sie ungläubig.

»Hallo. Willkommen zurück auf der Erde. Sie waren ein paar Stunden weggetreten.«

Er drehte sich in seinem Sitz herum und betrachtete den Horizont und die kahlen Hänge hoch über ihnen.

»Ich kann vielleicht wieder leben«, bot er an, »aber nicht Ski fahren.«

»Keine Bange«, sagte Geller. »Auf dem Land ist nichts so, wie es scheint. Es geht immer um Schein gegen Sein. Die Wirklichkeit hier ist etwas Einzigartiges.«

Nach weiteren anderthalb Kilometern Steigung kamen sie an ein großes, U-förmiges Chalet, das etwas zurückgesetzt inmitten von Tannen stand. Geller hielt an und stieg aus.

Mit großer Mühe schaffte Pikul es, die Beine senkrecht vom Sitz auf den Boden hängen zu lassen. Als er sein Gewicht darauf verlagerte, stellte er fest, daß er einigermaßen stehen konnte. Er hielt sich an dem großen Seitenspiegel der Beifahrertür fest.

Eine Bewegung erregte seine Aufmerksamkeit, und er sah, wie sich etwas Schwarzes, Schleimiges über das gewölbte Spiegelglas tastete.

»Sehen Sie mal dies riesige Ungeziefer!« rief er Geller zu, die bereits auf das Chalet zuging. Sie kam zurück, um es sich anzusehen. »Das verdammte Ding hat zwei Köpfe.«

»Das ist kein Ungeziefer«, sagte sie und beugte sich vor, um es besser zu erkennen. »Letzte Nacht habe ich so etwas schon einmal gesehen. Kann sogar dasselbe sein, vielleicht wollte es mit uns mitfahren. Es ist ein mutierter Lurch, ein Frosch-Salamander-Eidechsen-Ding.«

»Ich merke, daß Sie in einem Naturführer nachgeschlagen haben. Für mich sieht es trotzdem aus wie Ungeziefer.«

»Es ist ein Zeichen der Zeit«, sagte Geller.

Pikul schloß vorsichtig die Tür, weil er das Tierchen nicht herunterschütteln wollte, und ging hinter Geller her zum Chalet. Seine Beine fühlten sich merkwürdig an, aber er konnte sich aufrecht halten und schaffte es, nicht hinzufallen.

Geller verlangsamte ihren Schritt, damit er sie einholen konnte.

Er blickte auf die großartige Berglandschaft, in der sie sich befanden. »Was ist, wenn jemand hierherkommt und wirklich Ski laufen will?«

»Dann kann er Ski laufen.«

»Ich dachte, Sie hätten gesagt, es wäre alles nur Schein und nicht Wirklichkeit.«

»Genau. Niemand läuft mehr wirklich Ski. Sie wissen schon, auf polierten Holzbrettern einen schneebedeckten Berg runterrutschen. Das wissen Sie doch, oder?«

»Mh.«

»Sie wußten es nicht«, meinte sie.

»Ich habe mal ein paar Skishows im Fernsehen gesehen. Abfahrtsläufe, Österreichische Alpen, Garmisch-Partenkirchen und so.«

»Genau.«

»Was ist falsch daran?« fragte Pikul, von ihrem verächtlichen Tonfall irritiert.

»Es gibt die Wirklichkeit, es gibt das, was man im Fernsehen sieht, und es gibt die virtuelle Realität. Raten Sie mal, welche davon das Rennen macht.«

Sie stieß die unverschlossene Tür auf, und gemeinsam betraten sie das Chalet.

Für Pikul sah das meiste im Inneren so aus, wie er sich eine Ski-Reparaturwerkstatt vorstellte: Überall lagen Skier in allen Stadien von Reparatur und Neulackierung herum, dazu Schraubstöcke, Drehbänke, Tischsägen und Dutzende von langen Holzregalen mit neuen Skiern.

In der Mitte standen drei große Arbeitstische, wie man sie für das Herstellen und Reparieren von Skiern ganz und gar nicht erwartete. Sie hätten besser in eine Leichenhalle gepaßt, denn es waren große Platten mit einer Arbeitsfläche aus Porzellan. Darauf waren glänzende chirurgische Instrumente in Spezialhalterungen ausgebreitet. Große, verstellbare Leuchtröhren mit Streublenden verstärkten den Eindruck eines Operationssaals.

Ihre Ankunft war offenbar bemerkt worden, denn nach ein paar Augenblicken trat ein Mann durch die Tür eines Hinterzimmers. Er war ungefähr Anfang Sechzig, wirkte befehlsgewohnt und distinguiert im Auftreten, und in seinen von Fältchen umgebenen, strahlend blauen Augen lag ein aufmerksamer Blick.

Er erkannte Geller sofort, und sein Gesicht strahlte vor Freude über das Wiedersehen.

»Allegra, mein Liebling!« Er sprach mit deutlichem osteuropäischem Akzent. Als er die Arme zur Begrüßung ausbreitete, ging sie auf ihn zu. Sie küßten sich auf die Wangen und umarmten sich herzlich. »Ich freue mich so, dich zu sechen! Und ich bin sähr erstaunt!«

»Kiri, ich möchte dir meinen Leibwächter vorstellen, Ted Pikul. Ted, das ist Kiri Vinokur, einer meiner besten und ältesten Freunde.«

»Es freut mich, Sie kennenzulärnen, Täd.«

»Mich auch, Sir. Nennen Sie mich am besten einfach Pikul.«

»Ein Leibwächter, sagst du?« Kiri Vinokur runzelte die Stirn. »Das ist sich ärnst. Ärnster vielleicht, als ich bisher gedacht chabe. Ich chere die lächerliche Geschichte darüber, daß gegen dich eine *fatwa* ausgesprochen wurde. Die Firma värsucht värzweifelt, dich wiederzufinden. Ist es sich wirklich so ärnst, wie es aussieht? Bist du in Gefahr?«

»Sie glaubt offenbar«, warf Pikul ein, »daß sie, seit ich ihr Leibwächter bin, in größerer Gefahr ist als vorher.«

»Es hat schon ein paar Anschläge auf mich gegeben.«

»Nein! Das ist unärträglich. Die Firma muß das beenden. Sie schulden dir jede Art von Schutz.«

»Ich weiß nicht, ob die Firma dagegen überhaupt etwas tun kann. Das sind Verrückte. Die Jagdsaison auf mich scheint eröffnet.«

»Meine Liebe, chier bist du sicher.« Vinokur wedelte großzügig mit den Händen herum; seine Geste schloß nicht nur das Chalet, sondern auch das umliegende Bergtal ein. »Das kann ich dir värsprechen. Ich wärde *An-*

tenna sofort anrufen und bestellen, daß sie ein paar Leute schicken, die dich abcholen kommen.«

Geller wirkte erregt.

»Nein, Kiri«, sagte sie. »Tu das nicht, auch wenn du es gut meinst. Niemand darf wissen, daß wir hier sind. Ich kann mich nicht mehr auf *Antenna* verlassen.«

Vinokur schüttelte traurig den Kopf.

»Soweit ist es sich schließlich gekommen. Ich glaube, ich värsteche. Die Firma hatte immer die schlechte Angewohnheit, brillante und exzentrische Leute an sich zu ziechen. Du und dein, äh, Leibwächter, ihr könnt euch natürlich chier draußen so lange värstecken, wie ihr wollt. Mährere unserer Gästechütten sind sich momentan frei. Ich wärde mich darum kümmern, daß ihr frische Handtücher bekommt.«

»Danke, Kiri!« sagte Geller. Sie klopfte auf ihre Gamepod-Tasche. »Aber weißt du, eigentlich bin ich hiergekommen, um dich zu bitten, mir zu helfen. Ich will nicht alles verlieren, was hier drin ist.«

10. Kapitel

Als sie sich eingerichtet hatten, machte sich Kiri Vinokur daran, Gellers Gamepod zu reparieren. Er legte es vor sich auf die Arbeitsfläche aus Porzellan, wobei er zunächst einige geschickte Handgriffe vornahm, denen Pikul nicht ganz folgen konnte. Seine Hände bewegten sich flink und sicher wie die eines geübten Masseurs. Schließlich öffnete er den Organismus, so daß dieser wie ein Buch vor ihm ausgebreitet lag.

Dann begann die eigentliche Operation. Dabei wurde Vinokur von einem Techniker namens Landry unterstützt, einem pausbäckigen Mann mittleren Alters. Vinokur verwendete spezielle elektronische Diagnosegeräte, die in etwa aussahen wie Skalpelle, aber offenbar nicht in direkten Kontakt mit dem Gamepod gebracht wurden. Die gründliche Untersuchung sollte zeigen, was mit dem kybernetischen Gehirn des Gamepods passiert war.

»In was um alles in der Welt hast du dich da eingeklinkt, Allegra?« fragte Vinokur und sah Geller über den Rand seiner aufsteckbaren Vergrößerungsbrille an.

»In Pikuls Bioport«, antwortete sie.

»Ährlich? Und ist es vielleicht das, was den Schaden värursacht hat? Was meinst du?«

»Bei der Installation lief was falsch«, erklärte Pikul hastig. »Es war mein erstes Mal. Der Bioport . . . also, der hat einen Neurospannungsstoß produziert. Dieses

Phänomen kennen Sie bestimmt. Wir sind uns jedenfalls ziemlich sicher, daß es das war. Aber er hat das ganz von selbst gemacht, ohne mein Zutun. Allegra meint, Sie könnten das reparieren.«

»Was immer auch passiert ist, es chat ein ganzes Stück teures Närvengewebe gebraten«, sagte Vinokur. »Sie sechen chier?« Er zeigte auf einen rosaroten pulsierenden Knoten von Cyber-Synapsen. Mit der Spitze des elektronischen Skalpells umschrieb er den Bereich. »Chier... und chier. Dieser Strang von Reaktionsgewebe. Das alles ist kaputt.«

»So, wie es da liegt, sieht es fast aus wie ein Tier«, meinte Pikul. »Mir kommt es so vor, als würden Sie ein Schoßhündchen operieren.«

Geller und Vinokur tauschten einen befremdlichen Blick. Plötzlich lachte Vinokur auf.

»Was sage ich?« meinte er zu Landry. »Immer sage ich, daß wir sind geworden nichts anderes als värherrlichte Tierärzte.« Er nickte Pikul anerkennend zu. »Das Gamepod von *eXistenZ* ist sich im Grunde genommen tierischen Ursprungs, Mr. Pikul, in der Tat. Es ist sich geklont aus befruchteten Amphibieneiern, dären DNA zusammengesetzt wurde aus lebendem, artverwandtem organischen Material. Plus – wie sagt man? – ein bißchen selbstgemachter *Füllung*. Vorwiegend sind das synthetische DNA-Charze. Aber anders als beim Tier ist beim Gamepod das Gechirn und sein Gedächtnis, natürlich. Die Ärinnerung ist der Schlüssel. Eine ungecheure Menge ausgeklügelter Nanotechnik steckt sich in diesem Baby.«

Die drei tauschten einen weiteren Blick.

»Nur von *Antenna Research*«, sagte Geller dann, und alle lachten.

»Okay«, sagte Pikul. Wenigstens diesmal hatte er das Gefühl, dazuzugehören. »Wo sitzen die Batterien?«

»Sähr lustig.«

»Er meint das ernst«, sagte Geller. »Auch wenn es nicht so aussieht, er ist nicht nur ein Leibwächter-Depp, sondern auch ein totaler Public-Relations-Depp.«

»He, ich versuche doch nur, auf dem laufenden zu bleiben«, widersprach Pikul. »Sie haben immerhin schon seit Jahren mit *eXistenZ* gearbeitet.«

»Tut mir leid.« Geller berührte ihn am Rücken, dort wo der Bioport saß, und die Berührung wirkte beinahe liebevoll in der Art, wie sie die Finger einen Moment lang dort verweilen ließ. »Wir stecken so tief in unserer Arbeit, daß wir uns gar nicht klar darüber sind, wie fremdartig sie auf Außenstehende und Neulinge wirkt. Das Gamepod aus MetaFlesh klinkt sich in Sie ein, und *Sie* sind dann seine Energiequelle. Ihr Körper, Ihr Nervensystem, Ihr Stoffwechsel und Ihr Immunsystem. Im Prinzip ist es Ihre Energie. Wenn Sie müde werden und schlappmachen, funktioniert auch das Gamepod nicht mehr richtig.«

Während sie sprach, betrachtete Vinokur mit erhobenen Händen den gesamten Korpus des Gamepods. Eine letzte optische Untersuchung, um ganz sicherzugehen.

»In Ordnung«, meinte er, als er fertig war. »Mr. Landry wird die Arbeit am Gamepod beenden.«

»Und es funktioniert dann wieder?« fragte Geller.

»Meine Liebe«, sagte Vinokur und lachte laut auf – eine unvermittelte, freudlose Geräuschexplosion. Er sah sie nicht an, sondern blickte einen Moment lang aus dem Fenster auf die fernen, schneebedeckten Berge. »Du weißt doch, was wir tun chier an diesem Ort! Ist sich besser als neu. Immer besser als das Ausgangsmodell. Värtrau mir. Ja, mir ist klar, daß du das bäreits tust ... sonst wärst du nicht chier.«

»Genau.«

»Genau«, nickte Kiri Vinolur beglückt. »Ich freue

mich, daß wir sind immer noch auf därselben Wellenlänge wie frücher. Also dann ...« Er wandte sich an Pikul. »Mr. Pikul.«

»Ja?«

»Wir wollen doch keine Spannungsstöße mähr ärleben, oder?«

»Ich kann es nur noch einmal wiederholen, Sir, ich war es nicht ...«

»Ja, ja, ich cherte, was Sie sagen.« Der Mann wirkte verärgert, fast ein bißchen bedrohlich. Er holte Luft und drückte ein paarmal seine Finger nach hinten. Eigenartigerweise knackten seine Knöchel dabei nicht. »Wir stimmen überein, daß Sie nicht värursacht chaben den Schaden. Ich mache mir echer Sorgen darüber, was das ist, das Sie beschädigt.«

»Mich?« Pikul warf einen besorgten Blick auf Geller. Sie bedeutete ihm mit einer leichten Handbewegung, ruhig zu bleiben. »Na gut, dann sagen Sie mir, was Sie mir sagen müssen«, meinte er zu Vinokur.

»Ich denke, es ist sich an der Zeit, den besen, kranken Bioport chärauszunehmen und Ihnen einen einzusetzen, der keinen weiteren Schaden anrichtet.«

»Aber ich habe mich mittlerweile daran gewöhnt, Sir.« Pikul fühlte sich von der unerwarteten Entwicklung der Ereignisse eher beunruhigt.

»Nein, es tut Ihnen nicht gut, damit chärumzulaufen. Überchaupt nicht gut. Das ganze feindliche Biofeedback, das sich in Ihre Adern värstremt. Schon ein paar Stunden mähr kennen Antikerperreaktionen chärvorrufen, die ärst nach Wochen wieder abklingen. Ich will Ihnen keine Angst einjagen, aber wir sprächen über die Meglichkeit Ihres Todes.«

»Sie machen mir angst«, sagte Pikul.

»Nun, ist sich sähr unwahrscheinlich, daß es dazu kommt«, antwortete Vinokur. »Wir sind chier, um Ihnen zu chelfen. Aber wir wollen doch keine weitere schädliche Reklame, oder? Keiner von uns will das. Wo chabe ich denn meinen Bioport-Äntferner chingelegt? Ach, da ist är.«

Von einer Drehbank nahm er ein Instrument, das zu Pikuls Entsetzen aussah wie eine federgespannte Feuerzange.

»Mr. Pikul, wenn Sie sich legen freundlicherweise auf dieses Sofa. Und den Oberkerper freimachen.«

Pikul bemerkte Gellers Blick und befolgte die Anweisungen widerwillig und mit dem Gefühl des tiefsten Grauens.

11. Kapitel

Pikul stand vor dem mannshohen Spiegel in der Gästehütte und drehte und wandte sich, um festzustellen, wie der neue Bioport sich mit seinem wunden, gequälten Rücken vertrug.

Für seine Laienaugen sah der von Kiri Vinokur implantierte Bioport genauso aus wie der vorherige. Haut und Fleisch um den Einschnitt herum wirkten geschwollen, empfindlich und voller Blutergüsse, und so fühlten sie sich auch an.

Er berührte den Bioport vorsichtigt mit der Fingerspitze.

»Es tut höllisch weh«, sagte er zu Geller, die ihr repariertes Gamepod eingehend untersuchte. »Ich glaube, er hat sich entzündet.«

»Tut er so weh wie der, den Sprit Ihnen eingesetzt hat?«

»Nein ... dieser hat eine neue Art von Wehtun entdeckt. Ganz anders.«

»Dann ist es völlig normal, mal abgesehen davon, daß Sprit wahrscheinlich ein wenig die Haut um den Bioport herum beschädigt hat.« Sie kam zu ihm und überprüfte es mit zusammengekniffenen Augen, schüttelte aber gleich darauf den Kopf, richtete sich auf und sah ihm ins Gesicht. Sie wirkte ernst und nachdenklich. »Ich glaube nicht, daß der Bioport entzündet ist. Er ist nur erregt. Ich glaube, er wünscht sich ein wenig Aufmerksamkeit.«

Sie strich leicht mit den Fingern darüber, wie über den Kopf eines Kindes, das man ein bißchen aufmuntern möchte. Zu Pikuls Überraschung tat es überhaupt nicht weh.

Geller ging zurück zu ihrem Gamepod und holte den Y-förmigen UmbyCord heraus. Sie versuchte, eins seiner Enden in den neuen Bioport einzuklinken.

Pikul versuchte ihr zu entkommen.

»He, was ist mit mir?« fragte er. »Ich glaube wirklich nicht, daß *ich* ein bißchen Aufmerksamkeit möchte. Ich selbst, verstehen Sie? Der Träger des erregten Bioports. Ich möchte lieber ... jetzt nicht. Nicht hier. Ich fühle mich zu ... exponiert. Und überhaupt, können wir nicht mal eine Pause machen? Ich bin hungrig, wir sind weit gefahren ...«

»Sie brechen jetzt nicht wieder in Panik aus, oder?« fragte Geller. »Sie haben doch nicht etwa vor, noch einen Neurospannungsstoß zu riskieren?«

»Ich war es nicht beim letzten Mal! Hab' ich Ihnen doch schon gesagt!«

»Na gut. Die Lage sieht so aus, daß mein Baby hier drei ziemliche Schläge abgekriegt hat, einen in der Kirche, einen an der Tankstelle und einen auf dem Operationstisch. Ich muß herausbekommen, ob es noch in Ordnung ist. Ob das Spiel nicht kontaminiert wurde, das Gamepod nicht ganz und gar umgekrempelt wurde, solche Sachen. Und das kann ich nur, indem ich mit jemand Nettem *eXistenZ* spiele. Sind Sie noch nett oder nicht?«

»Ich habe geglaubt, wir hätten uns darauf geeinigt, daß ich es bin«, sagte Pikul.

Er schluckte nervös und drehte Geller resigniert den Rücken zu, damit sie sich einklinken konnte. Er konnte sie nicht bobachten, ohne sich den Hals zu verrenken, aber er spürte ihre Bewegungen hinter sich: Ihre Finger strichen wieder über seine Haut, und einige Strähnen ihrer Haare fielen auf seine Schulter, als sie sich über ihn beugte. Schließlich spürte er, wie der Verbindungsstecker mit einem leisen, aber nachdrücklichen mechanischen Klicken in seinen Port glitt. Ohne Probleme, ohne Schmerzen, ohne daß er entwürdigend in die Knie ging.

»Wie fühlt sich das an?« fragte Geller.

»Bis jetzt ganz gut. Hatten Sie nicht erwähnt, daß das Ding mit der Energie meines Körpers läuft?«

»Genau so funktioniert es.« Sie steckte das andere Ende in das Gamepod. »Sehen Sie? Sie stehen schon unter Strom.«

Irgend etwas passierte tatsächlich. Pikul sah aufmerksam zu, wie Geller sich geübt den anderen Stecker in den eigenen Bioport steckte, und holte tief Luft.

»Also gut«, meinte sie. »*eXistenZ*. Nur von *Antenna Research*. Es geht los.«

»Das ist doch ein Spiel, oder?« fragte Pikul.

»Ja.«

»Und wir wollen gewinnen?«

»Das ist das Prinzip.«

»Glauben Sie nicht, daß Sie mir gegenüber einen unfairen Vorteil haben? Wie kann ich denn überhaupt mit jemandem mithalten, der das Spiel erfunden hat?«

»Sie können doch auch den Kerl schlagen, der das Pokern erfunden hat, oder?«

»Nicht, wenn er mir nicht alle Regeln verrät.«

»Es gibt bei *eXistenZ* keine Regeln, die Sie kennen müßten.«

»Dann habe ich . . .«

Aber Geller hatte schon die Startzitze am Gamepod gedrückt, und bevor Pikul seinen Satz zu Ende bringen konnte, löste sich um sie herum die Hütte auf. Die Wände wurden dünn, Licht strahlte auf und verblaßte. Die Wirklichkeit verschob sich.

12. Kapitel

Sie standen. Sie waren zusammen. Sie befanden sich in einem Gebäude. Sie standen in einem Raum dieses Gebäudes. Um sie herum waren Menschen und viele vollgestapelte Regale, aber einige Augenblicke lang war es unmöglich, sich in dem Durcheinander zu orientieren.

Verwirrt blickte Pikul Geller an, und sie erwiderte den Blick.

»Ist bis hierher noch alles in Ordnung?« fragte er.

»Ja.«

»Wo sind wir?«

»Das weiß ich noch nicht.«

»Wir scheinen in irgendeinem Gebäude zu sein.«

»Das ist okay. Wir werden's überleben.«

»Das war eine schöne Erfahrung«, meinte Pikul, als das Gefühl der Wirklichkeitsverschiebung verflog. »Ich fühle mich . . . so wie immer! Ist das normal? Ich meine, fangen alle Spiele so an? Mit einer Art allmählichen Verwandlung von einem Ort zum anderen?«

»Genau so funktioniert es. Es hängt aber auch vom Stil des jeweiligen Spiels ab. Man kann auch durchgeschüttelt werden, mit einem brutalen Schock zu einer Reaktion gezwungen werden. So etwas findet man in den Kampf- oder Eroberungsspielen. Bei anderen wiederum erlebt man langsame Ausblendungen. Das finde ich ziemlich erschreckend, weil man nicht weiß, was auf einen zukommt, wenn alles schwarz wird. Es könnte ein friedlicher See im Mondschein sein oder eine ruhige Landschaft – oder ein dunkles Verlies, in dem irgend etwas lauert und einen gleich anspringt. Bei diesen Ausblendungen gerate ich immer ein bißchen in Panik. Dann kann man noch kleine schimmernde Morphings machen. Oder seitliche Verschiebungen. Es gibt eine Menge Möglichkeiten. Jeder macht es ein bißchen anders und verleiht seiner Arbeit so einen eigenen Stil. Ich jedenfalls bevorzuge die Verwandlungen.«

Pikul hatte sich inzwischen in dem großen Raum umgesehen, in den sie gelangt waren.

»Langsam finde ich mich zurecht«, sagte er.

»Ich auch«, meinte Geller und blickte interessiert um sich.

Sie waren in einem Geschäft, einem engen, etwas schäbigen Laden. Er war nicht gerade klein, aber völlig vollgestopft. Schmale Gänge zwängten sich zwischen staubigen Regalen voller Software und Schachteln mit Spielen in bunten Farben hindurch. In jeder freien Ecke standen Flipperautomaten, und die Jugendlichen, die sich darüberbeugten, erzeugten eine Kakophonie aus Klappern und Rattern, Signalglocken und elektronischen Piepsern. Überall zuckten Lichter.

Die Kunden wanderten die Gänge entlang und nahmen die Packungen aus den Regalen, lasen das Kleingedruckte und drehten die Kartons, um zu sehen, was wohl auf der Rückseite stand. Die meisten sprachen leise vor sich hin, manchmal miteinander, meist aber mit sich selbst.

Pikul und Geller quetschten sich durch den Gang, in dem sie aufgetaucht waren, und versuchten, dem Gedränge der verschwitzten Körper zu entkommen.

Am Ende des Ganges stand ein Kassierer hinter einer hohen Theke vor einer altmodischen Registrierkasse. Ab und zu warf er Pikul und Geller einen mißbilligenden Blick zu, beobachtete aber sonst aufmerksam die Menge der Kunden, vermutlich, um einen Ladendiebstahl rechtzeitig zu verhindern.

Als sie an der Theke vorbeigingen, bemerkte Pikul, daß der junge Mann – schlaksig und blaß, wie viele der Kunden – ein Namensschild trug. Er hieß Hugo Carlaw.

Sie gingen einen anderen Gang entlang, der nicht so überfüllt war wie der erste.

»Haben Sie schon herausbekommen, wo wir sind?« fragte Pikul.

»Ja, jetzt, wo ich es besser sehen kann, ist es ganz einfach. Ich bin überrascht! Es ist so wirklichkeitsgetreu! Das hier ist der Spieleladen, in den ich immer gegangen bin, als ich noch jung war. Genau derselbe! Er gehört einem Mr. Nadger oder Nadder, irgend so ein ausländischer Name. Als Teenager habe ich Stunden hier zugebracht und gehofft, daß ich mich mal in ein Spiel einklinken könnte.« Sie deutete auf eine Reihe von Konsolen, vor denen sich viele Jugendliche um eine Reihe heller Bildschirme drängten, die sich ständig veränderten. »Genau wie die meisten von denen«, sagte sie.

»Echt? Hier waren Sie vor Jahren?«

»Nein, es ist nicht echt. Es ist eine Simulation. Vielleicht erinnern Sie sich noch daran, wir haben uns in das Gamepod eingeklinkt? *eXistenZ* hat freien Zugang zu unserem zentralen Nervensystem. Der Spielaufbau, den wir in diesem Spiel erleben, basiert auf unseren Erinnerungen, Ängsten, auf dem, womit wir uns hauptsächlich beschäftigen ...«

»Nicht auf unseren«, meinte Pikul. »Auf Ihren, vielleicht.«

»Im Augenblick dominieren wahrscheinlich meine Erinnerungen. Aber das muß nicht unbedingt so sein; Ihr Unterbewußtsein kann in jedem beliebigen Moment das

Spiel übernehmen und wird es wohl früher oder später auch tun. Ich bin nur mehr an das Spiel gewöhnt als Sie – ich kenne ein paar Züge. Sie werden sich bestimmt bald hineinfinden.«

»Meinen Sie das ernst?«

»Das haben Sie schon mal gefragt. Lassen Sie uns das Zeug mal genauer unter die Lupe nehmen.« Sie wandte sich dem nächsten Regal zu und durchsuchte den Stapel Kartons, der darauf lag. »Sehen Sie sich das an. Von diesen Spielen habe ich noch nie was gehört. *Biologischer Vater.* Was zum Teufel mag das für ein Spiel sein? *Vom Auto angefahren* . . . dafür braucht man allerdings nicht viel Vorstellungskraft! *Kaufrausch. Erlebnis-Shopping. Herr der Tiere von Avalon. Virusekstase. Chinesisches Restaurant.*«

»Die Spannung steigt«, meinte Pikul sarkastisch. »Ich kann's gar nicht abwarten, mal *Biologischer Vater* zu spielen . . . ein Ballerspiel, stimmt's?«

»Hören Sie sich das an.« Geller las die Rückseite der Schachtel von *Virusekstase.* »In diesem Spiel haben Sie die Möglichkeit, einen menschlichen Körper zu infizieren – man kann aus einer ganzen Bibliothek historischer Figuren auswählen –, dann entwerfen Sie eine ganz eigene Vorgehensweise für Ihren Virus, um die Pläne des Immunsystems zu durchkreuzen, das nur darauf aus ist, Sie zu vernichten . . .«

»Das klingt mindestens genauso toll, wie von unserem lieben Freund Sprit einen durchgeknallten Bioport verpaßt zu kriegen.«

»Ich habe dieses Spiel nur zufällig aus dem Regal genommen«, meinte sie entschuldigend.

»So ganz zufällig nun auch wieder nicht. Nicht, wenn es aus Ihrem Unterbewußtsein kommt.«

»Es hätte auch aus Ihrem kommen können«, merkte sie an.

»Oh«, sagte Pikul, der dies für einen Moment vergessen hatte. Schnell wechselte er das Thema. »Aber können Sie mir mal was erklären? Das ganze Zeug hier auf den Regalen erinnert mich stark an das, was wir gerade tun. Wir spielen ein Spiel, so weit, so gut; aber was genau ist das Ziel des Spiels?«

»Zu gewinnen«, sagte sie. »Das Spiel zu beenden, bevor es zu Ende ist. Da ist doch gar nichts Besonderes dran.«

»Nein, ich möchte wissen, worum es geht!« Pikul ließ nicht locker. »Wie lauten die Regeln? Sie erzählen mir ständig, wie toll *eXistenZ* ist, aber Sie haben noch nie gesagt, worum es eigentlich geht.«

»Nicht in allen Spielen geht es um etwas.«

»Aber man spielt sie, um irgend etwas zu tun.«

»Nein, tut man nicht. Manche spielt man einfach nur so.«

»Na gut, manche vielleicht. *Biologischer Vater* ist wahrscheinlich nicht besonders spannend. Jedenfalls kann ich mir das nicht vorstellen. Aber das Spiel ist auch nicht auf dem allerneuesten Stand. Ihres aber ist es angeblich. Worum geht es? Wie gewinnt man?«

Sie seufzte und sah ihm in die Augen, als ob sie herausbekommen wollte, wie ernst er seine Fragen meinte. Bei ihrer Antwort wanderte ihre Hand leicht über die Blisterpackungen.

»Die Schönheit von *eXistenZ* besteht darin, daß es bei jedem Spieldurchlauf anders ist. Es paßt sich den jeweiligen Mitspielern an. Man muß es spielen, um herauszufinden, warum man es spielt.«

»Aber ist das nicht irgendwie gemogelt?« fragte Pikul hartnäckig. »Ganz zu schweigen von verwirrend.«

»Es ist überhaupt nicht verwirrend. Und schon gar nicht gemogelt. *eXistenZ* betont den organischen Aspekt des Spielens viel mehr als die klassischen, zufalls-

und regelbestimmten Spiele. Das ist die Zukunft, Pikul. Sie merken ja, wie natürlich sich das anfühlt. Wo wir gerade sind . . . fühlt sich das nicht ganz normal an?«

»Sie meinen, dieser Laden für Computerdeppen ist die *Zukunft*?« Pikul zuckte ausdrucksvoll die Schultern und versuchte damit die Abneigung auszudrücken, die er den Dutzenden von eifrigen Spielekäufern in den Gängen des Ladens gegenüber empfand. Keiner von ihnen zeigte irgendeine Reaktion, überhaupt schien kaum einer von ihnen zu bemerken, daß Pikul und Geller anwesend waren.

Pikul sah sich um und entdeckte auf einem Regal neben sich etwas halbwegs Vertrautes. Es war ein Gamepod. Er nahm es in die Hand und hielt es Geller hin.

»Haben Sie so etwas schon mal gesehen?« fragte er.

Das Gamepod steckte in einem Gelpack, das sogar noch bizarrer und außerirdischer wirkte als Gellers Gewebe-Gamepod. Sie betrachteten es interessiert. Es war klumpiger als Gellers, schien weniger fein verarbeitet oder geformt zu sein. Das Fleisch war zwar von genauso vielen Adern durchzogen wie das ihres Gamepods, aber es vermittelte nicht dessen sinnvolle organische Struktur oder den Eindruck, daß es aus einem lebendigen Wesen herausgeschnitten war. Dieses Gamepod wirkte wie aus zufällig herumliegenden Einzelteilen zusammengestoppelt. Geller drehte es hin und her, und schließlich entdeckten sie auf der Unterseite ein Firmenlogo mit dem Namen *Cortical Systematics*.

Von hinten schob sich eine Hand zwischen ihnen hindurch und nahm ihnen das Gamepod sanft, aber nachdrücklich weg. Sie fuhren herum.

Es war ein großer, massiger Mann mit schütterem grauem Haar. Er wirkte angriffslustig und schien erbost zu sein, daß sie sich so für das Gamepod interessierten. Von seinem Jackettaufschlag baumelte ein Namensschild, das ihn als D'Arcy Nader auswies.

»Disse Gamepods sähr ämpfindlich«, sagte er mit einem noch stärkeren und fremdartigeren Akzent als Kiri Vinokur. »Ich wärde bitten Sie, mähr vorsichtig zu sein mit Anfassen von ihnen.«

»Wir haben nichts kaputtgemacht«, sagte Geller. »Wir sind nur interessierte Kunden.«

»Meine Dame, ich verstäche. Aber gesunder Mänschenverstand ist äs sich, in Laden aufpassen auf Diebstahl und Bäschädigung.«

»Ja«, meinte Pikul, »kann ich mir vorstellen.«

»Sie kännen, was Gamepod ist sich?«

»Klar. Aber so eins haben wir noch nie gesehen.«

»*Cortical Systematics* ist sich greßte und modärnste Firma. Ist sich nicht einfach Spiel, sondern ganzes Spielsistem.«

»Ja, ja, das habe ich schon alles ...«, begann Pikul.

»Paßt es in einen standardmäßigen Bioport?« unterbrach ihn Geller geschickt, worauf Nader sie noch neugieriger und eingehender betrachtete. »Euch chaben ich noch nie gesächen, oder chaben ich das?«

»Also, nein ...«

»Das ist mein Laden. Gämitlich chier, nicht? Abgefahren?«

»Wir sind gerade erst in der Stadt angekommen«, meinte Pikul. »Welche Stadt das auch sein mag ...«

»Willkommen in D'Arcy Naders Reich der Spiele«, sagte er. »Mich cheißen D'Arcy Nader, wie Sie meglich gesächen chaben, und ich chälfen Ihnen gärne mit alle, was intäressant ist fir Ihnen.«

»Danke«, sagte Geller. »Aber im Augenblick wollen wir uns nur umsehen.«

Nader warf einen Blick durch den Gang.

»Ich glaube chaben, nach was Sie suchen«, meinte er leise.

»Wirklich?« fragte Pikul.

»Sie folgen, bitte.«

Nader drehte sich um und ging den Gang entlang zur Rückseite des Geschäfts. Dort befand sich eine verzogene, beschmierte Tür ohne irgendein Schild.

Nader stieß sie ein Stück weit auf und winkte Pikul und Geller heftig heran. Einige andere Kunden sahen das und schienen ebenfalls mitkommen zu wollen. Nader funkelte sie warnend an.

Zuerst trat Geller durch die Tür, dann Pikul. Bevor sich die Tür hinter ihnen schloß, warf Pikul zufällig noch einen Blick durch den Spalt. Er sah Hugo Carlaw, den mürrischen Kassierer, etwas auf einen Notizblock schreiben. Carlaw wirkte nachtragend und wichtigtuerisch.

Hinter der Tür befand sich ein schummrig beleuchteter Lagerraum, zum Bersten vollgestopft mit Kisten und Kartons. Auf langen, hohen Stehregalen lagerte eine unglaubliche Menge verschiedenartiger Ersatzteile für Computer, altmodische Spielkonsolen und Teile aus organischer Elektronik, die unverpackt in allen Stadien des Zusammenbaus oder der Reparatur herumlagen.

Nader deutete auf ein paar Kisten, und Pikul und Geller setzten sich darauf. Sie waren durch seine plötzlich drohende Art etwas aus der Fassung gebracht. Er ging eine Weile umher, dann nahm er aus einem Regal zwei Gelpacks.

Mit den Päckchen in der Hand betrachtete er Pikul und Geller.

»Also«, sagte er. »Wär chat Sie geschickt?«

»Das geht Sie nichts an, verdammt noch mal«, entgegnete Pikul. »Wir sind hier, und das ist alles, was Sie wissen müssen.«

Pikul hörte sich diese Worte sagen und war überrascht. Hatte er das Spiel schon durcheinandergebracht?

»He, Pikul«, meinte Geller leise neben ihm. »Machen Sie's nicht kaputt.«

»Was soll ich nicht kaputtmachen?«

»Das Spiel«, sagte sie. »Was sonst?«

»Was ist denn passiert? Ich wollte das gar nicht sagen!«

Geller wirkte angespannt, fing dann aber zu seiner Erleichterung plötzlich an zu lachen.

»Ich vermute, das waren nicht Sie, sondern Ihre Spielfigur«, erklärte sie. »Ihre Spielversion hat für Sie gesprochen. Das kommt einem irgendwie schizophren vor, oder? Aber Sie werden sich schnell daran gewöhnen. Die Spieler müssen bestimmte Dinge sagen, damit die Handlung vorankommt und die Figuren sich entwickeln. Also werden diese Dinge gesagt, ob man will oder nicht. Der Kniff besteht darin, sich nicht gegen dieses Gefühl zu sträuben. Machen Sie einfach mit.«

»Okay«, sagte Pikul und fühlte sich etwas besser. »Aber was Sie da gerade gesagt haben ... darf man so etwas in seiner Hörweite sagen?«

»Sehen Sie ihn an. Er befindet sich im Interruptmodus.«

Pikul warf Nader einen Blick zu. Er schien weder etwas gehört noch auf irgend etwas reagiert zu haben. Er stand immer noch mit den Gelpacks in der Hand da und wartete auf eine Antwort. Mit geschlossenen Augen summte er die Erkennungsmelodie von *Antenna Research*. Seine einzigen Bewegungen waren ein leichtes rhythmisches Kopfnicken und ein Wippen mit dem Fuß.

»Was macht er da?« fragte Pikul.

»Er befindet sich in einer Schleife. Programmierer benutzen so etwas zum Abspeichern oder damit das Programm nicht hängenbleibt. In älteren Spielen hat man das nicht unmittelbar gesehen, aber in diesem Spiel sind wir an der vordersten Front der Entwicklung. Alles ist einsehbar, die Spieler bekommen es mit. Widersinnigerweise trägt es zum Realitätsempfinden bei, wenn Hinweise darauf eingebaut werden, daß alles weitgehend unwirklich oder eingebildet ist. Nader hängt jetzt in einer Schleife und kommt erst wieder raus, wenn man ihn mit einem echten Dialogsatz anspricht.«

»Und der wäre?«

»Was Sie wollen. Doch es muß etwas sein, auf das er im Rahmen seiner Rolle reagieren kann.«

»Knifflig.«

»Nein, gar nicht.«

»Doch. Sie haben mir immer noch nicht erklärt, worum es in diesem Spiel geht.«

»Okay«, meinte Geller. »Sie können ihn aufwecken, indem Sie Ihren letzten Satz wiederholen. Beim ersten Mal hat ihn das Programm ignoriert, weil es ihn nicht kannte. Aber jetzt hat es dazugelernt und wird ihn erkennen. Wenn Sie noch Naders Namen hinzufügen, wird er sich auch angesprochen fühlen.«

»Wenn ich also alles doppelt sage, kommt das Programm ohne Unterbrechung mit?«

»Nicht unbedingt. Aber manchmal hilft es, wenn eine Schleife auftritt.«

»Na gut.« Pikul wandte sich dem Ladeninhaber zu. »Wir sind hier, D'Arcy Nader, und das ist alles, was Sie wissen müssen.«

Sofort kam Nader aus der Schleife heraus. Er kicherte in sich hinein.

»Das sein richtig«, meinte er. »Das sein alles, was ich missen wissen.«

»Und jetzt?« flüsterte Pikul Geller zu.

»Zurück zur Handlung. Warum sind wir mit ihm hier reingegangen?«

»Genau!« Pikul sah den Händler an. »Also, Nader, Sie

haben vorhin gesagt, Sie hätten wahrscheinlich das, was wir suchen.«

»Ich chaben. Warum Sie wollen äs chaben?«

»Sie haben es uns angeboten. Oder etwa nicht?« Pikul wandte sich an Geller. »Hat er?«

»Er hat«, bestätigte Geller. Sie betrachtete Nader mit großem Interesse und versuchte ganz offensichtlich herauszubekommen, was in ihm vorging.

»Na dann ...«, sagte Nader. »Sie wärden brauchen diss Mikropods, damit Sie runterladen kennen Ihre neuen Identität.« Er hielt die Gelpacks hoch. »Ich nähme an, Sie chaben standardmäßige Bioports, wie vorchin ärwähnt?«

»Ja«, antwortete Geller. »Wir beide haben Bioports.« Aber sie wirkte etwas zweifelnd. »Haben wir doch, oder?« meinte sie zu Pikul.

»Ich nehme es an. Ich meine, hier im Spiel. Andererseits könnten wir natürlich auch keine haben.« Ein niederschmetternder Gedanke drängte sich auf. »Wenn nicht, lasse ich mir aber nicht noch einmal einen anpassen!«

»Wir sehen besser mal nach«, sagte Geller.

Nader fiel wieder in den Interruptmodus. Geller zog das Hemd aus dem Hosenbund und drehte Pikul den Rücken zu. Er sah genau hin. Sie hatte einen Bioport, obwohl er etwas grober, vernarbter, organischer aussah als der, den sie in ihrem Leben außerhalb des Spiels besaß.

»Ja, da ist einer«, sagte er und beschrieb ihr das veränderte Aussehen genau.

Geller griff nach seinem Hemd und erledigte dasselbe für ihn.

»Jetzt verstehe ich, was Sie meinten«, sagte sie. Sie wandte sich wieder an Nader, der die Erkennungsmelodie summte. »Ja wir haben beide Bioports, D'Arcy Nader.«

Nader setzte sich wieder in Bewegung.

»Gut. Sie einklinken sich dann, und disse chier wärden Ihnen alles ärklären, was Sie missen wissen jetzt.«

Pikul und Geller untersuchten die Gelpacks, wobei Pikuls Gesicht einen Ausdruck des tiefsten Mißtrauens annahm. Sie trugen das Firmenlogo und den Schriftzug von *Cortical Systematics*.

»Was meinen Sie?« fragte er.

»Sieht ziemlich so aus wie das, was ich benutze«, antwortete Geller. »Eine Miniaturversion davon.«

»Ich gäche und lasse Sie färtig wärden chier drin«, sagte Nader. »Nicht gut, wir wärden alle zusammen gäsechen hier.« Er lächelte hinterhältig, als hätte er eine wichtige Beobachtung gemacht. Dann ging er zur Tür, hielt aber davor noch einmal inne. »Sie tun nichts, was ich nicht auch tue«, verabschiedete er sich.

Dann kicherte er in sich hinein, ging nach draußen und zog die Tür hinter sich zu.

13. Kapitel

»Vermutlich ist Mr. Nader unser erster Anlaufpunkt in diesem Spiel«, meinte Pikul.

»Ja. Irgendwie enttäuschend, finden Sie nicht auch?«

»Wer? Nader?«

»Absolut keine überzeugende Figur. Und sein Dialog war auch nur so la-la.«

»Ja.« Pikul dachte kurz nach. »›Sie tun nichts, was ich nicht auch tue.‹ Das ist eigentlich völlig sinnloses Zeug. Wie sollen wir denn wissen, was er tun oder nicht tun würde?«

»Im Spiel kann man nichts als gegeben voraussetzen. Ich weiß, daß der Satz banal klingt, aber vielleicht ist er in irgendeinem Zusammenhang nützlich, in einer Situation, die wir jetzt noch nicht erlebt haben. Denken Sie dran, daß wir noch auf der ersten Ebene sind.«

»Sind wir also schuld? An dem miesen Dialog, meine ich? Wäre es immer ein mieser Dialog, egal, wer sich eingeklinkt hat?«

»Die Spielmaschinerie ist offenbar noch dabei, sich an uns anzupassen. Sie wird schon noch wagemutiger und einfallsreicher, wenn sie mal warmgelaufen ist.«

»Nader hat was davon gesagt, daß wir unsere neue Identität runterladen sollen. Wissen Sie etwas darüber?«

»Das ist wahrscheinlich seine Formulierung dafür,

daß wir auf die nächste Spielebene kommen. Lassen Sie mal sehen.«

Sie nestelte das Mikropod aus dem Gelpack. Es schlingerte schlaff auf ihrer Handfläche, wie ein halb mit warmem Wasser gefüllter Luftballon. Ständig bewegte es sich, schwoll an, zog sich wieder zusammen und rollte hin und her. Geller gelang es, es umzudrehen; auf der Unterseite war eine Anleitung aufgedruckt.

»Oh, okay ... das klingt ja ganz einfach. Hier steht, daß man die Mikropods direkt an den Bioport anschließen kann, weil sie so klein sind. UmbyCords sind nicht nötig. Drehen Sie sich um, ich klinke Ihres ein.«

»Wissen Sie genau, was Sie da tun?«

»Ja und nein. Ja, ich weiß, was ich tue, weil das nur ein Spiel ist. Nein, all das ist für mich genauso neu wie für Sie. Nichts ist real. Sie müssen sich einfach nur entspannen ... sich mitreißen lassen.«

»Gut, ich lasse mich mitreißen.«

Er drehte sich um, damit sie an seinen Bioport herankam, und spürte wieder ihre Hände, die sich an seinem Hemd in einer unleugbar erregenden Weise zu schaffen machten. Auf seinen Rücken wurde um den Bioport herum ein leichter Druck ausgeübt. Pikul fragte sich, ob sein Rücken genauso errötete wie sein Gesicht, denn allein ihre Hände dort zu spüren, wie sie sacht über seine Haut strichen, versetzte alle seine Nerven in hellen Aufruhr.

»O mein Gott!« sagte Geller plötzlich.

»Was ist los? Was ist passiert?«

»Das ganze Mikropod ist in Ihrem Rücken verschwunden. Haben Sie das gespürt?«

»Was soll das heißen, es ist verschwunden?«

»Es ist irgendwie hineingekrochen. Ich hab's gehalten, und dann ist es einfach reingeflutscht.« Sie beugte sich vor, um mehr zu erkennen. Schweigen senkte sich über sie, Pikul hörte sie atmen, spürte den leichten Hauch ihres Atems an seinem Rücken.

»Ja, es scheint direkt hineingerutscht zu sein«, sagte sie schließlich.

»Es ist in meinen Rücken gekrochen?« brüllte Pikul. »Es ist in meinem Rückenmark? Es kriecht in meinem Rückenmark herum?«

»Keine Panik! Es ist doch nur ein Spiel.«

»Keine Panik? Wenn in mir ein lebender Organismus, aus einem zweiköpfigen Frosch geklont, herumkriecht, da sagen Sie: Keine Panik?«

»Spüren Sie irgend etwas?« fragte Geller.

»Ja! Gräßliche Dinge ...« Pikul drückte an seiner Taille herum und versuchte, das widerliche Ding, das in ihn geschlüpft war, aufzuspüren. Dann unterbrach er sich. »He, nein. Jetzt, wo Sie fragen: Ich spüre überhaupt nichts.«

»Ist dann alles in Ordnung?«

»Tja, so richtig gefällt mir die Sache nicht, aber was Schmerzen anbelangt, so habe ich schon ganz andere Sachen mitgemacht.«

»Wie sieht's mit Ihrem Sehvermögen aus? Funktioniert Ihr Denken richtig?«

Jetzt, wo er sich wieder etwas beruhigt hatte, dachte Pikul wieder daran, wie unwiderstehlich schön und sexy Geller aussah und daß er gern ... Aber hier war weder der rechte Ort noch die angemessene Zeit. Es war alles nur ein Spiel, wie sie immer wieder betonte.

»Ja, mein Denken funktioniert«, meinte er widerstrebend.

»Dann kümmern Sie sich besser mal um mich.«

Sie drehte sich um und zog ihr Hemd mit beiden Händen hoch, damit die Haut frei lag. Mit großem Vergnügen betrachtete er den sanften Schwung ihres Rückens und wie ihre Jeans knackig auf den üppigen Kurven ihrer

Xistenz

Gas

Hüften und ihres Pos saß. Sie hatte ihr Hemd gerade so weit hochgezogen, daß er von der Seite her die Rundung einer Brust erahnte. Der Bioport schmiegte sich in das Fleisch ihres Rückens und kam ihr näher, als Pikul es selbst je wagen würde. Wie er sich wünschte, sich an sie zu pressen, seine Hände auf sie zu legen und . . .

»Nun machen Sie schon!« sagte Geller. »Was hält Sie auf?«

»Nichts. Ich will mich nur vergewissern, daß ich nichts falsch mache.«

Er seufzte und drückte dann den Rand des Mikropods an den Bioport. Obwohl sie ihn gewarnt hatte, was passieren würde, war er doch leicht entsetzt über den gierigen Eifer, mit dem das Ding in die enge Öffnung kroch.

»Es ist drin«, sagte er einen Moment später.

»Ganz drin?«

»Völlig.«

Er berührte den Bioport mit der Hand. Geller bewegte sich nicht, obwohl er, wenn er sie nicht so gut gekannt hätte, gedacht hätte, daß sie mit einem wohligen Schauder auf seine Finger reagierte. Sie blieb reglos, das dünne Hemd einladend hochgezogen und ihr wunderbarer Rücken so gut wie entblößt vor seiner Nase.

Pikul bückte sich und drückte die Lippen auf ihre Haut, direkt neben dem Bioport. Geller rührte sich nicht. Er drückte fester, öffnete den Mund, saugte und streichelte das feste, geschmeidige Fleisch in ihrem Rükken.

»Was zum Teufel machen Sie da?« Flink trat Geller einen Schritt vor und drehte sich zu ihm um.

Pikul richtete sich schuldbewußt auf.

»Äh, ich glaube nicht, daß ich das war«, meinte er. »Nicht mein wahres Ich. Es war meine Spielfigur. Sie hat mich überrumpelt. Natürlich hätte ich so etwas sonst nie getan. Jedenfalls nicht hier.«

Ihre Augen blitzten zornig, ihre Kleidung war in verheißungsvoller Unordnung.

»Tun Sie das nie wieder!« fauchte sie. Dann fing sie an zu grinsen, und die Spannung verflog. »Tun Sie lieber das.«

Sie beugte sich vor, neigte ihr liebliches Gesicht zur Seite und küßte ihn fest und leidenschaftlich auf den Mund.

Als sie sich eine Weile später wieder voneinander lösten, waren sie beide erhitzt und atmeten schwer.

»Wow!« sagte Pikul. »Möchtest du mir das noch einmal vorführen?«

»Ja, aber laß uns erst mal über unsere Lage nachdenken.«

»Warum müssen wir gerade jetzt über irgendeine Lage nachdenken?«

»Du hast recht, unsere Spielfiguren sind offensichtlich darauf programmiert, übereinander herzufallen.«

»Dann laß uns übereinander herfallen«, schlug Pikul vor und versuchte, sie wieder zu umarmen.

»Aber das ist nur ein armseliger mechanischer Versuch, die gefühlsmäßige Spannung der nächsten Spielebene zu erhöhen.«

»Na gut, dann ist es eben armselig. Aber mir reicht es.«

»Hat keinen Sinn, dagegen anzukämpfen, was?« Ihre Lippen waren feucht, ihre Augen glänzten vor Sehnsucht. Sehnsucht nach ihm.

»Nein«, sagte Pikul. »Aber was ist mit der neuen Identität, die wir jetzt haben sollen? Spürst du deine schon?«

Sie drängte sich wieder an ihn, schlang einen Arm um ihn und streichelte mit der anderen Hand seine Brust.

»Die kommt auch ohne mich zurecht«, schnurrte sie verführerisch.

»Ich mache mir Sorgen um meinen Körper«, sagte Pikul und spürte die altbekannte Panik in sich aufsteigen. Dieselbe Panik, die ihn jedesmal überfiel, wenn sie ihm so nahe kam.

»Um deinen was? Ach, denk einfach nicht dran.«

»Ich meine nur . . . wo sind denn unsere echten Körper? Geht es ihnen gut? Was ist, wenn sie in Gefahr sind? Haben sie Hunger?«

»Was soll's? Sie sind in Kiris Gästehütte, da, wo wir sie zurückgelassen haben. Sie sitzen mit geschlossenen Augen ruhig beieinander. Wie beim Meditieren.«

Geller öffnete die restlichen Knöpfe seines Hemdes, streifte es ihm von den Schultern und ließ es hinuntergleiten. Sie drückte sich warm an ihn und fing an, mit den Lippen über seine Brust zu streichen. Er konnte sie spüren, und auch das Zwicken ihrer Zähne.

»Ich weiß nicht so recht«, meinte er. »Ich fühle mich wirklich körperlos.«

»Wovor hast du Angst, Pikul?«

»Davor! Nein, nicht davor! Es wird mir zuviel. Ich will dich, aber ich bin einfach von der Wirklichkeit besessen.«

»Versuch's mal damit«, sagte Geller.

Sie nahm seine Hand und führte sie an ihren Ausschnitt, knöpfte ihre Bluse auf, preßte seine Hand darunter und schob sie langsam über ihre vollen, festen Brüste. Ihre Finger blieben auf seinem Handrücken liegen, während er hin- und herstrich. Ihre Brustwarzen waren hart und erregt und hungerten nach seiner Berührung.

»So etwas nennt man einen körperlichen Körper«, meinte sie. »Spür mal, wie das funktioniert. Der Trick besteht darin, sich nicht gegen das Gefühl zu sträuben, wenn es aufsteigt.«

»Ja, das hast du schon mal gesagt. Ich kenne das Gefühl. Ich habe es früher schon einmal erlebt.«

Dann küßte er sie, und sie reagierte genauso leidenschaftlich wie beim ersten Mal.

Sie rissen sich gegenseitig die Kleider vom Leib und sanken in schweigender Übereinstimmung hinter den Kisten zu Boden, auf denen sie vorher gesessen hatten. Als sie ganz nackt waren, begannen sie sich leidenschaftlich und zärtlich zu lieben. Der unbequeme, dreckige Lagerraum kümmerte sie nicht im mindesten. Sie wollten nur die Lust befriedigen, die sie schon so lange quälte.

Als beide zum lustvollen Höhepunkt kamen, bemerkten sie nicht, daß um sie herum das Bild des Spieleladens langsam verblaßte.

14. Kapitel

Seine Finger zuckten, als ob seine Hände immer noch mit Gellers weichem und willigem Körper beschäftigt wären, doch der Rest seines Körpers war steif und reglos. Pikul stellte fest, daß er auf einer harten Holzbank saß. Seine Beine waren unter einem langen Tisch mit einer Arbeitsfläche gekreuzt, auf der ein Fließband langsam von links nach rechts glitt. Darauf lagen unzählige Körperteile von Tieren: winzige Glieder, Augen, innere Organe, Leiber, Schwänze, Füße mit Krallen, Hörner. Sie glitschten vorbei und schienen ihn mit ihrer reglosen Zerstörtheit anzuklagen.

Als die Szene sich verfestigte, brach gewaltiger Lärm um ihn herum aus: menschliche Stimmen, knirschende Maschinen, ein metallisches Hämmern auf etwas Hohlem, das Kreischen von Bohrern, ferne Motoren, Countrymusik aus der Lautsprecheranlage, ein endloses Rattern und Hämmern.

Pikul wagte nicht, seine Hände anzusehen, weil er noch nicht wissen wollte, woran sie so fachmännisch arbeiteten. Jedenfalls war es kühl und glitschig. Statt dessen hob er den Kopf und blickte sich um.

Offenbar befand er sich in einer Art kleiner Fabrik oder Werkstatt mit hoher, gewölbter Decke aus Wellblech oder etwas ähnlichem. Der Saal war lang und schmal und um das lange, langsame Fließband herumgebaut. In den schrägen Wänden befanden sich Dutzende von Fenstern, die ausnahmslos verdunkelt waren. Das Licht, das auf die Anwesenden schien, war künstlich und kam aus einer Batterie von Leuchtstoffröhren.

Pikul, der in diese unerklärlichen Aktivitäten förmlich hineingeworfen worden war, konnte an nichts anderes denken als an Gellers biegsamen, nackten Körper, der sich in aufregender Weise mit seinem verband, daran, wie sie in seinen Armen dahingeschmolzen war und wie ihre Lippen und ihr Atem heiß auf seinem Gesicht gelegen hatten. Weil es gerade erst passiert und so unvermittelt und intim gewesen war, kam es ihm so vor, als wäre sie immer noch bei ihm. Er wußte jedoch, daß er auf unerklärliche Weise wieder völlig angezogen und sie offensichtlich nicht mehr irgendwo in seiner Nähe war.

Er blickte wieder auf das Fließband, auf die ununterbrochene Bewegung von einer Seite zur anderen und auf die grausige Bestückung.

Alle organischen Teile stammten aus Körpern von Reptilien oder Amphibien: Glieder, Köpfe, Rippenstücke, Rückgrate, Herzen ... Manche Teile waren klein, etwa einzelne Augen, Krallen oder Zehennägel. Die Teile waren verstümmelt oder herausgeschnitten, so daß an jedem noch ein Teil der ursprünglichen Nervenstränge hing; jedenfalls sah das Gewirr von Gewebe für Pikul beunruhigend danach aus.

Links und rechts von ihm und auch in weiteren Nischen den ganzen Saal entlang saßen andere Arbeiter. Verstohlen beobachtete Pikul ihre Handgriffe und bekam heraus, daß sie aus den gräßlichen Teilen einzelne heraussuchten und neu zusammensetzten. Über ihnen hing jeweils ein bedrohlich wirkender Satz chirurgischer Werkzeuge: Skalpelle, Klammern, Schraubstöcke und so weiter.

Auch über seinem Arbeitsplatz hing ein solcher Satz. Auf den ersten Blick wirkte alles neu und glänzend, doch wenn man genauer hinsah, entdeckte man die winzigen, verräterischen Blutspuren.

Pikul stellte fest, daß er OP-Handschuhe und saubere weiße Kleidung trug. Von seiner Brusttasche baumelte eine Ausweiskarte mit Paßbild.

Er hob sie an und drehte sie herum, damit er lesen konnte, was darauf stand.

Larry Ashen hieß es dort. Sein Name war also Larry Ashen.

Der Arbeiter am nächsten Platz, ein langhaariger, mürrisch dreinblickender Mann, bekam mit, wie Pikul seine Karte zu lesen versuchte. Er feixte. Dann äffte er Pikul nach und drehte mit übertriebenen Gesten seine eigene Karte herum. Dabei konnte Pikul einen Blick auf den Namen werfen: Er lautete Jewgenij Nourish.

»Mann, diese Karten sind sich echt klasse!« sagte der Mann mit starkem Akzent; Pikul erwartete mittlerweile, diesen Akzent bei jedem Fremden, dem er begegnete, zu hören. »Ich cheiße immer noch Jewgenij Nourish!«

»Freut mich, Sie kennenzulernen, Mr. Nourish«, antwortete Pikul höflich und erinnerte sich daran, daß Geller etwas darüber gesagt hatte, sich vom Spiel führen zu lassen. Nourish und er gaben sich die Hand. Die Handschuhe quietschten, als sie sich berührten.

»Und was machen Sie Schenes chier bei uns, Mr. Ashen?«

»Ich versuche vermutlich, einfach nur klarzukommen.«

»Sie sind geschickt worden chiercher?«

»Nein . . . na ja, vielleicht doch.«

»Ah. Ich dachte mir. Sie sagen mir nicht, wenn ich frage. Ich sage: ›Was kommt dann? Wonach soll ich sechen? Gäben Sie mir einen Chinweis.‹ Aber sagen sie mir? Nein, sie schicken mich und lassen mich chärausfinden alles selbst.«

»Ja, das Gefühl kenne ich«, meinte Pikul. »Tut mir leid.«

»Sind Sie chier allein?«

»Ja. Na ja, im Moment bin ich auf mich allein gestellt, aber ich sollte . . .«

»Und Sie sind neu chier am Fließband?«

»Sieht so aus.«

»Dann lassen Sie mich cheißen willkommen Sie zur Forellenfarm, Mr. Ashen.«

»Sagten Sie gerade Forellenfarm?«

»Forellen. Sie kennen, wir züchten Forellchen aus befruchtete Eier und setzen sie in Flüsse danach.« Mit weit ausholender Geste schloß er das ganze Gebäude und vermutlich einen großen Teil des dazugehörigen Geländes ein. Dann lachte er höhnisch und sah sich um, als ob jemand lauschen würde. Vertraulich beugte er sich zu Pikul hinüber. Die langen Haare fielen ihm übers Gesicht und verbargen es teilweise. »Sie fragen nicht weiter, Mr. Ashen, es cheißt immer noch Forellenfarm. Das war es auch, bis vor zwei, vielleicht drei Jahren. Sie kennen, cheutzutage scheint immer das letzte für etwas anderes benutzt zu wärden, odär?«

»Wahrscheinlich haben Sie recht. Alles bewegt sich, stimmt's? Entschuldigen Sie mich einen Augenblick.«

Pikul schob seinen Sitz zurück und lehnte sich nach hinten, um den Saal noch einmal genauer zu betrachten. Er wollte Geller unbedingt finden, konnte sie hier aber nicht entdecken. Er nahm an, daß sie immer noch so aussehen würde wie vorher. Das Foto von Larry Ashen auf seiner Ausweiskarte bestätigte, daß sich beim Übergang zur nächsten Spielebene sein Äußeres nicht verändert hatte. Dann war es nur logisch, daß auch Allegra Geller noch so aussehen würde wie Allegra Geller.

Aber hier war niemand, der auch nur entfernt so aussah; alle Arbeiterinnen und Arbeiter wirkten wie Kleinstadtbewohner jeden Alters und verschiedenster Herkunft. Groß, dünn, klein, untersetzt, männlich, weiblich: Es gab alle Kombinationen außer der einen, nach der er Ausschau hielt. Blond und schön, ungeheuer sexy. Allegra Geller.

Pikul rutschte mit seinem Sitz zurück an die Werkbank. Sofort gerieten seine Hände wieder in Bewegung.

Überrascht und wirklich interessiert beobachtete er, wie sie geschickt ihre Arbeit taten.

Zuerst langte seine rechte Hand in eine mit Stroh ausgekleidete Kiste auf dem Boden neben ihm. Sie zog daraus ein durchsichtiges, vorgefertigtes Objekt hervor, das etwa die Größe eines Fladenbrotes hatte und aus einer Art tierischer Knorpelmasse bestand. Dann schlitzten seine Hände den Fladen mit einem Messer auf, so daß die schleimigen Innereien sichtbar wurden. Während sie aus der umgebenden Knorpelmasse hervorquollen, wählte seine andere Hand ein organisches Teil vom Fließband; das erste, das Pikul seine Hand ergreifen sah, war ein Eidechsenbein mit Kniegelenk, grünen Schuppen und fünf Zehen. Dies wurde dann irgendwie in die glibberige Masse gestopft, und seine Finger preßten es hinein, als wollten sie eine lebende Sardine in ein hartgekochtes Ei zwängen. Als das Reptilienbein an seinem Platz saß, aber immer noch ein Stück herausragte, ergriff seine Hand eine OP-Nadel, in die bereits grobes schwarzes Garn eingefädelt war, und nähte den Spalt schnell zu.

Als das erste Teil fertig war, griff seine Rechte sofort nach dem nächsten fladenähnlichen Behälter. Dieser wurde sogar noch schneller und mit noch größerer Geschicklichkeit fertiggestellt.

Jewgenij Nourish sah mißtrauisch zu.

»Sie sind vielleicht neu chier, Mr. Ashen«, sagte er, »aber Sie wissen offenbar ganz genau, was Sie da tun.«

»Ich bin überraschter als Sie«, antwortete Pikul völlig aufrichtig.

Nourish wandte sich wieder dem aufgeschlitzten Fladen zu, an dem er selbst gearbeitet hatte, und machte ein paar krumme Stiche. Dabei schaukelte er vor und zurück, was Pikul an den Interruptmodus von D'Arcy Nader erinnerte. Einen Augenblick später sah er Pikul wieder an.

»Sie sind vielleicht neu chier, Mr. Ashen«, sagte er, »aber Sie wissen offenbar ganz genau, was Sie da tun.«

Pikul wollte gerade wieder dasselbe wie vorher antworten und dabei seine eigene Überraschung vielleicht noch etwas mehr betonen, aber dann wurde ihm klar, daß seine Antwort innerhalb des Spiels nicht richtig sein konnte. Wenn er sie wiederholte oder etwas Ähnliches sagte, würde Nourish bestimmt anfangen, die Erkennungsmelodie zu summen.

Er versuchte, seinen Geist von eigenen Gedanken freizumachen und das zu sagen, was ihm gerade einfiel.

»Ich, äh ... ich wurde von den besten Leuten ausgebildet«, sagte er vorsichtig.

»Ist, wie ich dachte.«

Nourish kam aus dem Interruptmodus heraus und sah sich mit kaum merklicher Verstohlenheit um. Zuerst blickte er die ganze Länge des Fließbandes entlang, dann erhob er sich von seinem Stuhl und warf einen Blick auf den Bereich hinter ihnen. Schließlich schien er zufrieden zu sein, daß niemand ihrer Unterhaltung irgendeine Aufmerksamkeit schenkte.

Er beugte sich näher zu Pikul.

»Auch ich wurde von den besten Leuten ausgebildet, Larry«, sagte er mit heiserem Flüstern. »Cheren Sie, wo Sie planen cheute mittag zu essen?«

»Was? Soweit hatte ich noch gar nicht gedacht.«

Die glitzernden Klumpen der Reptilkadaver hatten Pikul nachdrücklich davon abgebracht, auch nur einen Gedanken an das Mittagessen zu verschwenden.

Nourish wippte vor und zurück. Dann sah er sich mit kaum merklicher Verstohlenheit um. Zuerst blickte er die ganze Länge des Fließbandes entlang, dann erhob er sich von seinem Stuhl und warf einen Blick auf den Bereich hinter ihnen. Schließlich schien er zufrieden zu sein, daß niemand ihrer Unterhaltung irgendeine Aufmerksamkeit schenkte.

»Auch ich wurde von den besten Leuten ausgebildet, Larry«, sagte er mit heiserem Flüstern. »Cheren Sie, wo Sie planen cheute mittag zu essen?«

Wieder stieg vor Pikuls Augen das Bild von Essen auf. Er kämpfte den Würgeimpuls nieder und überließ sich seiner Rolle im Spiel. »Wie Sie wissen, bin ich neu hier. Für heute mittag habe ich noch nichts geplant«, sagte er in einem Gefühl von Übereinstimmung.

»Okay, Larry. Ich mechte Ihnen sagen, daß ich empfehle das chinesische Restaurant im Wald. Alle chier wissen, wo das ist. Die besten Leute aus der Fabrik gechen immer dortchin. Sie kennen jeden fragen.«

»Nun, wenn Sie auch hingehen wollen, dann kann ich ja mit Ihnen ...«

»Nein, cheute mittag chabe ich andere Pläne«, sagte Nourish. »Es ist nicht meglich für mich, dort zu sein.« Er sah Pikul erwartungsvoll an und ging offensichtlich davon aus, daß der ihn verstand. Das jedoch war nicht der Fall; Pikul fühlte sich nur noch verwirrter. »Aber Sie gechen gut allein. Alle chier wissen, wo das ist. Die besten Leute aus der Fabrik gechen immer dortchin. Sie kennen jeden fragen.«

»Das tue ich«, versicherte Pikul. »Dort werde ich heute mittag essen. Chinesisches Restaurant im Wald. Genau.«

»Das ist gut«, sagte Nourish. »Jetzt kommt das nächste, was Sie tun missen. Wenn Sie drin sind, ich schlage vor, Sie bestellen das Spezialgericht.«

»Ich bestelle das Spezialgericht«, wiederholte Pikul und dachte, daß er in einem fremden Traum aufgewacht sein mußte.

»Und Sie lassen sich nicht abwimmeln.«

»Okay, lasse ich nicht. Das Spezialgericht, und ich lasse mich nicht abwimmeln. Vielen Dank für den Tip, Jewgenij.«

»Gärn geschechen.«

Nourish wandte sich wieder seiner Arbeit zu. Bald war er ganz darin vertieft, als ob es Pikul gar nicht gäbe.

Pikul drehte sich wieder seinem eigenen Platz zu. Überrascht stellte er fest, daß sich während seines Gesprächs mit Nourish ein langer UmbyCord aus einem Innenfach seines Tisches geschlängelt hatte und nun mit einem Ende einladend neben dem letzten Fladen lag, den Pikul fertiggestellt hatte.

Es war nicht ganz klar, warum der UmbyCord da war oder was Pikul damit anfangen sollte. Der UmbyCord schien im Augenblick nichts zu tun, also ignorierte Pikul ihn und ließ seine Hände mit ihren komplexen, aber geheimnisvollen Aufgaben fortfahren.

Schon kurze Zeit später wurde er unterbrochen durch die Ankunft eines großen, kräftigen Mannes, der einen klobigen Karren vor sich herschob. Der Karren war groß und rechteckig, bestand aus Leinwand und Metall und lief auf Fahrradrädern mit langen Stahlspeichen. Ein leichter Anflug von Rost zog sich unaufhaltsam die Speichen entlang und um die Felgen herum.

Der Mann stellte den Karren hinter Pikul ab und tippte ihm auf die Schulter.

»Larry?« sagte er. »Sind Sie Larry Ashen, Sir?«

»Äh . . . ja!«

»Larry, der Karren wird hinten gebraucht. Die haben gefragt, ob Sie ihn hinbringen könnten.«

»Ich?«

»Larry Ashen, haben sie gesagt. Sind Sie Larry Ashen, Sir?«

»Habe ich doch schon gesagt, ja.«

»Larry, der Karren wird hinten gebraucht. Die haben gefragt, ob Sie ihn hinbringen könnten.«

»Okay«, sagte Pikul. »Ich kriege das schon hin.«

»Sonderanweisung. Wenn Sie drin sind, lassen Sie sich nicht abwimmeln.«

»Wo soll ich mich nicht abwimmeln lassen?« fragte Pikul. »Hinten oder im Restaurant?«

Er spürte, wie Nourish neben ihm auf seiner Bank erstarrte und ihn nervös ansah. »Ich arbeite hier nur«, sagte der große Mann. »Ich bekomme meine Anweisungen wie alle anderen.«

»Okay, okay.« Pikul merkte, daß Nourish mit dieser Antwort offenbar zufrieden war. Er nickte. »Ich mach's gleich.«

Der Mann ließ den Karren stehen und schlurfte davon.

Pikul drehte sich zu Nourish um.

»Haben Sie eine Ahnung, was das alles soll?« fragte er. »Hinten – wo ist das?«

»Am Fließband entlang nach chinten«, erklärte Nourish. »Sie wärden es schon finden. Sie wollen, daß Sie ihnen bringen den Karren. Offenbar brauchen sie mähr Motherboards für die Färtigung der Gamepods. Ich dachte schon, das passiert vielleicht. Nach den Väränderungen letzte Woche.«

»Motherboards? Sind das diese Dinger hier?« Pikul sah nach unten und entdeckte, daß in dem Karren bereits viele in braunes Wachspapier gehüllte Fladen gestapelt waren. Weil sie nicht ordentlich genug eingewickelt waren, erkannte er das Glitzern von Dutzenden von schuppigen Beinen, schleimigen Leibern und körperlosen Augen. »Ja, sieht so aus. Motherboards. Wenn man einen ganzen Haufen davon vor sich hat, weiß man sofort, um was es sich handelt. Was muß ich tun? Einfach nur aufstehen und nach hinten gehen?«

»Genau. Sie brauchen sich keine Sorgen machen wegen Quote chier. Ich chabe Kapazität, Ihre auch zu arbeiten. Wir chaben im Moment keine Eile. Ich schaffe das. Keine Problem.«

»Gut. Vielen Dank, Jewgenij.«

»Gärn geschechen.«

Pikul stand auf und umfaßte die Handgriffe des Karrens. Nourish lehnte sich zurück und ergriff seinen Arm.

»Denken Sie daran, Larry«, flüsterte er heftig und eindringlich. »Mittagessen im chinesischen Restaurant.«

»Im Wald«, flüsterte Pikul zurück. »Und ich bestelle das Spezialgericht.«

»Lassen Sie sich nicht abwimmeln.«

»Auf gar keinen Fall.«

15. Kapitel

Im hinteren Bereich der Teilefertigung befand sich ein Zugang zur Endfertigung der Gamepods. Langsam ging Pikul eine flache Rampe hinunter, von hinten drückte der Karren sanft gegen ihn. Die Endfertigung war viel größer als der Saal, den er gerade verlassen hatte, und gehörte offenbar zu einem älteren Gebäude.

Die Nischen sahen aus wie alte Pferdeboxen, die hastig für ihren neuen Zweck umgestaltet worden waren, so hastig, daß Haufen von dreckigem Stroh noch große Teile des Lehmbodens bedeckten. In der Luft hing der strenge Geruch nach Pferden, Dung und allgemein nach Tieren. Pikuls Nase fing an zu jucken. Das paßte nicht sehr gut zu dem durchdringenderen Gestank von ausgeweideten Reptilien: ein schleimiger, aufdringlicher Gestank nach Flußwasser, verrottender Vegetation und kaltblütigen Lebewesen, die dort vorher gelebt hatten.

In jeder Nische stand eine Gruppe von Arbeitern in steriler Schutzkleidung, hohen Gummistiefeln und Handschuhen. Ihre Gesichter waren bedeckt von Operationsmasken und Schutzbrillen. Sie beugten sich über ihre Arbeit und waren ganz darin versunken, wie Chirurgenteams im Operationssaal.

Doch es gab offensichtliche Unterschiede. Während ein Operationssaal akribisch sauber und steril sein würde, waren die Nischen, in denen die Gamepods zusammengebaut wurden, verdreckt und stanken. Die Stiefel der Arbeiter rutschten in dem schlamm- und dungverschmierten Stroh unter den Arbeitstischen herum. Jede einzelne Bewegung schien einen ganzen Schwarm winziger Fliegen aufzuscheuchen, und Handschuhe und Overalls waren mit braunen Streifen und Blutspuren beschmiert.

Hier wurden die Gamepods fertigmontiert, und sie sahen allem Anschein nach nicht anders aus als die, die Pikul bei Geller gesehen hatte. Was jedoch die Qualität der Verarbeitung anging, so lagen Welten dazwischen.

Die Arbeiter nahmen die schlecht vernähten Fladen, die Pikul, Jewgenij Nourish und die anderen am Fließband angefertigt hatten, und stopften sie in fleischige, leichenähnliche Gamepod-Gehäuse. War ein neues Gamepod gefüllt, nähten es zwei Teammitglieder schnell zusammen und warfen es in eine Tonne am anderen Ende der Nische. Unweigerlich fielen manche daneben und stapelten sich kreuz und quer auf dem Boden um die Tonne herum. Einige der Fladen am Boden waren beim Aufschlag geplatzt. Der knorpelige Inhalt quoll als schleimiger, grüner und dunkelroter Auswurf heraus. Ein herausragendes Reptilienbein schien noch eine Art nervöse Energie zu besitzen: Es zuckte unaufhörlich und versetzte den elektronischen Fladen, an den es genäht war, in eine ständige und hoffnungslose Kreisbewegung.

Jedes Gamepod wirkte wie die alptraumhafte Version eines echten Gamepods. Mit aller Macht wurde Pikul daran erinnert, daß dies hier nicht die Realität, nicht die Welt war, die er kannte. Es war nur eine weitere Ebene des Spiels.

Langsam schob er den Karren an den Nischen vorbei und hielt bei jeder an, um einige fladenähnliche Motherboards abzuliefern. In den meisten Nischen wurden sie mit einem abfälligen Grunzen oder völlig wortlos entgegengenommen.

Aber in der letzten Nische fuhr eine der maskierten Chirurginnen in dem Augenblick auf, in dem er am Nischeneingang erschien. Sie führte Pikul in eine stille Ecke, weit weg von den Bergen aus geplatzten, kaputten Fladen.

Auf ihrer Ausweiskarte stand Barb Brecken, doch das Foto zeigte unmißverständlich Allegra Geller.

Sie zog ihre Maske herunter.

»Hallo!« sagte sie. »Wie geht es Ihnen?«

»Sehr gut«, antwortete Pikul und stellte im selben Moment fest, daß dieser Dialog zum Spiel gehörte.

»Ich habe gesehen, daß Sie den Kontakt aufgenommen haben, Larry Ashen«, fuhr Geller fort. »Was hat der Typ am Fließband zu Ihnen gesagt?«

»Du kannst dir das nicht vorstellen«, meinte Pikul und versuchte, die vorbereiteten Sätze zu ignorieren, die sich in seinem Kopf abspulten. Er war froh und erleichtert, Geller wiedergefunden zu haben. »Diese Spielversion von unserem Gamepod – die ist krank! Und so wenig überzeugend! Das Ding sieht noch nicht einmal so aus, als würde es überhaupt funktionieren. Ich meine, tierisches Nervensystem für elektronische Schaltkreise zu benutzen, ist sicherlich machbar, aber sie in diese ... diese verdrehten Fladendinger mit schwarzem Garn einzunähen ... Und sie stopfen die Teile einfach so hinein. Ich hätte gedacht, daß man sie zuerst miteinander verbinden müßte. Was denkst du?«

Seine Frage verhallte ungehört, denn er stellte plötzlich fest, daß Geller leicht vor und zurück schaukelte und die mittlerweile vertraute Erkennungsmelodie der Firma summte.

Als sie erkannte, daß er aufgehört hatte zu sprechen, sah sie ihm wieder in die Augen.

»Ich habe gesehen, daß Sie den Kontakt aufgenommen haben, Larry Ashen«, fuhr Geller fort. »Was hat der Typ am Fließband zu Ihnen gesagt?«

»Tut mir leid, Allegra«, sagte Pikul, und dann fiel ihm auf, daß er schon wieder außerhalb des Spieldialogs war. Er zwang sich, locker zu sein, und spürte sofort, wie sich unweigerlich der nächste Satz in seinem Kopf bildete. Barb Brecken wippte immer noch vor und zurück, während er auf Worte wartete.

Er sträubte sich dagegen, aber schließlich ließ es sich nicht mehr vermeiden.

»Er hat mir erklärt, wo wir unsere Mittagspause verbringen sollen«, sagte er.

16. Kapitel

Pikul und Geller folgten den anderen Arbeitern, die in kleinen Gruppen durch den lichten Wald gingen. Sie befanden sich auf einem kiesbestreuten Pfad, der sich zwischen den Bäumen hindurchschlängelte und parallel zum gewundenen Bett eines ruhig dahinfließenden Baches verlief. Durch die hohen Baumkronen blinzelte die Sonne, schwankende Schatten fielen auf die Gesichter der Fußgänger. Hin und wieder sprang ein Fisch nach einem Insekt, das über dem Bach schwebte, und durchbrach die glatte Oberfläche des Wassers. Es war warm und friedlich. Es hätte eine so idyllische Szene sein können, wenn sie nicht den Zweck der Gebäude, die sie hinter sich ließen, gekannt und einiges über den Zweck der Gebäude vor sich vermutet hätten.

Das Spiel schien im Augenblick keinen Dialog vorzusehen, deshalb sprach Pikul nicht mit Geller, obwohl er gern seine Erlebnisse mit ihr diskutiert hätte. Statt dessen hielten sie sich an den Händen und liefen schweigend einher, genossen den frischen Duft der Bäume, den warmen Sonnenschein und die Geräusche des Baches. Auch die anderen sprachen nicht miteinander.

Bald entdeckten sie vor sich auf einer Lichtung ein Gebäude. Es war ein gewöhnliches viktorianisches Farmhaus aus roten Ziegeln. Nichts daran wies auf chinesische Einflüsse hin, außer einem Schild auf dem Rasen davor.

Darauf stand:

MONA DSCHANGS PEKINESISCHE KÜCHE

Geller und Pikul folgten den anderen Arbeitern, die zu ihrem Mittagessen wollten, an dem Schild vorbei über den Rasen und gingen ins Haus.

Bald saßen sie an einem runden Resopaltisch. In der Mitte befand sich eine drehbare Servierplatte. In den Fächern der Platte standen mehrere kleine Teller mit Appetithäppchen und Probierportionen.

Pikul sah sich um.

An den meisten Tischen, aber nicht an allen, saßen Kollegen von ihnen. Es gab immer noch reichlich freie Plätze für Nachzügler. Die Stimmung konnte man nicht gerade als fröhlich bezeichnen: Viele Anwesende verharrten in mürrischem, mißtrauischem Schweigen. Der Haushund, ein Mischling mit dichtem, Collie-ähnlichem Fell, sonnte sich in einer Ecke des Saales in einem Lichtflecken auf dem Boden.

Das Schweigen, das sich bei ihrem Eintritt über den ganzen Saal gesenkt hatte, hing über ihnen und machte Pikul nervös. Geller jedoch blieb gelassen, jedenfalls nach außen hin. Sie saß elegant am Tisch, und ihre Hände ruhten auf der glänzenden Tischplatte. Pikul betrachtete die anderen Gäste und spürte auf eine gräßliche, unverständliche Weise, daß er bereits viele von ihnen kannte. Wie konnte das nur sein? Die Figuren waren doch nur ein Teil dieser imaginären Welt.

Zu seiner Erleichterung schien sein Zurückstarren den gewünschten Effekt zu haben, denn nach ein paar Augenblicken war eine gewisse Normalität in den Saal zurückgekehrt.

Einige Minuten später kam ein Kellner an ihren Tisch. Es war ein junger, athletisch gebauter Chinese mit einem weißen Jackett und schwarzen Hosen mit scharfen Bügelfalten. Er trug ein Tablett mit Reis und Tee.

»Heute haben wir schönen frischen Seebarsch«, sagte er und stellte das Mitgebrachte auf den Tisch. »Darf ich Ihnen den Fisch bringen?«

Geller warf erst Pikul einen Blick zu, dann dem Kellner und zuckte die Schultern zum Einverständnis.

Pikul jedoch erhob sich leicht aus seinem Stuhl und sah den Kellner direkt an. »Nein«, sagte er. »Wir nehmen beide das Spezialgericht.«

Der Kellner wirkte verblüfft. Pikul kam es vor, als liefe eine eisige Welle der Bewegung durch die andern Gäste im Saal. Viele blickten zu ihrem Tisch hinüber.

Der Kellner hatte angefangen, vor und zurück zu schaukeln, und spitzte die Lippen, vermutlich für ein paar Takte der Erkennungsmelodie.

»Haben Sie mich verstanden, chinesischer Kellner?« fragte Pikul mit fester Stimme. »Wir wollen das Spezialgericht. Wir – wollen – das – Spezialgericht.«

Der Kellner zuckte zusammen und blinzelte. »Das Spezialgericht ist für – äh – besondere Gelegenheiten«, sagte er. »Ich kann Ihnen das Spezialgericht jetzt nicht bringen.«

»Ich lasse mich nicht abwimmeln.«

»Das Spezialgericht ist für – äh – besondere Gelegenheiten«, sagte er. »Ich kann Ihnen das Spezialgericht jetzt nicht bringen.«

»Aber das ist eine besondere Gelegenheit«, widersprach Pikul. »Heute ist . . . ich meine, heute ist . . .« Er wartete auf eine Eingebung, weil er glaubte, daß die vom Spiel vorgesehenen Sätze ihm aushelfen würden. Geller betrachtete ihn erheitert und mit Neugier. »Heute ist . . . ihr *Geburtstag*!« brachte er schließlich erleichtert heraus und deutete erklärend auf Geller. »Ja, sie hat heute Geburtstag.«

Der Kellner war einige Augenblicke lang wieder blokkiert, aber dann kam er in Bewegung. »Ein Geburtstag ist tatsächlich eine besondere Gelegenheit«, sagte er. »Daher werde ich Ihnen das Spezialgericht bringen.«

Er zog sich zur Tür für das Personal zurück.

»Und flott, wenn ich bitten darf!« rief Pikul ihm hinterher.

Der Kellner hielt inne, dann wandte er sich um und verbeugte sich leicht. »Ich bin sicher, Sie werden es ... flott finden, Sir«, sagte er.

»Ich glaube, daß das Spezialgericht nicht sehr beliebt ist«, bemerkte Pikul zu Geller.

»Das glaube ich auch.«

»Aber du weißt das alles ja schon, oder?« meinte er und sah ihr eindringlich in die Augen. »Du mußt nicht raten, was hier passiert, so wie ich. Du hast doch das alles ins Spiel eingebaut, als du dieses System erfunden hast. Es ist dein Spiel, dein Privatuniversum.«

»Da liegst du falsch, Pikul. Ich weiß nicht, was hier passiert, genausowenig wie du. Es gehört zu den Grundzügen von *eXistenZ*, daß man immer lernen und alles selbst einschätzen muß. Man muß herausfinden, was das Spiel nun wirklich daraus gemacht hat. Wenn man einmal angefangen hat zu spielen, ist alles möglich, und das liegt nicht mehr im Kontrollbereich des Spielcodes. Es ist einfach nicht im Spielcode enthalten.«

»Du willst mir also erzählen, nur als einfaches Beispiel, daß du im Moment selbst noch nicht weißt, woraus das Spezialgericht besteht?«

»Genau. Ich habe keine Ahnung.«

»Oder warum wir es bestellen sollten?« fuhr Pikul fort.

»Zufällig weiß ich das. Wir haben das Spezialgericht bestellt, weil eine andere Spielfigur dir gesagt hat, daß wir das tun sollen. *eXistenZ* ist ein figurenbestimmtes Spiel. Die Spieler stellen sich eine Reihe von Parametern vor, die auf ihren unbewußten Wünschen, ihrer Erfahrung, ihren Erinnerungen beruhen, manchmal auch auf ihren bewußten Sehnsüchten. Die Figuren, die wir während des Spiels treffen, gehören in diese Konstruktion hinein: Es können Leute sein, von denen wir gehört haben oder die wir treffen möchten, oder Leute, die wir in unserem richtigen Leben früher gekannt haben, die wir jetzt jedoch vergessen haben. Es können sogar historische Personen sein. Manchmal bestehen die Spielfiguren aus den Mitspielern, die sich mit dir zusammen eingeklinkt haben. Im Moment stellst du dir ganz eindeutig mich vor, während ich mir dich vorstelle, also existieren wir in diesem Spiel beide. *eXistenZ*, verstehst du? Aber die Figuren beherrschen das Spiel und bestimmen es. So einfach ist das. Wenn uns eine davon etwas sagt oder uns eine Aufgabe gibt, dann ist das die Richtung, die das Spiel nehmen soll. Solch einen Hinweis können wir nicht ignorieren. Aber das gehört zu den Grundregeln des Spielens.«

»Ich möchte das Spiel mal unterbrechen«, sagte Pikul. Geller sah ihn erstaunt an. »Das geht doch, oder?« fragte er. »Ich meine, alle Spiele können unterbrochen werden. Stimmt's?«

»Natürlich. Aber warum? Warum jetzt, wo es gerade anfängt, interessant zu werden? Stirbst du nicht vor Neugier, was so Besonderes an dem Spezialgericht ist?«

Pikul spielte mit der Servierplatte und stieß sie mit den Fingern an. Verlockende Snacks aus goldgelb fritiertem Teig, Nudeln und Dim Sum drehten sich langsam vorbei.

»Sieh mal, ich habe nichts gegen das Spiel«, sagte er. »Ich fühle mich nur mittlerweile ein bißchen sehr entfernt von meinem wirklichen Leben. Ich verliere die Verbindung zu seiner Struktur. Verstehst du? Ich glaube wirklich, daß in dieser Art Spiel ein psychotisches Element enthalten ist. Zum Beispiel weiß ich nicht mehr, wo mein Körper sich wirklich befindet oder wo die Realität ist ... oder was ich tatsächlich getan oder nicht getan habe. So etwas kann ganz schön wichtig sein, weißt du.«

Geller nahm sich mit den Fingerspitzen ein Dim Sum, als es an ihr vorbeirotierte, betrachtete es gründlich und steckte es sich in den Mund. Nachdenklich kaute sie.

»Was du da sagst, ist ein gutes Zeichen, Pikul«, meinte sie. »Das heißt, es ist ein gutes Zeichen für deine Einschätzung des Spiels. Es bedeutet, daß dein Nervensystem voll und ganz in die Spielarchitektur integriert ist. Es macht viel mehr Spaß zu spielen, wenn man es für realer als die Realität hält.«

»Na, dann kann der Spaß ja beginnen«, sagte Pikul.

Er schob seinen Stuhl zurück und stand auf. Er holte tief Luft und schrie dann mit aller Kraft: »*eXistenZ* wird unterbrochen!« Er brüllte so laut, daß das Besteck auf dem Nachbartisch klirrte. »Das Spiel wird angehalten! *eXistenZ* hört sofort auf!«

Die anderen Gäste drehten sich erstaunt zu ihm um. Aber da löste sich das chinesische Restaurant bereits auf.

17. Kapitel

Pikul saß auf einem Bett mit einer wunderschönen Frau, die unter der Decke ausgestreckt lag und ihn anlächelte. Niedergeschlagen dachte er: Wenn das nicht Allegra Geller ist, dann träume ich. Dann dachte er: Wenn ich nicht träume, dann bin ich tot und im Himmel.

Aber es war so . . . und er war weder tot noch im Himmel.

Nach und nach verfestigten sich die Wände der Gästehütte von Kiri Vinokurs Skiclub um sie herum, enthüllten und zeichneten eine zum Greifen reale Geller, die dicht und vertraut neben ihm lag und durch einen ebenfalls sehr real aussehenden UmbyCord mit ihm verbunden war. Zwischen ihnen ruhte auf den Falten der zerwühlten bunten Tagesdecke ihr Gamepod aus MetaFlesh.

Pikul versuchte zu sprechen, brachte aber nur ein feuchtes Gurgeln heraus. Er wartete ab und sah zu, wie sich die Realität ausbildete. Als sie fertig schien, versuchte er es erneut.

»Habe ich das fertiggebracht?« fragte er.

»Ob du das Spiel gestoppt hast? Ich glaube schon.«

»Toll«, sagte er voller Überzeugung, wenn nicht gar kunstvoller Andeutung.

»Und, wie fühlt es sich an?« fragte Geller lächelnd.

»Wie fühlt sich was an?«

»Dein wahres Leben ... das, was dir so wichtig war, daß du unbedingt dahin zurückwolltest.«

»Mit dir hier auf dem Bett zu sitzen fühlt sich völlig unwirklich an. Aus allen möglichen Gründen.«

»Das also wolltest du nicht.« Sie rührte sich, zog die Decke glatt und legte das Gamepod genau zwischen sie beide. »Und die Wirklichkeit im allgemeinen? Wie fühlt die sich an?«

»Ganz gut. Du wußtest bestimmt, daß das passiert.«

»Ich habe vermutet, daß man das Spiel auf diese Weise anhalten kann und daß wir dann hierher in die Skihütte zurückkehren würden. Aber jetzt sitzt du in der Klemme, oder? Du hast bekommen, was du wolltest, oder was du dachtest, daß du wolltest. Aber du möchtest auch zurück in das chinesische Restaurant, weil dort etwas völlig Fesselndes im Gange war. Du wußtest nicht, was das war, aber es war zumindest interessant. Hier ... hier passiert nichts. Wir sind hier sicher, aber auf die Dauer ist Sicherheit langweilig.«

»Geller – was kaust du da?«

Sie bewegte ihren Kiefer noch ein paarmal hin und her und fuhr sich mit der Zunge über die Zähne.

»Stört dich das?«

»Nein. Was ißt du da?«

»Ich weiß nicht. Etwas Würziges.«

»Ein Dim Sum?«

Sie schluckte schnell, um den Mund leer zu haben. »Nein. Kein Dim Sum.«

»Bist du sicher?«

»Klar, bin ich sicher. Was willst du damit andeuten, Pikul?«

»Ich habe mit all dem Schwierigkeiten«, meinte er. »Die Wirklichkeit fühlt sich nicht mehr so real an wie vorher. Ich bin mir nicht sicher, ob das hier die Wirklichkeit ist. Es könnte auch ein Spiel sein. Auf einem Bett zu sitzen mit der schönsten Frau, die ich kenne.« Er sah einen Moment lang beiseite und dachte heftig nach. »Haben wir uns wirklich geliebt?« fragte er dann.

Ihre Reaktion kam prompt. »Definitiv nicht!«

Ihr scharfer Ton verblüffte ihn.

»Das zumindest ist klar«, meinte er. »Zumindest, was dich betrifft. Du hast daran keinen Zweifel.«

»Warum fragst du?«

»Weil es mir so vorkommt, als hätten wir«, erklärte Pikul. »Ich habe glasklare Erinnerungen daran, es getan zu haben, es schön gefunden zu haben und mir noch eine Menge mehr davon zu wünschen. Es kam mir so vor, als wäre es dir genauso gegangen. Zu der Zeit.«

»Nein . . . unsere Spielfiguren hatten Sex miteinander. So etwas passiert innerhalb von *eXistenZ*. Aber es war nicht real, es bedeutet gar nichts. Mach dir deswegen über uns beide nur keine Illusionen. Es wäre ganz anders, wenn wir es wirklich zusammen täten.«

Darüber dachte Pikul eine Weile nach. Sie hatte gesagt, *wenn* wir es wirklich zusammen täten . . . während es ihm immer noch so schien, als hätten sie es bereits getan.

»Ich bin übrigens wirklich so«, sagte er dann. »Ich meine, so wie die Spielfigur, die dich geliebt hat . . . er ist *genauso* wie ich. Wenn es dir mit der Spielfigur gefallen hat . . . na ja, ich wollte sagen, daß du den wirklichen Ted Pikul dort kennengelernt hast, da in dem Spieleladen.«

»Bevor dir jetzt noch mehr von der Sorte einfällt, kann ich dir versichern, daß du nicht die wirkliche Allegra Geller dort erlebt hast. Ich meine, die Spielfigur hat es nicht.«

»Warum sagst du das?«

Sie reckte sich, wandte ihm das Gesicht zu und küßte ihn sanft und liebevoll.

»Im wirklichen Leben verliere ich gern die Beherrschung. Dann kann es richtig rundgehen.« Sie gestattete ihm einen Antwortkuß, und ein paar Augenblicke lang dachte Pikul, daß es nun wirklich richtig rundgehen würde. »Na los«, sagte sie statt dessen. »Klinken wir uns wieder ein und kehren ins Spiel zurück.«

»Ach ... doch nicht jetzt.«

»Wir können mit dem Spiel nicht an dem Punkt aufhören, an dem wir es verlassen haben. Es wurde doch gerade interessant.«

»Na gut, aber wie sieht's später aus?«

»Später kommt als nächstes. Das ist ein Versprechen, oder vielleicht auch eine Warnung.«

»In Ordnung«, sagte er und grinste sie fröhlich an. Er griff nach dem Gamepod und drückte auf *Start*.

Der Raum um sie herum löste sich auf.

18. Kapitel

Schnell entstand wieder das chinesische Restaurant um sie herum, nach und nach wurden Licht, Lärm und Bewegungen erkennbar.

Die Servierplatte drehte sich immer noch von dem Stupser, den Pikul ihr gegeben hatte. Geller kaute weiterhin ihr Dim Sum. Als sie es hinuntergeschluckt hatte, näherte sich der Kellner mit einem großen Tablett voller Teller ihrem Tisch. Stolz stellte er sie auf die drehbare Servierplatte.

»Das Spezialgericht für das Geburtstagskind«, verkündete er. »Guten Appetit.«

Pikul und Geller starrten auf die Teller.

Auf jedem befand sich eine Portion gegarter Reptilien oder Amphibien: Frösche mit Bambussprossen, fritierte Eidechsen mit Sesam, eine große Kröte saß da, umgeben von gefüllten Pilzen und mit Maiskörnern als Augen, ein Eintopf mit Nudeln und gekochten Molchen, Scheiben von gebratener Schlange mit Austernsauce. Langsam drehte sich die Servierplatte und ließ das bizarre, aber auch seltsam schöne Menü an ihnen vorüberziehen.

»Meine Güte«, sagte Geller.

»Genau das wollte ich auch gerade sagen.«

Eine einzelne Schale, so groß wie eine Untertasse, stand in einer Abteilung für sich allein, und als sie vorbeikam und sich auf Geller zubewegte, zeigte Pikul darauf.

»Erkennst du unseren Freund?« fragte er.

Geller sah genauer hin: Es war der zweiköpfige Salamander, der mit ihnen von der Tankstelle auf dem Landrover mitgefahren war.

Pikul schluckte heftig.

»Zwei Köpfe und sechs Beine«, sagte er. »Ich glaube, ich habe keinen Appetit mehr.«

Der Kellner wartete noch immer an ihrem Tisch.

»Nicht mehr hungrig?« fragte er. »Sehr schade, sehr bedauerlich. Mutierte Reptilien und Amphibien bieten neue und bisher unvorstellbare Geschmackserlebnisse. Geheime fernöstliche Rezepte.«

»Das mag sein«, sagte Geller. »Vielen Dank auch, aber nein. Nehmen Sie es nicht persönlich.«

»Soll ich das alles abräumen?« fragte der Kellner.

Pikul bekam aus dem Augenwinkel den Ausdruck mit, der über Gellers Gesicht huschte. Sie signalisierte ihm, daß dies das Spezialgericht, etwas Besonderes, war und eine Spielfigur ihnen gesagt hatte, daß sie es nehmen sollten.

»Aber nein, es sieht großartig aus«, meinte Pikul entschlossen. Er warf Geller einen Blick zu, und sie nickte langsam. »Vielen Dank. Wir sind zufrieden.«

»Sehr gut«, antwortete der Kellner. »Lassen Sie's sich schmecken!«

Diesmal ging er wirklich, das Tablett baumelte locker in einer Hand.

Pikul betrachtete die vor ihm aufgebauten Tierteile nachdenklich und wählte dann die Kröte mit Pilzen. Er schaufelte sich die Kröte auf seinen Teller, stellte aber die Pilze zurück auf die Servierplatte.

Mit zielsicheren Bewegungen brach er die muskulösen Gliedmaßen der Kröte ab und befreite sie vom Fleisch.

»Pikul, was tust du da?«

»Ich weiß nicht.« Er hatte in die Kröte gebissen und spürte, wie das Fleisch vor seinen Zähnen zurückwich und die Knochen brachen und auseinandergingen. Sein Mund füllte sich mit dem öligen, fleischigen Geschmack des Tieres. »Ich finde es widerlich, aber ich kann nicht anders!«

»Großartig!« Geller rümpfte vor Abscheu die Nase. »Du kannst nicht anders.«

»Ich habe keine Wahl«, sagte er mit vollem Mund. Er schluckte und nahm noch einen Bissen. Diesmal war ein Bein an der Reihe. Nachdem er ein paarmal abgebissen hatte, drehte er das Glied in den Händen und knabberte alles zarte Fleisch von den Knochen.

Er blickte von seiner Tätigkeit auf. Mittlerweile hatte er die Kröte völlig zerlegt, und viele der größeren Knochen lagen auf seinem Teller. Nun machte er sich an die fritierten Eidechsen, kratzte die Sesamkörner ab, entfernte das sehnige Fleisch und legte die winzigen Knochen zu den großen. Alles war perfekt fritiert: Das Fleisch fiel fast von selbst von den Knochen.

Pikuls Finger waren glitschig, und große Tropfen geschmolzenen Fetts fielen von den Kuppen. Wie vorher, als er am Fließband gesessen hatte, fuhren seine Hände wie von selbst mit der Arbeit fort.

»Was du da tust, finde ich interessant«, meinte Geller, als er einen Moment lang eine Pause zu machen schien.

»Interessant?« fragte Pikul und betrachtete mit Schrecken, was er tat. »Du findest das interessant?«

»Ja, dabei zuzusehen ist faszinierend«, sagte Geller. »Es ist ein echter Spielzwang, offenbar etwas, das deine Spielfigur Larry Ashen instinktiv kann und gut beherrscht. Wehr dich nicht dagegen.«

»Am Anfang habe ich mich schon gesträubt. Aber das hat nichts genützt, deshalb mache ich jetzt mit.«

Während er sprach, zerbrachen seine Hände einen der langen Schenkelknochen der Kröte und wickelten ein Stück Froschsehne darum, so daß er einen Winkel bildete. Geller und er sahen mit entsetzter Faszination zu, wie seine Hände flink die verschiedenen Teile zusammenfügten, sie mit Haut- und Knorpelstückchen und Sehnen befestigten und die Gelenke der Tiere benutzten, um daraus Zapfen, Antriebszähne und andere bewegliche Teile zu formen.

Die groteske zweiteilige Halswirbelsäule des sechsbeinigen Salamanders wurde als letztes hinzugefügt. Sie glitt mit einem deutlichen Klicken an ihren Platz, und als Pikul das Gebilde hochhielt, wurde offenbar, daß die Wirbelsäule einen Abzugsmechanismus bildete.

In seinen Händen hielt er eine Kadaver-Waffe, die der bei dem Anschlag in der Kirche verwendeten fast zum Verwechseln ähnelte.

»O mein Gott«, sagte Pikul voller Ehrfurcht. »Das sieht ja ziemlich vertraut aus. Bist du sicher, daß das alles seine Richtigkeit hat?«

Geller sah so aus, wie er sich fühlte – unbehaglich.

»Das sollte es«, antwortete sie, klang aber nicht sehr überzeugt.

Während seine rechte Hand die Waffe hielt, bewegte sich seine linke plötzlich. Vollgeschmiert mit Fett und Fleischfetzen fuhr sie in seinen Mund. Er schmeckte ganz kurz das widerliche, gewürzte Fleisch, das seine Geschmacksknospen folterte, und spürte, daß seine eigenen Finger an den Zähnen zogen und zerrten.

Als die Hand wieder herausgezogen wurde, hielten die Finger eine Brücke aus drei Zähnen, einer davon mit Goldfüllung.

Geschickt lud er die Zähne in die Kadaver-Waffe. Durch Pikuls Hirn zuckten widersinnige Einwände gegen die Waffe, Gedanken über Kaliber, Geschwindigkeit im Lauf und Feuerkraft, aber er hatte bereits gesehen, wie gut sie funktionierte. Er hatte keineswegs vor, mit seinen Händen darüber zu diskutieren.

»Ist das deine Brücke?« Geller meinte die falschen Zähne.

»Du hast doch gesehen, woher sie gekommen sind.«

»Ich meine, ob du im wirklichen Leben eine Brücke hast?«

»Definitiv nein. Meine richtigen Zähne sind perfekt. Frag mich nicht, woher ich wußte, daß ich dieses Ding im Mund hatte.«

»Das hattest du wahrscheinlich auch nicht«, meinte Geller trocken, »bis du das Spezialgericht bestellt hast.«

Pikul hielt die groteske Waffe am Lauf und schloß mit geübter Handbewegung das Magazin. Er zog die Sicherung zurück und ließ sie schnappen, worauf einer der Zähne mit einem grauenvollen klickenden Geräusch aus dem Magazin sprang und präzise in den Lauf glitt.

Pikul lächelte teuflisch und richtete die Waffe auf Geller.

»Nieder mit der gräßlichen Dämonin Allegra Geller!« sagte er und bewegte in vorgetäuschter Drohung die Augenbrauen schnell auf und ab.

Alarmiert rutschte sie mit ihrem Stuhl zurück. Die Beine scharrten mit einem lauten Kreischen über den Fußboden. Ihre Augen waren vor Angst geweitet.

»He, das ist nicht witzig!« schrie sie.

»Ich meinte es doch nicht so«, sagte er.

»Aber ich. Leg die verdammte Waffe hin!«

Er sah das echte Entsetzen in ihren Augen und senkte sofort die Waffe. Ungläubig schüttelte er den Kopf über das, was er getan hatte. Geller war blaß. Ohne ihn anzusehen, rutschte sie mit dem Stuhl so weit vor, daß sie wieder normal am Tisch saß. Ihre Hände bebten.

Pikul sah das alles mit großem Bedauern. Doch noch immer ließ seine Hand die Kadaver-Waffe nicht los.

»Es tut mir leid«, sagte er. »Ich konnte dem irgendwie nicht widerstehen.«

»Einen Moment lang dachte ich – dachte ich wirklich, du würdest abdrücken.«

Er schüttelte den Kopf. »Nicht auf dich. Dich würde ich nie töten. Aber weißt du, ich verspüre wirklich den unglaublichen Drang, jemanden in diesem Restaurant umzubringen. Das ist die Rolle, die meine Spielfigur zu spielen hat. Ich bin ein Attentäter.«

Geller griff nach ihrer Schale mit Suppe, wahrscheinlich das Nächstbeste, was sie zu ihrer Verteidigung benutzen konnte. Und eine recht wirkungsvolle, wie Pikul schnell erkannte, als ihm klar wurde, was darin war. Er schätzte die Vorstellung nicht, ein Dutzend heiße tote Molche ins Gesicht geworfen zu bekommen.

»Du bist nicht das Opfer«, sagte er. »Beruhige dich.«

»Aber wer ist es dann?«

»Ich muß unseren Freund, den Kellner, umbringen.«

»Gut, das ergibt Sinn. Ich rufe ihn.« Geller drehte sich auf ihrem Stuhl um und winkte. »Ober! Ober!«

»Meinst du das ernst?« fragte Pikul. »Du willst wirklich, daß ich es tue?«

»Wenn es zum Spiel gehört, tu es einfach. Zögere keinen Moment.«

»Aber das kommt mir alles so realistisch vor. Normalerweise laufe ich nicht herum und erschieße Menschen. Ich glaube nicht, daß ich es schaffe.«

»Du wirst gar nicht anders können. Versuch einfach herauszufinden, wie es sich anfühlt, und genieße es.«

»Selbstbestimmung ist in deiner kleinen Spielwelt offenbar nicht vorgesehen«, bemerkte Pikul.

»Es ist genau wie im wirklichen Leben«, sagte Geller. »Es gibt gerade so viel Selbstbestimmung, daß es interessant wird. Und außerdem ist es nicht meine Welt. Es ist unsere.«

»Das sagst du dauernd.«

Pikul entdeckte den Kellner, der sich auf dem Weg zu ihnen zwischen den anderen Tischen hindurchschlängelte. Er lächelte erwartungsvoll. Andere Gäste versuchten, seine Aufmerksamkeit zu erlangen, aber er achtete nicht auf sie. Sein Gesichtsausdruck deutete an, daß er nichts anderes wollte, als Pikul und Geller gefällig zu sein.

»Scheiße, er lächelt«, sagte Pikul leise.

»Na und?«

»Ich finde ihn eben nett. Was hat er mir je getan? Ich werde die Sache nicht durchziehen.«

»Du hast kaum eine andere Wahl«, sagte Geller. »Die Selbstbestimmung ist hier ziemlich eingeschränkt, denk dran.«

Der Kellner kam an ihren Tisch und hielt erwartungsvoll seinen Bestellblock bereit.

»Was kann ich für Sie tun?« fragte er.

»Also, zuerst einmal könnten Sie aufhören zu lächeln.«

»Es tut mir leid, wenn ich Sie damit beleidigt habe, Sir. Aber es ist meine Aufgabe, Ihren Aufenthalt so angenehm wie möglich zu gestalten.«

»Ich will nicht, daß Sie nett zu uns sind, verstehen Sie?« Pikul nahm die Waffe vom Tisch und richtete sie auf den Kellner. Er krümmte den Finger am Abzug. »Das habe ich in meiner Suppe gefunden, und es macht mich ziemlich wütend.«

»Ich kann mich nur entsch . . .«

Pikul schoß.

Es gab einen lauten Knall und einen heftigen Rückstoß. Das Zahngeschoß schlug in das Gesicht des Kellners ein, direkt unter einem Auge. Ein Teil des Wangenknochens wurde in einem Regen aus Blutstropfen zerschmettert, und der Kopf des Mannes flog zurück wie von einem Faustschlag.

Der Kellner taumelte rückwärts, ließ seinen Block fallen und preßte die Hände aufs Gesicht. Das weiße Jackett war bereits scharlachrot vor Blut, das mit erschreckender Geschwindigkeit aus ihm herausquoll. Er stieß gegen einen anderen Tisch, stolperte und drohte zu Boden zu stürzen, fing sich aber wieder.

Sein Gesicht hatte sich in eine schaurige Maske blutiger Wut verwandelt. Er schwankte zu ihrem Tisch zurück und zog dabei ein großes Fleischerbeil unter der Jacke hervor.

Geller ergriff die Schale mit der heißen Molchsuppe, die sie hin und her geschoben hatte, und schüttete sie ihm mitten ins Gesicht. Er schrie vor Schmerzen, grapschte verzweifelt nach den Molchen und weichen Nudeln und versuchte, sich die klebrige Suppe aus den Augen zu wischen. Ein Molch blieb hartnäckig in der heftig blutenden Wunde hängen, die die Kugel in seine Wange gerissen hatte.

Gellers Aktion hielt ihn nur wenige Sekunden auf.

Er stürzte sich wieder mit erhobenem Beil auf sie. Bevor sie sich ducken konnten, ließ er das Beil mit ungeahnter Kraft und Geschwindigkeit auf sie herabsausen. Es schlug Pikul die Kadaver-Waffe aus der Hand, wobei ein winziges Stück der Mündung absprang, und krachte dann mit einem metallischen Klirren auf die Kante der Resopalplatte. Die Waffe fing an zu bluten.

Der Kellner fiel nach vorn und brach auf dem Tisch zusammen. Dabei stieß er gegen die Servierplatte; alles, was noch darauf stand, wurde über den ganzen Boden verstreut.

Er hielt immer noch das Fleischerbeil, drehte sich zu

Pikul um und griff mit mörderischer Absicht über den verschmierten Tisch nach ihm. Aus der Wunde in seiner Wange pulsierte das Blut. Nudeln und tote Molche hingen ihm in Gesicht und Haaren.

Bevor der Kellner sich aufrichten konnte, schoß Pikul erneut auf ihn. Er drückte direkt in seinen offenen Mund ab.

Aus dem Hinterkopf des Chinesen explodierte ein Schädelstück und schoß über den Tisch wie eine kleine Frisbeescheibe. Es fiel wirbelnd hinunter. Pikul sah, daß in dem Knochen ein Zahn mit Goldkrone steckte.

Die Waffe blutete so stark, daß sie seine Hand verschmierte. Angewidert warf Pikul sie weg.

Von Geller und Pikul unbemerkt, hatte sich der Hund von seinem Sonnenplätzchen erhoben und kauerte nun in der Nähe des Tisches. Als die Kadaver-Waffe zu Boden fiel und über die gewachsten Dielen schlidderte, sprang er auf und schnappte danach. Mit der Waffe zwischen den Zähnen lief er unter einen anderen Tisch und versteckte sich dort zwischen den Beinen der Gäste.

Knurrend fing er an, die Waffe abzunagen.

Angespanntes Schweigen hatte sich im ganzen Restaurant ausgebreitet. Alle Gäste starrten entsetzt auf ihren Tisch; einige hatten Deckung gesucht und kauerten sich, so gut es ging, in dem engen Raum auf den Boden. Langsam stand Pikul auf; er fühlte sich schwach, war aber entschlossen, die anderen zu beruhigen.

»Es ist alles in Ordnung«, sagte er laut. »Nur eine kleine Meinungsverschiedenheit wegen der Rechnung. Äh ... ist schon okay. Achten Sie nicht weiter darauf, und genießen Sie Ihr Essen.«

Die Verunsicherung dauerte noch einen Augenblick an, dann wandten sich die Gäste zögernd und finster wieder ihren Tellern zu. Diejenigen, die sich vor der

Schießerei geduckt hatten, standen auf und wirkten ein bißchen verlegen, setzten sich jedoch wieder auf ihre Plätze und nahmen die Eßstäbchen zur Hand.

Pikul sah sich verwirrt in dem seltsam lethargisch wirkenden Saal um. Ihn durchlief ein Gefühl wilder Angst.

»Pikul, was ist?« fragte Geller.

»Ich glaube, ich verspüre einen heftigen Spielzwang. Ich habe mich nicht mehr unter Kontrolle. Laß uns gehen!«

Er nahm ihre Hand.

Eine Bewegung am anderen Ende des Saales erregte seine Aufmerksamkeit. In den weißgestrichenen Metallschwingtüren zur Küche befanden sich zwei runde Fenster, und durch eines hatte Pikul einen Mann mit einer Kochmütze gesehen, der ihm aufgeregt zuwinkte.

»Wir können durch die Küche hinaus!« rief Pikul Geller zu. »Hier entlang!«

Sie schlängelten sich zwischen den Tischen hindurch und stießen in der Eile gegen den einen oder anderen. Dann stürmten sie durch die Schwingtüren.

Sie standen in einer großen Restaurantküche mit glänzenden Aluminiumarbeitsflächen, großen Gasherden und vielen Hängeregalen, von denen schimmernde Stahltöpfe herabhingen. Auf der anderen Seite des Raumes kochte eine Gruppe emsiger Arbeiter in Weiß eifrig vor sich hin; Flammen und Dampf schossen empor, und überall rannte Personal in der für eine voll ausgelastete Küche üblichen Hektik umher. Dauernd schepperten Töpfe und Geräte, und Köche und Hilfsköche brüllten Befehle über die Köpfe der niederen Angestellten hinweg.

Die Zutaten für die Gerichte lagen überall auf den polierten Arbeitsflächen und Regalen. Beine, Pfoten, Bäuche, Köpfe von Reptilien waren im ganzen Raum verstreut, einige in großen Haufen auf Serviertabletts, andere warteten in ordentlichen Reihen auf Hackklötzen auf die Zubereitung durch die für sie zuständigen Köche.

Eine Wand wurde von einem großen Aquarium eingenommen, in dessen trübem grünen Wasser sich unaufhörlich Dutzende von dunklen, reptilienähnlichen Schatten bewegten. Die Wasseroberfläche schlierte und wogte wie dickes Öl.

Ein großes, ekliges Wesen, anscheinend eine Kreuzung aus Kröte und Schlange, preßte sich mit gespreizten Zehen und Saugnäpfen gegen die Scheibe. Seine Unterseite war bleich und verwundbar. Der Kopf durchstieß die Wasseroberfläche und schwang langsam hin und her, eine lange rosa Zunge schoß unaufhörlich von Seite zu Seite. Krampfhaft atmete es, indem es mit verzweifeltem Zucken Luft einsog.

Ihr Hereinstürmen in die Küche hatte mehrere Angestellte in der Nähe der Tür erschreckt, und nun breitete sich eine Schockwelle im Raum aus. Pikul und Geller wurden von allen Seiten angestarrt.

Schnell trat der Koch vor, der ihnen gewinkt hatte. Er war bis dahin von den aufschwingenden Türen verdeckt gewesen.

Es war Jewgenij Nourish.

19. Kapitel

Die Tür führte direkt in den Wald. Ein kurzer Pfad schlängelte sich zwischen den Bäumen hindurch zu einem Fluß und traf dort auf einen zweiten, der sich am Ufer entlangzog.

Alle drei folgten ihm unverzüglich. Nourish machte sie auf die verschiedenen Dämme, Stau- und Zuchtbekken aufmerksam, die im und am Wasser errichtet waren. Er schien das Gemetzel, das sie im Restaurant veranstaltet hatten, gar nicht wahrgenommen zu haben und zeigte ihnen statt dessen ungerührt die Besamungsterrassen, die Teiche für die Eiablage, die Aufzuchtbecken und schließlich die Sortierteiche, in denen die einzelnen Tierarten vor dem Transport zum Restaurant oder zum Fließband voneinander getrennt wurden.

Alle Bereiche der Forellenfarm brodelten vor verstümmelten, mutierten Tieren, die im flachen Wasser übereinanderkrochen, als versuchten sie verzweifelt auszubrechen. Dicht unter der Wasseroberfläche schwammen dunkle, bösartige Gestalten, und in den Aufzuchtbecken und Sortierteichen durchstießen die hysterischen Tiere immer wieder die Wasseroberfläche auf der Suche nach Atemluft oder einem Ausweg aus der nassen Hölle, in die sie hineingeboren worden waren.

Einige Wesen waren nicht lebensfähig, ihre Leichen trieben an die Beckenränder oder ans Flußufer. Dem

Aussehen nach waren sie mißgebildet und nicht auf Überleben oder evolutionäre Logik hin gezüchtet, sondern wegen einzelner Organe oder Gliedmaßen. Selbst einige der lebendigen Tiere waren so mißgestaltet, daß sie nur mit dem Bauch nach oben schwimmen konnten und verzweifelt im Wasser planschten, um sich umzudrehen und zu atmen. Andere hatten es irgendwie bis an den Rand geschafft, drehten sich dort auf die Seite, schlugen mit verzerrten Gliedmaßen um sich und glotzten mit vorstehenden Augen den Himmel an.

»Stammen die Zutaten für das Spezialgericht von hier?« fragte Pikul.

»Nein . . . das ist sich der Entwicklungsbereich. Wir schepfen nicht chier ab. Vielmehr wir gechen zum Entwicklungsbereich und bekommen neue Ideen. Man weiß nie, was man chier finden kann, und welche Ideen man bekommt für neue Waffen. In diesem Stick Fluß gibt es viele Zufälle bei den Tieren. Wir benutzen nur erfolgreiche Mutationen allgemein, aber man weiß nie, ob man nicht etwas gut gebrauchen kann für ein spezialisiertes Stück Ausristung. Bevor wir entscheiden, für welchen Zweck wir es gebrauchen wärden, wir bringen es in das Aquarium in der Küche zuärst.«

»Und das wird alles gegessen?«

»Keineswegs. Manche wärden gegessen, sicher, aber viele wärden auf andere Weise värwendet.« Beim Anblick des Ekels, der sich offenbar in Pikuls Miene widerspiegelte und den er auch auf Gellers Gesicht sah, lachte Nourish trocken und sarkastisch. »Am Anfang wir chaben gezichtet Reptilienmutationen wegen des Närvensystems. Sie bilden die Grundlage der Hauptlogikmodule in den Gamepods. Aber zufällig wir finden cheraus, daß einige Reptilien sähr lecker, besonders auf chinesische Art fritiert. Als wir das wußten und feststellten, daß schon einige Chinesen fir uns arbeiten, wir chaben äreffnet das chinesische Restaurant zur Tarnung von unsere andere Aktivitäten.«

Er fuhr in seiner Schilderung fort. »Natirlich liegt unser Hauptinteresse darin, die Tiere als Einzelteile fir nicht nachweisbare und hypoallergene Waffen zu benutzen. In der ganzen Welt gibt es sich keine Sicherheitssystem, das unsere Schußwaffen, Granaten, Landminen und so weiter entdecken kann. Wir tragen unsere Ansichten direkt in das Lager des Feindes, kennte man sagen. Wo wir gärade von Feinden sprächen: Es ist sähr wichtig, daß Sie beide wieder arbeiten bei *Cortical Systematics*. Wir missen dort so viele aktive Agenten wie meglich chaben. Das ist eine ziemliche Schweinerei, die Sie im Restaurant hinterlassen chaben, aber darum kimmere ich mich schon. Keine Problem.«

»Agenten?« fragte Pikul.

»Agenten.«

Pikul dachte darüber nach, während sie weitergingen.

»Die Forellenfarm gehört zu *Cortical Systematics*?« fragte Geller.

»Ja.« Er schnitt eine angewiderte Grimasse. »Der Wahlspruch dieser Firma sollte sein: Feinde der Realität.«

Vielleicht lag es an dem Wort »Firma«, vielleicht war es auch nur das Übermaß der schrecklichen Erlebnisse der letzten Zeit, aber Pikul verspürte plötzlich ein gewisses Schwindelgefühl. Im Kopf hörte er die ersten Takte der Erkennungsmelodie von *Antenna*, als sei eine innere Jukebox angesprungen. Er widerstand dem Zwang, mitzusummen, ließ aber seine Spielrolle übernehmen.

»Die Realität ist sehr zerbrechlich«, sagte er tonlos. Es war ein merkwürdiges Gefühl, wie sich diese Worte und Sätze ganz von selbst in seinem Kopf bildeten. »Die meisten Menschen glauben, die Realität sei das Allersolideste, aber in den meisten Fällen ist sie das gerade nicht. Innere Realität, gefühlsmäßige Realität, vorgestellte Realität ... sie alle sind so schlüssig wie die äußere, die objektive Realität. Doch was ist überhaupt Realität, wenn sie nicht von jemandem beobachtet oder gemessen wird? Die Wirklichkeit ist jetzt mehr denn je in all ihren Ausprägungen bedroht. Sie wird unterhöhlt und weggeschwemmt von einem deformierenden Sturm der Unwirklichkeit, die sich als Wirklichkeit ausgibt und sie irgendwann ersetzen wird, wenn wir nicht entsprechende Schritte unternehmen. Die Unwirklichkeit ist deformiert, verkrüppelt, scheußlich und armselig, sie hinkt, und sie droht uns alle zu überwältigen.«

Geller starrte ihn mit ungläubiger Bewunderung an.

»Klasse!« meinte sie.

»Hat dir das gefallen?«

»Woher kam das?«

»Es war ein Spielzwang«, sagte er bescheiden.

»Ich bin beeindruckt.«

Nourish schien ebenfalls beeindruckt zu sein. Mit einem breiten Grinsen stürzte er sich auf Pikul und schloß ihn fest in die Arme. Dann drehte er sich zu Geller um und machte mit ihr dasselbe.

»Das beweist sich, Sie sind geworden värtrauenswirdige Realisten«, schloß er begeistert. »Deswegen lieben wir euch. Willkommen an Bord.« Er hob zum Abschied die Hand. »Jetzt muß ich gechen, aber ich komme wieder. Wir bleiben in Värbindung. Einen schenen Tag noch.«

Er drehte sich um und ging mit einem letzten freundlichen Winken wieder zurück in Richtung Restaurant.

Pikul und Geller setzten den Spaziergang fort. Pikul spürte, wie das warme Gefühl des Stolzes in ihm abebbte.

»Welche Feinde hat er gerade gemeint?« fragte er. »Feinde von was? Der Realität?«

»So hat es sich für mich angehört.«

Schweigend stimmte Pikul ihr zu. Er hatte das Gefühl, daß er schon wieder in etwas hineingezogen wurde.

»Oder meinte er vielleicht die Feinde von *eXistenZ*?« fragte er weiter. »Ich versuche, da durchzusteigen. Wer sind die Realisten? Vorausgesetzt, daß sie in diesem Spiel eine Rolle haben, sind sie dann in der Welt des Spiels gleichzusetzen mit den Anti-*eXistenZ*ialisten, den Leuten der realen Welt, die dich umbringen wollten ...?«

»Ich würde das nicht so ernst nehmen«, sagte Geller.

»... und die vermutlich *immer* noch verzweifelt versuchen, dich umzubringen?« fuhr Pikul fort.

»Tja, das weiß ich auch nicht.«

»Natürlich nimmst du all das nie ernst. Aber vielleicht solltest du es.« Pikul blickte sich in dem friedlichen Wald um, in dem die Sonne durch Blätter und Zweige hindurchschien, und sah dann auf die wilden, tobenden Wasser der Forellenfarm, in denen Tausende von mutierten Reptilien herumkrabbelten und ihrem schrecklichen Schicksal zu entfliehen suchten. Die Szene bestand einerseits aus der Ruhe und dem Frieden des Waldes und andererseits aus unvorstellbarem Grauen. »Warum kommt mir der Name *Cortical Systematics* so bekannt vor?«

»Geht dir das auch so? Ich versuche die ganze Zeit, mich zu erinnern.«

»Wir haben ihn schon mal gelesen.«

Geller berührte mit einem Finger die Stirn, während sie nachdenklich zu Boden starrte. Eine Eidechse huschte über den Pfad.

»Im Spieleladen!« sagte sie. »Er stand überall in D'Arcy Naders Spieleladen. Erinnerst du dich?«

»Ja«, meinte Pikul. »Das würde also bedeuten ... was? Ist es die Spielweltentsprechung unserer eigenen

Firma? *Cortical Systematics* wäre demnach die virtuelle Ausgabe von *Antenna Research.*«

»›Nur von *Cortical Systematics*‹«, leierte Geller ironisch herunter. »Ich frage mich, wie ihre Erkennungsmelodie klingt.«

Pikul runzelte die Stirn.

»Und was kommt jetzt?« wollte er wissen. »Gehen wir einfach ganz friedlich wieder an unsere Arbeit in der Fabrik und sagen nichts?«

»Ich nehme es an.«

»Mir kommt es so vor, als bereiteten Nourish und seine Leute sich darauf vor, die Forellenfarm zu sabotieren. Bevor wir's merken, fangen sie womöglich auch noch damit an, Spieldesigner umzubringen.«

Sie gingen noch immer am Flußufer entlang und ließen die Forellenfarm und ihren Tumult immer weiter hinter sich. Hier war der sonnendurchflutete Wald wieder wirklich friedlich, und es waren nur das Rauschen des Flusses und ab und zu ein Vogelruf aus den Baumwipfeln zu hören.

»Weißt du, mich schreckt der Gedanke an diese Fanatiker nicht«, sagte Geller. »Vielleicht sollte er das, aber ...«

»Ich meinte ja nicht ...«

»Schon gut. Wir sind hier ja nur Spielfiguren. Wir dürfen die Loyalität des wirklichen Lebens hier nicht mit einfließen lassen, oder wir werden nie gewinnen.«

»Gewinnen?«

»Das Spiel«, sagte sie. »Das machen wir doch immer noch. Ein Spiel spielen.«

»In Ordnung«, sagte er. »Und was tun wir jetzt?«

20. Kapitel

Die Wirklichkeit löste sich auf, die Wirklichkeit nahm wieder feste Gestalt an. Bäume verschwanden, Wände schlossen sie ein. Der sonnige Himmel wurde dunkel, eine schmutzige Decke, tapeziert mit uralten Plakaten von Darth Vader und Indiana Jones, wölbte sich über ihnen. Das Rauschen des Flusses verstummte, nervtötender elektronischer Lärm, vermischt mit Popmusik, überschwemmte den Raum.

Pikul wurde sich bewußt, daß er sich vorbeugte und aus nächster Nähe das Logo von *Cortical Systematics* betrachtete. Es war auf eine Spieleschachtel aufgedruckt.

Neben ihm stand Geller. Er stieß sie an, um sie darauf aufmerksam zu machen, daß der Name wieder aufgetaucht war, doch ihr Blick schweifte bereits durch den Raum. Sie waren wieder in D'Arcy Naders Welt der Spiele, Gellers ehemaligem Jagdrevier, und standen eingequetscht in einem Gang zwischen Regalen voller Spiele und vielen anderen Kunden.

Geller sah ihn an.

»Weißt du, wo wir sind?« fragte sie.

»Ja, natürlich. Siehst du Nader irgendwo?«

»Noch nicht.«

Sie drängte sich durch den Gang zur Theke, auf der die Kasse stand. Pikul folgte ihr.

Der Kassierer war derselbe bleiche junge Mann, den

sie schon einmal gesehen hatten. Seine düstere Miene hatte sich in der Zwischenzeit nicht aufgeheitert.

»Wir suchen D'Arcy Nader«, sagte Geller zu ihm. »Ist er da?«

Der Kassierer antwortete nicht, sondern schrieb weiter langsam etwas auf einen vor ihm liegenden Block. Pikul starrte ihn an und bemerkte, daß die Brillengläser des jungen Mannes verdreckt und mit kleinen weißen Schüppchen übersät waren. Er trug ein Namensschild mit dem Schriftzug des Ladens.

»Versuch mal, ihn mit seinem Namen anzusprechen«, schlug er Geller vor.

»Das wollte ich gerade«, sagte sie. »Hugo Carlaw, ist D'Arcy Nader da?«

Der Kassierer reagierte sofort. Als er sah, wer ihn angesprochen hatte, blickte er sich aufmerksam im Laden um und schloß die Geldschublade ab.

»Ja«, sagte er. »Mr. Nader ist bestimmt da.«

»Können wir mit ihm sprechen?« fragte Geller.

»Er wird nicht mit Ihnen sprechen.«

»Aber als wir das letzte Mal hier waren, hat er das.«

»Seit damals hat sich einiges verändert. Sie wissen bestimmt, warum.«

»Nein«, meinte Pikul. »Das wissen wir nicht. Aber wir würden ihn trotzdem gerne sprechen.«

»Wie Sie wollen«, sagte Hugo Carlaw, stand auf und kam von seiner Empore herunter. »Kommen Sie mit. Ich glaube, er ist hinten im Lager.«

Carlaw betrat den Hauptbereich des Ladens. Immer noch drängten sich Kunden in den Gängen, ohne ihn jedoch zu beachten. Sie gingen einen der breiteren Gänge entlang zur Tür im hinteren Teil des Ladens, und während Pikul und Geller dem hochgewachsenen Mann folgten, bekam Pikul den deutlichen Eindruck, daß alle sie anstarrten. Aber das war nur ein Eindruck; jedesmal, wenn er sich umdrehte und jemandem direkt in die Augen sah, wandte der Betroffene sofort den Blick ab.

Carlaw stieß die dreckige Tür auf, die, wie sie wußten, ins Lager führte. Drinnen war es dunkel, und in der Luft hing ein süßlicher, kränklicher Geruch.

Als Carlaw die Tür schloß, wurde es völlig dunkel.

»Erkennen Sie den Geruch?« fragte er.

»Was soll das?« fragte Geller. »Machen Sie das Licht an.«

»Aber sicher mache ich das Licht an. Wenn es an ist, werden Sie selbst feststellen, woher der Geruch kommt. Ich habe mir nur gedacht, daß ich es Ihnen schonend beibringen sollte.«

»Was?« wollte Pikul wissen.

Aber da machte Carlaw schon das Licht an.

Sie befanden sich in dem bereits bekannten vollgestopften Lagerraum. Auch die beiden Kisten, auf denen sie gesessen hatten, standen noch da.

»Sie wollten zu Nader«, sagte Carlaw. »Da ist er.«

Nader lag grotesk verdreht zwischen den beiden Kisten auf dem Boden, die Beine in einem unnatürlichen Winkel verrenkt. Sein Kopf war weit zurückgebogen, das Gesicht war ihnen zugewandt: Seine Augen quollen blicklos hervor, und seine Haut hatte sich tief purpurrot verfärbt.

Die grausige Farbe paßte unheimlich gut zu den purpurroten Adersträngen des UmbyCords, der fest um seinen Hals gewunden war.

»Um Gottes Willen!« sagte Pikul zutiefst schockiert.

»Was ist passiert?« fragte Geller heiser.

Carlaw sah sie beide mit sarkastischer Miene an, als wolle er damit andeuten, daß sie es bereits wissen müßten. Dann drehte er sich um und begann, in einem der Regale hinter sich herumzukramen. Als er gefunden hatte, was er suchte, wandte er sich ihnen wieder zu.

Er hielt die Kadaver-Waffe auf sie gerichtet.

Sie kam Pikul sofort schrecklich bekannt vor. Es war diejenige, die er in dem chinesischen Restaurant zusammengebaut und mit der er auf den Kellner geschossen hatte. Das Trommelende war sauber abgeschnitten, und überall waren Abdrücke von Zähnen zu sehen: von Hundezähnen.

Carlaw umfaßte die Waffe fester. »Sie hätten den chinesischen Kellner nicht umbringen sollen, Mr. Pikul.«

»Warum nicht?« versuchte Pikul sich zu rechtfertigen. »Es gehörte zum Spiel, ich hatte das Gefühl, die Rolle verlangte es.«

»Er war Ihr Kontaktmann auf der Forellenfarm«, sagte Carlaw und betrachtete ihn, als hätte er es mit einem Schwachsinnigen zu tun. »Er war ein verdammt guter Mann. Einer der besten.« Nachdenklich starrte er auf die Waffe und wog sie wieder in der Hand. »Sein Hund hat mir das gebracht.«

»Aber wir hatten doch schon einen anderen Kontaktmann«, meinte Pikul.

»Wen denn?«

»Jewgenij Nourish.« Pikul hatte immer noch das Gefühl, daß der unangenehme junge Mann seine Vorgehensweise mißbilligte. »Er schien genau zu wissen, wer wir sind.«

»Stimmt. Und zwar, weil D'Arcy Nader ihm einen Tip gegeben hatte, daß Sie kommen würden. Nader kannte den ganzen Plan, weil er als Spion für *Cortical Systematics* tätig war.«

»Das verstehe ich nicht«, sagte Pikul, mittlerweile vollkommen verwirrt. »Für wen hat er gearbeitet?«

»Wer? Nader oder Nourish?«

»Beide. Wer war wichtiger?«

»Der einzige, der für Sie wichtig war, war der chinesische Kellner. Er war Ihr Kontaktmann, nicht Nourish.«

»Und wer war dann Jewgenij Nourish?« Pikul tappte nun endgültig im dunkeln.

»Ich glaube, ich blicke jetzt durch«, sagte Geller. Sie hatte sich langsam zur Seite geschoben und zwischen Pikul und sich etwas Abstand geschaffen. Pikul fragte sich einen Augenblick lang, ob sie das getan hatte, um Carlaw anzugreifen oder um rechtzeitig entkommen zu können, wenn Carlaw anfing zu schießen. Die Kadaver-Waffe war auf ihn und nicht auf sie gerichtet. Geller blickte finster, und ihre besorgte Miene ließ Pikul vermuten, daß sie etwas plante. »Sie gehören zum Realisten-Untergrund«, sagte sie dann. »Nader nicht.«

»Genau.« Carlaw schien zufrieden, daß sie die Beziehungen zwischen den drei Männern langsam erkannte. Er hielt weiter die Waffe auf Pikul, richtete seine Worte jedoch an sie. »Ich wurde hergeschickt, um ein Auge auf Nader zu haben. Wir hatten Zweifel, ob wir ihm weiterhin trauen konnten.«

»Sie müssen uns nicht bedrohen, Hugo Carlaw«, meinte Geller.

Er starrte sie ungerührt an. Dann spielte er ein bißchen an dem klauenähnlichen Hahn der Waffe herum und legte sie schließlich wieder in das Regal hinter sich zurück.

»Wenn also Nourish nicht unser echter Kontaktmann war«, überlegte Pikul, den die Entwicklung der Ereignisse überaus erleichterte, »wer ist er dann?«

»Nourish ist ein Doppelagent für *Cortical Systematics*. Er hat mit Nader gearbeitet, angeblich, um ihm zu helfen, wollte aber in Wirklichkeit das Anliegen der Realisten unterwandern. Das ist ihm ganz gut gelungen.« Carlaw schnaubte, offenbar um seiner Meinung über Pikul Ausdruck zu verleihen. »Schließlich hat er es geschafft, daß Sie genau denjenigen umgelegt haben, mit dem Sie Kontakt aufnehmen sollten.«

»Es war ein Spielzwang«, wiederholte Pikul.

»Das sagen Sie. Aber Sie könnten es wiedergutmachen. Sie müssen ihn nur ausschalten.«

»Müssen wir?« fragte Pikul.

»Ich nehme an, daß Sie beide mit Rückenmarkseingängen ausgestattet sind? Sie nennen es, glaube ich, Bioports?«

»Stimmt.«

»Handelt es sich um Standardeingänge?«

»Also«, meinte Pikul, »ich habe mich auch schon gefragt ...«

»Ja«, schnitt ihm Geller schnell das Wort ab. »Ja, genau darum handelt es sich.«

In Carlaws Augen leuchtete plötzlich fanatischer Eifer auf. Er ballte seine Faust und hob sie Richtung Himmel.

»Wissen Sie denn nicht, was das bedeutet?« rief er.

»Äh ... daß wir uns in Spiele einklinken können?« vermutete Geller.

»Es bedeutet, daß keiner von Ihnen beiden in geweihter Erde begraben werden kann! Weil Sie diese ... diese *Verstümmelungen* haben! Hat Ihr Bioport-Handbuch Sie nicht vor diesem wenig bekannten Detail gewarnt?«

»Ich lese nie Handbücher zu Hardware«, sagte Pikul. »Ich glaube an ›plug and play‹.«

»Wollen Sie uns etwa dazu überreden, uns die Bioports entfernen zu lassen?« fragte Geller ihn leise, aber bestimmt.

»Nein, nein. Die Häresie ist begangen, und für Sie gibt es kein Zurück! Keine Vergebung, keine geweihte Erde. Außerdem wären Sie ohne Ihre Bioports nutzlos für uns. Wir Realisten dürfen sie natürlich nicht benutzen, deshalb müssen wir bei bestimmten Gelegenheiten auf Leute wie Sie zurückgreifen.«

»Das verstehe ich nicht, Carlaw.« Geller hatte wieder ihre vertraute muntere Miene aufgesetzt. Seit sie Naders Leiche gefunden hatten, hatte sie gewirkt, als würde man nur Ärger mit ihr haben. »Wollen Sie, daß wir ein Spiel in unsere Bioports einklinken?«

»Ein Spiel?« wiederholte Carlaw mit hinterhältigem Grinsen. »Nein, kein Spiel. Eine Waffe. Das hier ist tödlicher Ernst. Hier spielt niemand. Sie müssen sofort zur Forellenfarm zurück. An einem vertrauten Ort werden Sie einen schimmeligen, alten Weidenkorb mit einem fadenscheinigen Segeltuchbezug finden.«

»Und woher wissen wir, was wir damit anfangen sollen?« fragte Pikul.

»Selbst ein Kind würde das wissen«, sagte Carlaw mit einem noch breiteren Grinsen.

Hinter ihm klopfte jemand an die Lagerraumtür, doch Carlaw schenkte dem keinerlei Beachtung. Als das Klopfen heftiger wurde, deutete Pikul mit dem Daumen auf die Quelle des Lärms.

»Wollen Sie nicht aufmachen?« fragte er.

Aber Carlaw schaukelte schon stumm auf den Fersen vor und zurück, und Geller war nicht mehr an seiner Seite. Einen Augenblick lang dachte Pikul, daß er allein wäre. Dann verblaßten der Lagerraum, die gräßlichen Überreste von Naders Leiche, die Regale voller Gamepods und der kränkliche Gestank nach plötzlichem Tod.

21. Kapitel

Die Wände schmolzen dahin und verfestigten sich wieder. Mitten im Übergang von einer Realität in die andere spürte Pikul, wie sich all seine Sinne heftig bemühten, eine feste Basis oder zumindest einen vertrauten Anhaltspunkt zu finden. Er starrte auf eine Stelle an der Wand, an der rohes Holz in das ungestrichene schräge Dach überging. Kurz darauf war ihm klar, was es war: eine dreieckige Konstruktion aus unlackierten Balken im Naturzustand, eine Skihütte aus Holz, hohe Berge jenseits der Schneegrenze, der Ski-Club.

Neben ihm war Geller wieder aufgetaucht und lag zusammen mit ihm auf dem Bett ausgestreckt; zwischen ihnen ringelte sich der UmbyCord.

An der anderen Wand stand ein unbenutztes Bett, über das eine Tagesdecke gebreitet war. Als sie das erste Mal diesen Raum betreten hatten, war es Pikul kaum aufgefallen.

Jetzt war es belegt.

Dort lag Nader grotesk verdreht, die Beine in einem unnatürlichen Winkel verrenkt. Sein Kopf war weit zurückgebogen, das Gesicht war ihnen zugewandt: Seine Augen quollen blicklos hervor, und seine Haut hatte sich tief purpurrot verfärbt.

Das eindringliche Klopfen hörte nicht auf. Es kam von der Eingangstür der Hütte.

»Ja ...?« sagte Pikul, immer noch verwirrt.

»Tut mir leid, wenn ich stere. Värsteht ihr mich?« ertönte Kiri Vinokurs Stimme vor der Tür.

»Wir sind hier, Kiri!« rief Geller und warf einen Blick auf Pikul, wie um sicherzugehen, daß mit ihm alles in Ordnung war.

»Allegra ...«, zischte Pikul eindringlich. »Auf dem anderen Bett liegt Nader!«

Schockiert wandte sie den Kopf und sah die grotesk verdrehte Leiche dort liegen. Ihre Augen weiteten sich vor Schrecken und Abscheu. Der Türknopf drehte sich.

»Komm nicht rein, Kiri!« rief Geller zur Tür. »Laß uns einen Moment Zeit!«

Durch das Milchglasfenster konnten beide erkennen, daß Vinokurs Schatten von der Tür zurückwich.

»Wie um alles in der Welt kommt Nader hierher?« wollte Pikul von Geller wissen.

»Ich weiß es nicht! Das ergibt keinen Sinn!« Sie kroch zu ihm. Hinter ihr straffte sich der UmbyCord. Entsetzt starrte sie auf Naders Leiche. »Er war eine Spielfigur! Kein echter Mensch!«

»Du nimmst mir die Worte aus dem Mund. Was zum Teufel tut er hier in diesem Raum?«

»Laß mich doch nachdenken!«

Mit Verzweiflung im Blick starrte sie Nader an. Draußen bewegte sich wieder der Schatten.

»Allegra, ist sich alles in Ordnung?«

»Ich zieh mich nur schnell an!« rief Geller mit dem Anflug eines verlegenen Lachens. Dann ergriff sie Pikuls Handgelenk. »Sieh nur, Nader verblaßt langsam. Das kann ich erklären!«

»Dann mal los.«

»So etwas nennen wir Spielablagerungen. Wenn es im Spiel besonders eindrucksvolle Bilder gibt, etwas Schreckliches, Beängstigendes oder auch etwas überaus

Schönes, dann kann ein Nachbild davon auch in der Wirklichkeit eine Weile bestehenbleiben. In manchen Spielen kommt das häufig vor, aber ich wußte bisher nicht, daß es auch bei *eXistenZ* passiert. Wenn ich das nächste Mal programmiere, muß ich daran denken, dies näher zu untersuchen.«

»Ich glaube, ich sollte langsam chäreinkommen!« meinte Vinokur vor der Tür.

»In Ordnung, Kiri«, rief Pikul. »Wir sind jetzt beide angezogen.«

Sofort ging die Tür auf, und Vinokur trat herein. Er trug ein großes Holztablett voller Teller.

»Ich dachte, ihr missen mal etwas essen«, erklärte er. »Wir chaben geklopft ein paarmal an die Tür, um euch zum Abendessen zu rufen, aber ihr chabt nicht geantwortet ...«

»Wir waren sozusagen ganz gefesselt«, sagte Pikul und zeigte auf den UmbyCord.

»Als ich keine Antwort bekomme, denke ich, ihr spielt *eXistenZ* und probiert das neue Gamepod und den Bioport aus. Alles funktioniert richtig, nähme ich an? Genau wie ihr wollt?«

Pikul bemerkte, wie Geller errötete. Gleichzeitig wurde ihm klar, wie verlegen er sich selbst fühlte. Vinokurs Erscheinen erinnerte ihn an das unmißverständliche Gefühl, das er als Teenager oft erlebt hatte, wenn unverhofft zurückkehrende Eltern ihn und seine Freundin manchmal im dunklen Wohnzimmer überrascht hatten. Zweifellos war das gemeinsame Einklinken mit einem anderen Menschen eine zutiefst intime Erfahrung, besonders wenn es sich um jemanden handelte, der so jung und attraktiv war wie Allegra Geller.

Offenbar dachte sich Vinokur seinen Teil. Er stieß mit dem Fuß die Tür hinter sich zu und ging zum Tisch, wobei er den Blick fest auf den Boden gerichtet hielt.

»Soll ich das Tablett einfach chier für euch hinstellen?« fragte er.

»Ja«, sagte Pikul. »Danke. Einfach auf den Tisch.«

»Ihr braucht euch nicht extra auszuklinken«, meinte Vinokur. »Ich chabe nur mich wollen värsichern, daß unsere Stardesignerin in gute Form ist und sicher und ausgeruht ... und daß sie ihre Spielsystem von Multimillionen Dollar wieder in ihrem Gamepod findet.«

Das Tablett klapperte leise, als er es auf dem Tisch absetzte. Sie stellten fest, daß alle Teller mit umgedrehten Tellern abgedeckt waren, um die Speisen warm zu halten.

»Vielen, vielen Dank, Kiri«, sagte Geller. »Das ist sehr lieb von dir.«

Vinokur fühlte sich geschmeichelt.

»Also ich värmute, sie ist es«, sagte er nach einem Moment betretenen Schweigens.

»Was bin ich?« fragte Geller.

»Wiedergefunden. Die verlorene *eXistenZ* ist wiedergefunden.«

»Ach, ja. Natürlich. Deshalb sehen wir auch so aus. Weggetreten, nicht ganz da.« Geller grinste und zuckte mit vorgetäuschtem, überschäumendem Enthusiasmus die Schultern.

»Wow! Du weißt schon.«

»Oh, wow!«, unterstützte Pikul sie.

»Wir sind völlig drin aufgegangen, oder nicht?« fragte Geller ihn.

»Völlig. Es ist unglaublich.«

»Das ist Ärleichterung«, sagte Vinokur. »Na, dann lasse ich wieder allein euch beiden jungen Leute. Ihr wärdet das Tablett vor die Tür stellen, wenn ihr seid ganz färtig.«

»Nur zur Information«, hielt Pikul ihn auf. »Was haben Sie uns gebracht?«

»Ob Sie glauben oder nicht glauben, es ist chinesisches

Essen. Es gibt ein wunderbares Restaurant auf der andären Seite der Straße am Abhang entlang.«

Er wandte sich zum Gehen.

»Kiri?« sagte Geller.

»Ja.«

»Hast du schon was Neues gehört? Ich meine, über das Testseminar von *eXistenZ* und die Schießerei, die es ausgelöst hat?«

»O ja. Alle Färnsehsender haben es gezeigt. Du bist noch nie so bärihmt gewesen. Dein Gesicht ist iberall zu sechen, was es natirlich nur noch schlimmer macht. Ich ...«

Seine Stimme brach ab.

»Was?« fragte Geller. »Sag's mir.«

»Es hat einen unärwinschten Effekt. Du weißt ja, welchen Wärt die ganze Welt der Spiele auf die Reaktionen des Publikums legt. Firmen wie *Antenna* positionieren sich auf dem Markt. Sie missen ihre Kapitalanlage maximieren. Die Entscheidung hat nichts zu tun mit mir, das muß ich dir jetzt sagen.«

»Welche Entscheidung hat nichts mit dir zu tun, Kiri?« fragte Geller mit dünner Stimme.

»Sie chaben die Meglichkeit angekindigt, daß *Antenna* die Vereffentlichung deines neuen Systems auf unabsehbare Zeit värschiebt. Sie wollen noch mähr Marktforschung machen, ein paar Befragungsdaten quantifizieren – so dricken sie das aus. Sie wollen chärausfinden, wie weit värbreitet die Unterstitzung wirklich ist für die fanatische Gruppe. Ich bin aus solchen Sachen raus. Ich finde das nicht gut. Wir sollten dem Extremismus keinen Zentimeter nachgeben, das ist meine Meinung. Du weißt genau, daß das immer meine Meinung war. Und iberchaupt ist ein Spiel ein Spiel. Und nicht mehr.«

Geller hatte Schwierigkeiten, diese Neuigkeit zu verarbeiten, und biß sich auf die Unterlippe.

»Scheiße!« sagte sie. »Die Ratten haben mich verraten.«

»Ich wußte, daß es dich nicht sähr glicklich machen wirde, das chärauszufinden.«

»Glücklich ist wirklich nicht ganz das richtige Wort«, kommentierte Pikul.

»Unterstützung der Fanatiker?« fragte Geller. »Was bedeutet das?«

»Tja, du weißt schon. Sie kommen jetzt alle aus ihren Lechern gekrochen.«

»Wer denn?«

Vinokur wich ihrem Blick aus und seufzte.

»Es gibt eine gewisse Gruppe von Menschen, die die Gelegenheit wahrnehmen, sich jetzt bei denen, die gegen Spiele sind, dranzuchängen. Du weißt, wen ich meine, sie sind schon immer irgendwo im Chintergrund gewesen. Die Spielefirmen mußten immer mit ihnen rechnen. Sie cheren die Gerichte, was andere über *eXistenZ* sagen, und denken einfach nicht weiter nach. Die Tatsachen zählen nicht für sie. Warum sollten sie auch, wenn sie sich bäreits entschieden chaben? Deshalb sagen sie, daß wir jetzt zu weit gegangen sind. Psichologisch, medizinisch, gesellschaftlich ... in jeder Beziehung. Bei *Antenna* arbeiten Effentlichkeitsspezialisten rund um die Uhr daran, die wilden Anwirfe abzuwehren, um das Ansehen der Firma zu bewahren. Deschalb ist das keine große Sorge.«

Er seufzte wieder. »Aber eine große Sorge, eine wirklich große Sorge ist, das spielt unseren Mitbewärbern in die Chände. Der Grundgedanke ist natirlich, daß *Antenna* eine Firma ist, die Geld värdienen will. Es ist das Geschäft, und Geld zählt immer. Diese Art negativer Publicity ist ein Chimmelsgeschenk für die Konkurrenz. *eXistenZ* selbst kennen sie nicht schlagen; das wissen wir alle. Es ist das beste Spielsystem der Welt. Und wegen dir kennen sie noch nicht einmal die Strukturen des Spiels abkupfern. Also kennen sie es nicht schlagen, aber sie glauben, wenn sie die Chisterie gegen das Spiel ancheizen, dann kriegen sie es doch irgendwie klein. Wenigstens chalten sie es für eine Weile auf.«

»Ja, ja, langsam wird mir das auch klar.«

Geller blickte immer noch nachdenklich auf das Tablett mit dem unberührten Essen.

»Was kann ich tun?« sagte sie fast zu sich selbst.

»Warum repositionieren wir dich nicht wieder bei *Antenna*?« schlug Vinokur vor. »Bist du sicher, daß ich nicht doch bei der Firma anrufen soll? Vielleicht auch nur, um chärauszufinden, was sie zu sagen chaben?«

»Nein, Kiri. Noch nicht.«

Er zuckte die Schultern, und sie umarmte ihn kurz und liebevoll.

»Na, dann genießt euer Essen«, sagte er. »Das sagen Kellner auch immer, oder?«

»In Ordnung, Kiri«, meinte Geller. »Wir reden später weiter.« Er war schon halb zur Tür hinaus. »Und danke für alles«, rief sie hinterher.

Er winkte ihnen zu, als er die Tür hinter sich schloß.

Pikul wartete ab, bis Vinokurs Schritte auf dem abschüssigen Pfad draußen verklungen waren, und deutete dann zur Tür.

»Dein Freund Kiri wird schwach«, sagte er. »Ich vermute mal, daß er dich bald an *Antenna* verraten wird.«

»Das klingt, als ob du das gut finden würdest.«

Ihre Miene war so hart und herausfordernd, daß Pikul innerlich vor ihr zurückzuckte.

»Ich denke immer noch über unsere Möglichkeiten nach«, sagte er. »Sich solange zu verstecken, bis alles wieder ruhig ist. Was das für Folgen hat. Es kann zum Beispiel nicht mehr lange dauern, bis irgend jemandem bei *Antenna* einfällt, hier nach dir zu suchen. Vielleicht ist es das Beste und Sicherste, jetzt doch Kontakt zur Firma aufzunehmen, zu deinen eigenen Bedingungen.« Er bemerkte, daß Geller immer noch das Essenstablett anstarrte, das Vinokur gebracht hatte. »Hast du Hunger?«

Sie grinste ihn an.

»Machst du Witze?« fragte sie.

»Ich? Nein. Ich fürchte mich schon davor, auch nur einen Blick unter diese Teller zu werfen. Wie gefällt dir die Vorstellung von süßsauren Kaulquappen?«

Er nahm das Tablett und trug es ans andere Ende des Raums.

»Pikul, was hältst du von dem, was Kiri gesagt hat? Daß diese Fanatiker Unterstützung haben?«

»Das klingt für mich gar nicht gut. Vielleicht sollten wir doch lieber aufhören ...«

»Wir können nicht aufhören«, sagte Geller. »Während wir gespielt haben, ist mir etwas Neues an *eXistenZ* aufgefallen – einige Unreinheiten. D'Arcy Naders Auftauchen als Spielablagerung gibt mir zu denken. Solche Sachen müssen untersucht und eventuell behoben werden. Ich weiß nicht, was sie im Rahmen des ganzen Systems bedeuten. Für mich heißt es, daß ich nicht mehr sicher bin, ob das Spiel wirklich noch in Ordnung ist.«

Pikul setzte sich neben sie und versuchte, sie so mitfühlend, wie er nur konnte, anzusehen.

»Hör mal«, meinte er. »Möchtest du wissen, was ich denke, was ich wirklich denke?«

»Klar.«

»Es gefällt dir vielleicht nicht.«

»Das Risiko gehe ich ein«, sagte Geller.

Er holte tief Luft. »Na gut. Ehrlich gesagt, finde ich dein Spiel sehr verwirrend«, erklärte er. »Ich bin mir nicht sicher, ob ich noch mal hinein und weiterspielen möchte, weil ich nicht ganz davon überzeugt bin, daß ich auch jederzeit wieder rauskomme. So ein Gefühl, daß wir darin gefangen sind, weißt du. Oder daß wir rauskommen, aber nicht an demselben Ort, an dem wir eingestiegen sind.«

»Das gehört zur Spielerfahrung«, meinte Geller gelassen.

»Und dir gefällt dieses Gefühl wirklich?«

»*Total!*« erwiderte sie. »Hör mal, wenn *eXistenZ* irgendwann wirklich veröffentlicht wird, fegt es alle Konkurrenz endgültig aus dem Rennen.«

Er seufzte innerlich, denn ihm wurde klar, daß seine Einwände nicht zu ihr durchgedrungen waren.

»Wirklich?« fragte er.

»Keine Frage! Es wird das absolute Über-Spiel, das Spiel, an dem alle anderen sich messen lassen müssen.« Sie setzte sich anders hin und wurde nachdenklich. Nach einer Weile blickte sie ihm direkt in die Augen. »Tu mir nicht weh, Pikul. Nicht nach all dem, nicht jetzt. Laß mich nicht allein ins Spiel zurückgehen. Spiel weiter mit mir.«

»Allegra, ich mache mir Sorgen darüber, daß das Spiel *mich* endgültig aus dem Rennen fegt. Ich glaube langsam, daß ich doch recht damit hatte, mir keinen Bioport anpassen lassen zu wollen.«

Schnell drehte sie sich zu ihm um.

»Aber dafür ist es jetzt zu spät«, sagte sie. »Du bist eingeklinkt.«

Verschmitzt berührte sie die Startzitze am Gamepod, und bevor Pikul reagieren konnte, lösten sich die Wände der Hütte um sie herum auf.

22. Kapitel

Vor ihnen wirbelte Rauch auf, der von weißen Bogenlampen strahlend hell beleuchtet wurde. Gegen das Leuchten der Schwaden zeichneten sich die Umrisse von zwei Männern ab, die unaufhörlich mit erhobenen Stäben oder Stöcken herumfuchtelten und herumtasteten. Eine lange Reihe Menschen schob sich diesen Wachen entgegen, mit hängenden Schultern und die Gesichter desinteressiert nach unten gerichtet.

Alle waren sie zwischen die Wände eines langen Flurs gepfercht, der sich um Pikul und Geller herum bildete, als sich die Realität verfestigte.

Eine dicke Frau mit aufgedunsenem Gesicht und einem Klemmbrett in der Hand ging langsam die Reihe entlang. Auf dem Brett waren mehrere Blätter befestigt, die sich im Luftzug wellten und umklappten, während sie sich vorwärtsbewegte. Sie spähte aufmerksam auf die Ausweiskarte jeder Person, an der sie vorbeikam, verglich die Gesichter mit den Paßfotos und die Namen mit einer Liste auf dem Brett.

Schließlich gelangte sie zu Pikul und Geller, die sie auf dieselbe Weise überprüfte. Ihre Augen blickten stumpf vor Langeweile, und ihr Gesicht war starr vor Müdigkeit. Sie murmelte ihre Namen: Barb Brecken und Larry Ashen.

Pikul, der sich allmählich von dem plötzlichen Realitätswechsel erholte, warf einen Blick auf seine Ausweiskarte, um seine eigene Identität festzustellen, und dann einen auf Geller, die neben ihm stand.

»Das war gemein«, sagte er. »Du weißt doch, daß ich nicht hierher zurückwollte.«

»Das war nicht gemein, sondern ein purer Akt der Verzweiflung. Wir sind schon so weit gekommen, wir müssen das Spiel zu Ende spielen. Nun mach schon, Pikul ... das ist doch nur ein typischer Fall von Lampenfieber, wie Anfänger es haben, und dich hat es eben ziemlich erwischt.«

»Ja, das stimmt«, gestand er. »Aber hier gefällt es mir nicht. Ich begreife nicht, was hier vor sich geht. Wir tappen nur im dunkeln. Diese Welt hat noch keine verständliche Form, und wir kennen die Grenzen nicht. Wir kennen lediglich ein paar Einzelheiten: den Zusammenbau bioelektronischer Teile, die Herstellung von Waffen, die für den Feind unaufspürbar sind, ein chinesisches Restaurant im Wald und eine ehemalige Forellenfarm voller mutierter Frösche. Du hast mir nie erklärt, was das Ziel des Spieles ist oder wie wir es erreichen können. Alle Hinweise sind unverständlich, jedenfalls für mich. Vielleicht gibt es noch nicht mal welche. Und als Krönung des Ganzen laufen Leute herum, die uns ernsthaft nach dem Leben trachten.«

Sie traten einen Schritt vor, als die Schlange sich bewegte. Plötzlich drückte Geller seine Hand.

»Das klingt ganz nach meinem Spiel«, sagte sie. »Endlich fängst du an, es zu verstehen.«

Sie standen nun nur noch ein paar Schritte von dem Sicherheitsbereich am Ende des Flures entfernt und konnten erkennen, daß die Wachen jeden durchsuchten, der dort hineinwollte. Dafür benutzten sie elektronische Schlagstöcke ähnlich dem, den Pikul für die Veranstaltung in der Kirche erhalten hatte.

»Soll das heißen, daß das alles hier gewollt ist?« fragte Pikul.

»Ja, es ist so programmiert.«

»Und das chinesische Restaurant hast du entworfen?« fragte er ungläubig.

»Nein, ich habe die Parameter festgelegt, die es erlauben, aus dem Unterbewußtsein der Spieler ein chinesisches Restaurant entstehen zu lassen. Wir beide haben all das erschaffen. Und tun es auch weiterhin.«

»Auch diesen Flur?«

»Nun gut ... jeder kann Flure erschaffen«, sagte sie. »Spieldesigner verfügen über Archive mit Standardbildern, auf die sie zurückgreifen.«

»Ja, das weiß ich alles. Oder bin zumindest gerade dabei, es zu lernen. Aber es kommt mir immer noch so vor, als wäre dieses Spiel nicht leicht zu vermarkten.«

»Aber es ist ein Spiel, das bereits jeder spielt. Wir nennen es *eXistenZ* – alle anderen kennen es als Existenz. Es ist das Leben, Pikul. Die Realität. Es muß nicht groß vermarktet werden. Wir sagen der Welt einfach, daß es fertig ist, und dann kommt sie und nimmt an *eXistenZ* teil. Es vermarktet sich von selbst. Das ist ja das Großartige!«

»Das sagst du!«

Beide unterzogen sich der elektronischen Überprüfung. Pikul war auf der Hut, weil er nicht wußte, wonach die Wachen suchten und ob er das Gesuchte nicht vielleicht versehentlich bei sich hatte. Aber es war schnell vorbei.

Bei Geller, die aufrecht vor dem Wachmann stand, dauerte es länger. Pikul bemerkte, daß der Mann seinen Stab recht langsam und aufreizend über ihren Körper führte. Vor allem die Brust und den unteren Rücken untersuchte er sehr sorgfältig. Geller schien das nicht viel auszumachen. Als Pikul gerade einschreiten und sie von ihm befreien wollte, wurde sie freigegeben und kam zu ihm.

»Stört dich was?« fragte sie.

»Nein, Allegra. Du hast alles in diesem Spiel selbst entworfen, stimmt's?«

»Was beschäftigt dich denn jetzt?«

»Eine Frage, die ich mir an diesem Ort immer stelle.« Er unterdrückte seine Gefühle, denn ihm war inzwischen klargeworden, daß es für alles, was ihm nicht gefiel, Erklärungen gab, Erklärungen, die ihm zumeist ebensowenig gefielen.

Sie durchquerten den Sicherheitsbereich und gelangten schließlich in den Saal mit dem Fließband. Sie waren nicht allein, denn gerade begann eine neue Schicht. Die anderen Arbeiter aus der Schlange verteilten sich im Raum und schlenderten trödelnd an ihre Arbeitsplätze. Währenddessen bereiteten sich die Arbeiter der vorherigen Schicht auf ihren Feierabend vor, streckten und reckten sich und übergaben an ihre Nachfolger.

Und ständig bewegte sich das Fließband mit seiner grausigen Last von Nische zu Nische. »Erklär mir noch einmal, was genau wir hier eigentlich suchen«, sagte Pikul.

»Das, was Hugo Carlaw uns aufgetragen hat. Einen schimmeligen alten Weidenkorb mit einem fadenscheinigen Segeltuchbezug. Und wir sollen ihn an einem Ort finden, der uns vertraut ist.«

»Kannst du dir irgendeinen Ort in diesem Gebäude vorstellen, der dir oder mir vertraut wäre?«

»Deine Nische? Meine?«

»Meine können wir vergessen«, sagte Pikul. »Da ist kein Platz für mehr als eine Person und eine kleine Kiste. Fangen wir bei deiner an.«

Sie gingen nach hinten durch und die Rampe hinunter,

die zu dem Bereich führte, in dem Barb Brecken arbeitete. Der bereits vertraute Geruch nach Pferdemist stieg ihnen in die Nase. Geller ging voran bis zur letzten Nische, und sie huschten hinein.

Im Augenblick wenigstens war niemand da. Auf den mit chirurgischen Utensilien ausgestatteten Arbeitsflächen lagen mehrere Gamepods in unterschiedlichen Stadien des Zusammenbaus.

Den Weidenkorb bemerkte Pikul fast sofort. Er war unauffällig in der hintersten Ecke der Nische abgestellt worden und von einem unverkennbar fadenscheinigen Stück Segeltuch bedeckt. Darunter schien etwas Klumpiges zu liegen.

Pikul näherte sich dem Korb, Geller folgte ihm.

Sie kniete sich nieder und entfernte das Segeltuch, während Pikul Wache hielt.

»Ich würde sagen, es ist genau das, was er uns angekündigt hat«, meinte Geller, die den Inhalt des Korbes untersuchte und ein Gamepod zutage förderte.

Es war nicht im besten Zustand, soviel war auf den ersten Blick klar. Etwas Lebendiges oder zumindest Organisches hatte es zum Teil zerstört, die äußere Hülle angeknabbert und verfärbt und das Innere infiziert. Dunkle, faulige Stellen aus verhärtetem Narbengewebe waren zu sehen, und wo ein gesundes Gamepod rot gefleckt gewesen wäre, hatte dieses grelle purpurfarbene Streifen.

»Meine Güte, ist das häßlich!« sagte Pikul. »Selbst für ein Gamepod.«

Geller blickte immer noch wie erstarrt und völlig hypnotisiert darauf.

»Na los«, sagte Pikul. »Machen wir, daß wir wegkommen. Wir haben doch gefunden, was wir gesucht haben.«

»Nein, warte noch.«

Pikul spürte die Erregung in Gellers Stimme.

»Ich habe ein schrecklich starkes Bedürfnis, mich in dieses Gamepod einzuklinken«, sagte sie. »Und was ist mit dir?«

»Na klar«, antwortete er und traute seinen Ohren nicht. »Ja, man könnte schon sagen, daß ich mich unbedingt in dieses kranke, faulende, schimmelige, sterbende Stück Organismus einklinken will. Laß mich nur dran! Ich kann's gar nicht erwarten.«

»Sarkasmus paßt nicht zu dir«, sagte Geller.

Sie richtete sich auf und ging zur gegenüberliegenden Wand, an der ein ganzes Bündel UmbyCords an einem Haken hing. Sie zog einen davon heraus und überprüfte schnell, ob er vollständig und funktionsfähig war. Dann setzte sie sich auf einen angefaulten Holzklappstuhl neben den Korb mit dem sterbenden Gamepod und steckte sehr vorsichtig ein Ende des UmbyCords in den Eingang.

»Okay«, sagte sie. »Alles klar. Hilfst du mir mal am Rücken? Ich komme da nicht allein dran.«

»Das ist doch nicht dein Ernst, Geller! Dieses Gamepod ist doch ganz eindeutig durch und durch verseucht! Wenn du dich da einklinkst, weiß kein Mensch, was aus dir wird! Du ...«

»Genau«, stimmte sie zu. »Das Spiel geht immer weiter, die nächste Ebene wartet schon. Hilf mir mal mit dem UmbyCord.«

Sie zog ihr Hemd hoch, damit sie an ihren Bioport kamen, und widerwillig kniete Pikul sich neben sie. Er steckte das aktive Ende des UmbyCords in den Bioport unten an ihrer Wirbelsäule.

»Bist du zufrieden?« fragte er. »Alles in Ordnung soweit?«

»Ja.«

»Wie lange wird die Entzündung des Gamepods brauchen, bis sie dich auch erwischt hat?«

»Das passiert sofort«, sagte Geller mit merkwürdiger, ungewohnter Stimme.

»Und dann klinkst du dich seelenruhig in alle anderen Gamepods ein und verbreitest die Entzündung ...«

»*Mein Gott!*« Geller erstarrte.

»Was ist los?«

»Da stimmt was nicht. Überhaupt nicht! Zieh meinen Stecker raus, Pikul, schnell!«

»Okay, mach ich.«

Er riß ihr dünnes Hemd hoch, doch der Bioport war in den wenigen Sekunden, seit sie sich in das Gamepod eingeklinkt hatte, stark angeschwollen. Es schien jetzt hervorzutreten und seitwärts zu quellen, wie eine Faust, die den Stecker umklammerte. Seine Farbe hatte sich in ein beunruhigendes Scharlachrot verwandelt, und an den Rändern drohte er aufzuplatzen. Pikul zog an dem Stekker, doch der rührte sich nicht.

Er zog erneut, diesmal heftiger.

»Hör auf!« schrie Geller und sank in sich zusammen. »O Gott, wie *weh* das tut!«

»Tut mir leid. Er scheint irgendwie hängengeblieben zu sein.«

»So geht's offenbar nicht. Versuch was anderes! Aber schnell! Ich kann schon spüren, wie's mich packt!«

Pikul ließ den UmbyCord los und sah sich nach etwas anderem um, womit er es probieren konnte.

Anscheinend lösten seine Versuche, es von Geller zu entfernen, in dem sterbenden Gamepod eine Reihe von heftigen peristaltischen Krämpfen aus. Jede dieser widerlichen Kontraktionen hatte bei Geller dieselbe Wirkung zur Folge. Sie sah aus, als würde sie von den Bewegungen zu Tode gerungen. Pikul suchte immer noch verzweifelt nach irgend etwas, das er gegen das Gamepod einsetzen konnte.

Von einem langen, metallenen Wandregal hing ein

Sortiment Werkzeuge herab. Pikul erspähte unter ihnen ein scharfes Teppichmesser.

»Ich schneide dich los!« schrie er. »Das ist die einzige Möglichkeit.«

»Nein!« rief Geller. »Nicht schneiden! Ich habe schon immer Angst vor Messern gehabt.«

»Ich tu dir schon nicht weh.«

Mit großem Ekel hieb er heftig auf den bebenden UmbyCord ein, an dessen Seite sich ein Schnitt öffnete, aus dem in einem feinen Strahl Blut heraussprühte. Entsetzt über das, was er getan hatte, aber noch mehr darüber, daß der UmbyCord noch nicht durchtrennt war, stach Pikul erneut auf ihn ein.

Endlich zerriß der UmbyCord und schnellte zurück, als ob er vorher straff gespannt gewesen wäre. Aus beiden Enden strömte Blut.

»Was hast du getan?« schrie Geller panisch. »Pikul, wenn das nicht aufhört, verblute ich!«

Er sah sich wieder verzweifelt um, diesmal nach etwas, womit er das Blut stillen konnte, doch in dem schlecht beleuchteten und verdreckten Stall gab es nichts Passendes. Kurz entschlossen stampfte er mit dem Fuß auf Gellers Teil des UmbyCords. Es hörte schlagartig auf zu bluten.

Geller stöhnte vor Schmerz und Verzweiflung.

»Tut mir leid, Geller«, sagte Pikul. »Ich weiß nicht, was ich sonst hätte tun können!«

»Ich aber«, sagte eine männliche Stimme.

Pikul fuhr sofort herum, wobei er aber weiterhin mit dem Fuß Druck auf das Ende des UmbyCords ausübte. Es war Jewgenij Nourish, der das gesagt hatte. Während sie mit dem Gamepod beschäftigt gewesen waren, hatte er die Nische betreten.

»Ich weiß genau, was zu tun ist«, meinte Nourish mit drohendem Unterton.

Er nahm einen großen Propan-Flammenwerfer von der Wand, ließ die Tragegurte über seine Schulter gleiten und schraubte das Gasventil auf. Sofort ertönte ein heftiges Zischen.

»Um Gottes willen!« schrie Geller mit wildem Blick. »Was tun Sie da?«

Das Gas entzündete sich, eine riesige blauweiße Stichflamme schoß empor und verströmte in der engen Nische eine tödliche Hitze.

»Nieder mit der Wirklichkeit!« schrie Nourish.

Er richtete den Flammenkern auf das sterbende Gamepod und beugte sich mit einem Ausdruck erstaunlich großen Vergnügens darüber. Das Gamepod reagierte sofort auf die Hitzeeinwirkung: Es schrumpfte und zischte, und auf seiner pockigen Oberfläche platzten Blasen kochenden Fetts. In der Nische verbreitete sich der Geruch von verbranntem Menschen- oder Tierfleisch, ein ekelerregender Gestank nach Verwesung und Tod.

Das Gamepod versuchte, sich zu retten, indem es wie ein gefangener Tausendfüßler vor der tödlichen Flamme davonkroch. Wo immer die Flamme ihn traf, zog sich der Körper des sterbenden Gamepods abwehrend zurück.

Nourish lachte wie irre und fing an, die gesamte Oberfläche des Gamepods mit der Flamme zu bearbeiten, wobei er die Teile, die sich vor ihm zurückzogen, besonders ins Visier nahm.

Geller sank in offensichtlichem Schock zu Boden und klammerte sich an Pikuls Bein.

Jetzt begann das Gamepod unter dem schrecklichen Inferno langsam anzuschwellen. Immer noch quollen riesige Blasen an seiner Oberfläche auf. Im Inneren des Gamepods waren noch beängstigendere Veränderungen zu beobachten: Ein brodelndes dunkles Gas, mit leuchtend roten Sprenkeln durchsetzt, wogte zornig unter der durchsichtigen Hülle. Das Gamepod schwoll immer weiter an, wuchs, wölbte sich und explodierte plötzlich in einem Hagel verkohlter Fleischteile, die in alle Richtungen flogen.

Eine Gaswolke quoll empor, und ein dichter Strahl dunklen Rauchs, schwarz und grau, ölig und ätzend, schoß aus den zerfetzten, geschmolzenen Resten mit einer Wucht heraus, die angesichts der ursprünglichen Größe des Dings schier unmöglich erschien.

Die Kraft des Vulkans aus schwarzem Rauch ließ Nourish rückwärts stolpern, wobei die Propangasflamme gefährlich wie die schimmernde Klinge eines rasiermesserscharfen Schwerts in dem engen Raum herumzuckte. Pikul duckte sich, als die Flamme über ihn hinwegstrich, und Geller klammerte sich noch fester an sein Bein.

Der schwarze Rauch entwickelte eine Art von Eigenleben. Statt die Nische auszufüllen und unter Dampf zu setzen, schoß er in stetigem Strahl aufwärts und breitete sich zur Seite hin über die anderen Nischen aus, in Richtung auf den Hauptbereich der Fertigung.

Beim Ausbreiten kühlte er sich ab. Körnige Asche oder vielmehr winzige Kohlebröckchen begannen auf alles herabzuregnen.

Nourish hatte offensichtlich nicht damit gerechnet, daß das passieren würde, denn er beobachtete die Bewegungen der finsteren Wolke mit entsetzter Miene. Die Propangasflamme schlug fauchend nach unten, bedrohlich dicht am dungverschmierten Stroh, das den Boden der Nische bedeckte.

Geller nahm all ihre Kraft zusammen und zog sich auf die Knie. Pikul drehte sich um, um ihr zu helfen, mußte aber überrascht feststellen, daß sie sich auf ihn stürzen wollte. Sie hechtete vorwärts und stieß ihn mit der Schulter zur Seite. Sein Fuß rutschte von dem durchgeschnittenen UmbyCord. Wieder pulsierte das Blut aus dem offenen Ende.

Während Pikul, aus dem Gleichgewicht gebracht, stolperte, entriß ihm Geller das Teppichmesser.

Sie stürzte sich auf Nourish, wobei sie den blutigen UmbyCord hinter sich her zog. Tief stieß sie ihm die blutverschmierte Klinge in den Rücken, drehte sie und drückte sie nach unten, um ganz sicherzugehen.

Nourish schrie vor Schmerzen auf, fiel nach vorn, fing sich jedoch wieder und drehte sich zu ihr um. Sie erstarrte vor Entsetzen, von seiner Reaktion wie gelähmt.

Er hob die Gasflamme in Augenhöhe und bewegte sich drohend auf sie zu. Die Flamme schwenkte in einem tödlichen Bogen von einer Seite zur anderen.

»*Nieder!*« krächzte er. »Nieder mit der Dämonin ... Nieder mit Barb Brecken ... Nieder mit der Spiel ...«

»Nieder mit wem?« fragte Pikul begriffsstutzig. Dann sah er Gellers Ausweiskarte zwischen ihren Brüsten baumeln. »Ach ja ... Barb ...«

Nourishs Augen rollten im Todeskampf nach oben, er hatte seinen letzten Atemzug getan. Er fiel vornüber in das schmierige braune Stroh, und der Feuerstrahl des Flammenwerfers erfaßte in Sekundenschnelle das knochentrockene Material.

Um ihn herum explodierte ein Feuerball und vermischte sich mit dem Strahl schwarzen Rauchs, der immer noch aus dem Gamepod schoß.

Pikul sprang durch die Feuerwand, die zwischen ihm und Geller aufgeflammt war. Sie schleifte immer noch den UmbyCord hinter sich her, aus dem überall Blut tropfte. In seiner Verzweiflung ergriff Pikul den Schlauch und drückte ihn fest zu. Noch wenige Stöße, dann war das Blut endlich gestillt.

Inzwischen hatte sich das Feuer fast in der ganzen Nische ausgebreitet. An vielen Stellen brannte das Stroh, und schon schlängelten sich Flammenzungen an den Holzwänden empor. Der Eingang war nur noch ein Rechteck aus weißem, flüssigem Feuer, das in dem Luftstrom, der von außen in das vom Inferno geschaffene Vakuum gesogen wurde, heftig aufloderte.

Geller und er fingen an zu husten, und Tränen liefen ihnen über die Wangen.

Über dem Tosen des Brandes konnten sie hören, wie das restliche Gebäude auf den Notfall reagierte. Mehrere Sirenen begannen gleichzeitig zu heulen. Über das Lautsprechersystem verlas eine Stimme eine Reihe von Evakuierungsbefehlen. Eindringlich und betäubend läutete eine Glocke. Menschen schrien und riefen, und Pikul hörte, wie eine große Menge auf der anderen Seite der Feuerwand an den Nischen vorbeirannte. Die Angst war ansteckend: Pikul spürte ungeheure Panik in sich aufsteigen, den Drang zu rennen, zu entkommen, sich zu verstecken.

Inzwischen waren die Flammen über das Stroh auf dem Boden näher gekommen und züngelten an ihnen empor. Der Rauch machte das Atmen beinahe unmöglich.

Pikul hielt Geller fest in den Armen. Sie war erschöpft, ausgepumpt, völlig am Ende. Er fragte sich, ob sie überhaupt noch bemerkte, daß er bei ihr war.

Als die Flammen sie völlig einschlossen, sprach Pikul leise in ihr Ohr. »Ich glaube, wir haben gerade das Spiel verloren, Geller.«

Doch als sich endgültige Dunkelheit um sie herum ausbreitete, erkannte er durch die Flammen hindurch seltsame und unerklärliche Formen: einen Stuhl, ein Bett, eine Badewanne, einen Tisch.

Die Gästehütte nahm wieder Gestalt an.

»Oder vielleicht auch nicht«, meinte Pikul leise.

23. Kapitel

Sie saßen zusammen auf dem Bett in der Gästehütte. Allegra Geller lag in seinen Armen. Der Raum wurde von dem sanften Licht schwacher Lampen erhellt, und vor den Fenstern lag die stille Dunkelheit der Nacht. Während die Realität langsam wieder Gestalt annahm, genoß Pikul die Friedlichkeit des Augenblicks. Das Todesinferno in der Forellenfarm lag hinter ihnen, vor ihnen war das Unbekannte, aber zumindest im Moment hielt er Allegra Geller sicher in den Armen, und sie saßen allein auf einem Bett. Dennoch machte er sich mehr und mehr Sorgen über ihr Wohlergehen. Obwohl sie gleichmäßig atmete und ruhig schien, machte sie keine Anstalten, aus dem körperlichen und geistigen Zusammenbruch, den sie erlitten hatte, wieder herauszukommen.

Trotzdem genoß er es, ihren Körper in seinen Armen zu spüren. Zärtlich legte er sein Gesicht an ihres.

Endlich regte sie sich, und er strich mit den Fingern über ihre Wange.

»Allegra?«

Sie stöhnte leise.

»Allegra, wir sind wieder zu Hause. Im Ski-Club. Verstehst du mich?«

»Ja«, murmelte sie undeutlich.

»Stimmt was nicht?«

»Ich bin immer erregt, wenn ich aus einem Spiel zurückkomme. Manchmal ist es besonders stark, und dann nehme ich mir gern ein bißchen Zeit dafür. Jetzt zum Beispiel liegt es daran, daß du hier bei mir bist. Es gefällt mir, von dir umarmt zu werden.«

Sie schlug die Augen auf und sah ihn verträumt an, doch kurz darauf holte sie der Geanke an die harten Fakten ein.

»Pikul, es ist hier bei uns!« sagte sie alarmiert. Sie setzte sich auf und wandte sich ihm zu. In seinen Armen spürte er nur noch die Kälte ihrer Abwesenheit. »Es ist passiert. Es ist mit uns zurückgekommen. Wir müssen es mitgebracht haben, als wir aus *eXistenZ* aufgetaucht sind.«

»Was haben wir mitgebracht?« fragte Pikul begriffsstutzig. »Ich verstehe dich nicht.«

»Wir haben die Krankheit mitgebracht! Mein Gamepod ist infiziert.«

Jetzt war sie hellwach.

Als ob sie selbst erst jetzt die Bedeutung dessen, was sie gesagt hatte, begreifen würde, sprang sie aus dem Bett und stellte sich vor ihn. Sie griff an ihren Rücken und versuchte, an dem UmbyCord zu ziehen, der immer noch mit ihrem Rückenmark verbunden war.

»O Gott, diesmal verliere ich es wirklich! Ich verliere mein Spiel! Klink mich aus, Pikul! Na los, zieh mir das verdammte Ding endlich raus!«

Schnell tat Pikul, was sie verlangte. Jetzt, wo sie wieder in der Realität waren, gab es keinerlei Problem, den UmbyCord aus dem Bioport zu ziehen. Offensichtlich erleichtert, sprang sie von ihm weg. Dann drehte sie sich um und beugte sich über das Gamepod auf dem Bett, in dem sie so vertraut zusammen gelegen hatten.

Pikul griff an seinen Rücken und versuchte, den UmbyCord aus dem eigenen Bioport zu ziehen, doch das ging nicht. Er bewegte sich seitwärts zu einem großen

Wandspiegel und drehte und wand sich, um mehr zu sehen. Obwohl der UmbyCord immer noch fest mit ihm verbunden war, schien es keine ungewöhnlichen Schwellungen oder Verfärbungen um den Bioport herum zu geben.

Nur die völlig *normalen* Schwellungen und Verfärbungen, dachte er.

Geller war nun an ihrer Handtasche. Sie kramte darin herum und zog einen Moment später eine winzige Spritze, in einer sterilen Verpackung versiegelt, heraus.

Schnell streifte sie die Hülle ab, entfernte den Plastikpfropfen, der die Spitze schützte, hielt sie dann im Gegenlicht hoch und drückte den Kolben, um alle Blasen aus der Flüssigkeit zu entfernen. Ein winziger Strahl schoß in die Luft.

Dann kniete sie sich neben das Bett und legte eine Hand auf das Gamepod.

»Ich bin ja da«, sagte sie leise, als wäre es ein krankes Kind. »Ich bin bei dir.«

Sie stieß die Nadel in das Gamepod. Während sie den Kolben hinunterdrückte, streichelte sie es mit der anderen Hand, wobei ihre Berührungen so hingebungsvoll waren, daß es Pikul vorkam, als wollte sie es gleich zum Orgasmus bringen. Fast rechnete er damit, daß sie ihre geöffneten Lippen darauf pressen und es von Mund zu Mund beatmen würde.

Während er immer noch mit seinem Ende des UmbyCords kämpfte und darauf achtete, nicht so stark daran zu ziehen, daß das Gamepod vom Bett herunterfiel, wurde ihm langsam die volle Bedeutung von Gellers Worten klar.

»Hast du gerade gesagt, daß wir die Krankheit mit zurückgebracht haben?« fragte er. »Ich meine ... in gewisser Weise überrascht mich das nicht, weil es so ein schreckliches Erlebnis war. Aber das ist doch bestimmt nicht möglich? Wir haben gespielt. Das war doch nicht die Realität. Wie kann ein Vorgang in einem Spiel Auswirkungen auf das wirkliche Leben haben?«

Geller warf ihm einen Blick zu und streichelte weiter das Gamepod.

»Offensichtlich gibt es hier irgendeine seltsame Art von Realitätsleck«, meinte sie. »Ich bin mir selbst nicht ganz sicher, ob ich es richtig verstehe.«

Pikuls Bioport gab ganz plötzlich den Stecker des UmbyCords frei, der sich mit einem hörbaren Geräusch löste.

»Was ist in der Spritze, die du da hast?« fragte Pikul.

»Ein Breitband-Sporizid. Ich habe keine Ahnung, was zum Teufel ich mir in dieser Nische eingefangen habe, aber alle Gamepods sind von Natur aus anfällig für Sporen, Pollen und Pilze. Klinisch gesehen gehören die meisten RNA bei Sporeninfektionen zu einem bekannten Spektrum von Sequenzen, daher wird das, was ich gespritzt habe, wahrscheinlich helfen. Hauptsache, man kommt rechtzeitig ran.«

Während sie sprach, hatte Pikul sich unwillkürlich am Bioport gekratzt. Geller bemerkte es und sah ihn eindringlich an.

»Juckt es dich?« fragte sie.

»Tut mir leid. Stört dich das?«

»Nein. Zeig mal deinen Bioport.«

»Was?«

»Laß mich mal sehen, Pikul!«

Widerstrebend wandte Pikul ihr den Rücken zu. Sie betrachtete ihn aus so großer Nähe, daß er den leichten, rhythmischen Druck ihres Atems auf der Haut spürte.

»Ich glaube, ich weiß jetzt, was passiert ist«, sagte sie leise und bedrückt. »Das muß Kiri Vinokur gewesen sein. Ich kann gar nicht glauben, daß er so etwas tut. Dieser Mistkerl.«

Pikul spürte ihren Zorn.

»Ich dachte, Vinokur wäre dein Freund«, meinte er und spürte wieder das unangenehme Gefühl von Verfolgungswahn in sich aufsteigen.

»Ich kann mir bei gar nichts mehr sicher sein. Er hat doch diesen Bioport angepaßt, oder?«

»Ja. Ich meine, o nein!«

»Was?«

»Ich glaube, ich weiß, worauf du hinauswillst.«

»Er muß dir absichtlich einen anderen infizierten Bioport gegeben haben. Wenn wir uns zusammen einklinken, wird mein Gamepod infiziert und stirbt schließlich. Und damit auch mein Spielsystem.«

»Ich bin infiziert?« fragte Pikul alarmiert. »Moment mal!«

»Es gab überhaupt kein Realitätsleck«, fuhr Geller fort. »Wir haben bisher in die falsche Richtung gedacht. Als wir innerhalb des Spiels waren, hat das arme Ding versucht, uns mitzuteilen, daß es krank ist. Das Gamepod hat das Motiv von Krankheit ins Spiel gebracht.«

»Das *Motiv* von Krankheit?«

»Es war nicht echt.«

»Vielleicht war es im Spiel nicht echt, aber hier in der wirklichen Welt bin ich infiziert, verdammt noch mal! Es wird mein Rückenmark hinaufkriechen und mein Gehirn verfaulen lassen!«

Sie starrte ihn einen Moment lang ungeduldig an, doch dann veränderte sich ihr Gesichtsausdruck plötzlich. Geschäftsmäßig griff sie wieder nach ihrer Tasche.

»Na gut, reg dich nicht auf«, sagte sie. »Ich habe etwas, das dir helfen wird.«

Heftig wischte sie sich die Tränen ab, die ihr beim Streicheln des Gamepods in die Augen getreten waren, und zog eine Plastikkapsel aus der Tasche, die wie ein Flaschenverschluß geformt war. Sie klappte sie auf, und ein knorriges, steckerähnliches elektronisches Gerät kam zum Vorschein.

»Das wird dir helfen.«

»Was ist das?« fragte Pikul.

»Ich werde deinen Bioport mit einem sporiziden Resonator versiegeln.« Sie beugte sich zu ihm und schob das winzige Instrument vorsichtig in seinen Bioport. »Er benutzt die Verbindung für den UmbyCord als Energiequelle. In ein paar Stunden sollten alle deine infizierten Steckkanäle wieder sauber sein.«

»Tut das weh?«

»Tut es jetzt weh?« fragte sie.

»Nein.«

»Dann wird es wahrscheinlich auch später nicht weh tun. Du wirst ein leichtes Summen auf der Haut spüren, wenn er fertig ist. Natürlich können wir solange nicht wieder ins Spiel zurückkehren.«

»Autsch! Jetzt tut's weh.«

»Tut mir leid, das war ich.«

Als sie ihre Hände wieder wegnahm, zog Pikul sein Hemd herunter und wandte sich ihr wieder zu.

»Hör mal, es ist doch noch nicht vorbei, oder?« fragte er. »Wir scheinen im Moment aus dem Spiel raus zu sein, aber zu Ende ist es doch bestimmt noch nicht. Was passiert ist, kann entscheidend sein, wenn es stimmt. Meinst du wirklich, daß Vinokur ein Agent der Anti-*eXistenZ*ialisten ist?«

»Langsam sieht es ganz danach aus. Es macht mir angst, aber was könnte es sonst für eine Erklärung geben?«

»Keine Ahnung. Das einzige, dessen ich mir ganz sicher bin, ist: Wenn er einer von ihnen ist, dann sind wir wirklich in der ...«

Er verstummte, denn Geller hatte sich abrupt von ihm abgewandt.

»Das Gamepod!« rief sie. »Irgendwas geht da vor! Pikul, es stirbt!«

Und tatsächlich, das Gamepod zitterte und pulsierte, überall begannen sich leuchtend purpurrote Streifen zu bilden. Geller fiel neben dem Bett auf die Knie, griff nach dem Gerät und wiegte es in ihren Armen.

»Ich kann ihm nicht helfen«, sagte sie untröstlich. »Ich kann nichts mehr tun.«

Ihr Kopf sank auf das Gamepod.

In diesem Moment schlug ohne Vorwarnung ein greller weiß-orangener Blitz ein. Fenster und Türen explodierten nach innen. Glas- und Holzsplitter flogen ihnen um die Ohren.

24. Kapitel

Das Bett hatte Geller vor den schlimmsten Auswirkungen der Explosion geschützt, doch Pikul wurde mitgerissen und über den gewachsten Holzboden geschleudert, während um ihn herum Schutt niederkrachte.

Die Druckwelle war so schnell vorbei, wie sie gekommen war. Pikul erholte sich nach ein paar Sekunden der Verwirrung, angetrieben von seiner Angst um Geller. Unvorsichtig rappelte er sich wieder hoch und löste dabei eine Lawine von losem Schutt aus. Er befühlte seinen Körper und überprüfte die wichtigsten Organe. Überall war er zerkratzt und würde eine Menge blaue Flecken davontragen, doch soweit er in den ersten paar Sekunden sehen konnte, hatte er keinen ernsthaften Schaden erlitten.

Voller Sorge stieg er über den schuttbedeckten Boden.

Jenseits der leeren Fensterrahmen glühte es immer noch heiß, und die Hitze schlug in Wellen in den Raum hinein.

Außer dem Röhren des Feuers vor ihrer Hütte war es eigenartig still.

Er gelangte zu Geller, die zwar einen schweren Schock erlitten hatte und von der gewaltigen Explosion noch ganz überwältigt war, doch unverletzt zu sein schien.

»Wofür zum Teufel sollte das gut sein?« fragte Pikul.

Geller blickte sich mit einem tief verängstigten Gesichtsausdruck in dem verwüsteten Raum um. Sie war blaß, und ihre Hände zitterten.

»Ich habe Angst«, sagte sie niedergeschlagen. »Pikul, ich habe so schreckliche Angst . . .«

Beide sahen mit großen Augen aus dem Fenster.

Die Hütte nebenan war durch die Wucht der Explosion zerstört worden und nun völlig von Flammen eingehüllt. Gerade als sie hinsahen, kippte die letzte noch stehende Mauer nach hinten in das Inferno und verursachte einen Funkenregen, der dreißig Meter weit in die Dunkelheit stob. Eine weitere Hitzewelle rollte heran. Das ganze Tal war ein einziges orangefarbenes Flammenmeer.

»Hör mal!« sagte Geller. »Da kommen Leute.«

Weiter unten am Berg war ein höllisches Durcheinander aus Schreien und dem Dröhnen von Maschinen zu hören. Die anderen Bewohner des Ski-Clubs versuchten offensichtlich mit allen Mitteln Hilfe zu leisten und zu ihnen durchzudringen. An der Brandstelle neben ihrer Hütte liefen bereits Männer herum und entrollten hastig Wasserschläuche.

Pikul und Geller kamen vorsichtig aus ihrem Versteck hinter dem Bett hervor.

Im Eingang erschien plötzlich der Umriß eines Mannes, über dessen Gesicht der Feuerschein zuckte.

Es war Hugo Carlaw. In der Armbeuge hielt er eine Maschinenpistole.

Sobald er Pikul und Geller erblickte, schrie er ihnen zu: »Der Aufstand hat begonnen! Hier steht alles in Flammen! Kommen Sie! Sie müssen hier raus! Sie werden nach Ihnen Ausschau halten!«

»Carlaw, der Kassierer?« fragte Pikul Geller. »Er ist doch eine Spielfigur! Wie zum Teufel kommt der hierher?«

»Ich weiß nicht! Ich weiß es nicht!«

Carlaw marschierte ins Zimmer und zerrte Geller an ihrem Hemd hoch. Sie versuchte, nach ihrem Gamepod zu greifen, doch Carlaw stieß es mit dem Fuß weg, so daß es über den Boden schlidderte.

»Lassen Sie das Stück verfaultes Fleisch hier!« sagte er hart. »Es hat seine Aufgabe erfüllt. Lassen Sie es sterben.«

»Aber mein Spiel!« schrie Geller. »Da ist mein Spiel drin. Ich will nicht, daß mein Spiel stirbt!«

Das Gesicht starr vor Ekel, ließ Carlaw die Maschinenpistole von der Schulter gleiten und setzte zum Schuß an, zielte auf das Gamepod und feuerte einen heftigen Kugelhagel darauf ab. In Sekundenbruchteilen wurde Gellers unersetzliches, fast unbezahlbares Gamepod in ein wüstes Geschmier aus Fleischfetzen und Organen verwandelt, die sich als unrettbarer Schleim über den Schutt der Explosion ausbreiteten.

Geller schluchzte und schien sich ganz in sich zurückzuziehen. Sie konnte nur noch fassungslos und schweigend auf das Ende ihrer Träume starren.

Pikul nahm ihre Hand.

»Geller?« fragte er. Sie antwortete nicht, deshalb packte er sie und drehte sie zu sich herum. »Allegra!«

Sie stand erneut unter Schock.

Er beugte sich vor, bis sein Gesicht nur noch wenige Zentimeter von ihrem entfernt war. Er zwang sich, die bedrohliche Gegenwart Carlaws dicht hinter ihm zu ignorieren.

»Allegra, hör mir mal zu!« sagte Pikul laut und versuchte, alles andere um sich herum auszublenden. »Es ist nicht so schlimm, wie es aussieht! Ich glaube, daß wir immer noch *im* Spiel sind. Wir sind nicht in die Realität zurückgekehrt, sondern wahrscheinlich in einem Unterprogramm des Spiels gelandet, das so aussehen und sich so anfühlen soll, als wäre es die Realität. Es kann keine andere Erklärung geben. Denk doch mal nach! Erst ist das kranke Gamepod hier bei uns, dann Carlaw. Wir wissen doch genau, daß beides nur Schöpfungen des Spiels sind. Entweder kommen sie aus deinem oder aus meinem Unterbewußtsein.«

Er hielt inne, um Luft zu holen, und warf dabei einen Blick auf Carlaw, der wie zur schweigenden Bestätigung von Pikuls Theorie sanft vor und zurück schaukelte. Das Durcheinander vor der Tür war zu laut, als daß Pikul hören konnte, ob er irgend etwas summte.

»Wenn das stimmt«, entwickelte Pikul seinen Gedanken weiter, »dann muß dein echtes Gamepod noch irgendwo da draußen sein. An einem sicheren Platz. Ich glaube, dieses Gamepod können wir getrost vergessen. Es ist nicht das echte.«

Sie nickte. Obwohl sie immer noch stark unter Schock stand, schien sie ihn irgendwie verstanden zu haben.

Die Schreie draußen wurden lauter. Plötzlich kam zu ihrem Entsetzen ein Molotow-Cocktail durch das zerbrochene Fenster ins Zimmer geflogen, der am Fuß des Bettes explodierte und es in Flammen aufgehen ließ.

Alle drei gingen in Deckung, als der todbringende Brand aufloderte.

»Alle raus!« schrie Carlaw. *»Sofort!«*

Sie stürzten hinaus und stolperten über den Schutt und das zerbrochene Glas vor der Hütte. Die kühle Bergluft war erfüllt vom beißenden Qualm des Feuers und die Nacht ein einziger Funkenregen.

Während sie noch dastanden und zu begreifen versuchten, was passiert war, gab es eine zweite Explosion. Unten am Pfad ging eine weitere Gästehütte in Flammen auf.

»Sollten wir nicht lieber helfen?« schrie Pikul, als er die vielen Leute sah, die hin und her liefen und das Feuer einzudämmen versuchten. Von irgendwoher war ein

Löschwagen aufgetaucht, aus dem Feuerwehrleute mit leuchtendgelben Helmen heraussprangen, Schläuche entrollten und anfingen, Wasser in die Flammen zu spritzen.

»Helfen?« rief Carlaw sarkastisch. »Nein, Sie beide kommen mit mir.«

Zur Aufmunterung richtete er wieder die entsicherte Maschinenpistole auf sie.

»Den Berg hoch!« befahl er. »Sofort!«

Das Tal war immer noch ein einziges grausames Inferno.

Geller zögerte und blickte entsetzt auf die um sich greifende Zerstörung des Ski-Clubs.

»Das ist alles meine Schuld!« heulte sie.

»Komm schon, Allegra«, sagte Pikul. »Tun wir, was der Typ gesagt hat.«

Carlaw setzte sich wieder in Bewegung.

»Den Berg hoch!« befahl er noch einmal. »Sofort!«

Ein schmaler Pfad führte durch Gebüsch und kleinere Bäume, hinauf in die Ruhe uralter Kiefernwälder, deren Boden mit abgefallenen und verrottenden Nadeln aus Urzeiten bedeckt war und wo die Luft nicht länger von beißendem Rauch erfüllt wurde.

Während sie höherstiegen, verklang der Lärm des Durcheinanders, doch der wolkenverhangene Himmel warf immer noch ein sattes, glühendes orangenes Licht zu ihnen zurück.

25. Kapitel

Nach wenigen Minuten verbreiterte sich der Pfad und verlor an Steigung. Sie gelangten an einen kleinen Platz mit ebenem, aber steinigem Untergrund, auf dem keine Bäume wuchsen.

Carlaw zeigte zurück ins Tal.

»Von hier aus können wir alles sehen«, sagte er.

»Und was soll das sein?« fragte Pikul sarkastisch und blickte auf die Zerstörung unter ihnen. Zwei oder drei Hütten brannten immer noch lichterloh, doch die meisten schwelten nur noch. Nicht eine war heil geblieben.

»Sie sehen den Sieg der Realität«, meinte Carlaw. »Und Sie beide waren daran beteiligt.«

Geller hielt sich an Pikuls Arm fest.

»Das war der Tod von *eXistenZ*«, sagte sie. »Und daran waren wir tatsächlich beteiligt.«

»Sehen Sie nach unten, junge Frau«, sagte Carlaw. »Sehen Sie, was Sie geschaffen haben, und sehen Sie, was wir daraus gemacht haben. Genießen Sie es, solange Sie noch können.«

Seine Maschinenpistole machte ein gräßliches und mittlerweile allzu vertrautes klickendes Geräusch. Lässig hob er sie und richtete sie auf Geller.

»Da gibt es nur noch eine Sache, bevor die Realität wieder sicher ist.«

»Was tun Sie da?« rief Pikul. »Wir sind doch ganz auf Ihrer Seite!«

»Mit Sicherheit nicht! Wie könnten Sie auch? Wie könnte Allegra Geller, Designerin des fortschrittlichsten Spielsystems der Welt, auf der Seite der Realität stehen? Ihr ganzes Werk richtet sich durch und durch gegen die Realität.«

»Aber ich heiße Barb Brecken«, sagte Geller, die offenbar eine Eingebung hatte.

»Vergessen Sie's! Wir wissen, wer Sie sind. Sie können sich nicht ewig in der falschen Wirklichkeit eines Spiels verstecken.«

»Hier ist irgendwas aus den Fugen geraten«, meinte Pikul und drehte sich verzweifelt zu Geller um, weil er wußte, daß ein solches Verhalten oft eine Spielpause hervorrief. »Irgend etwas stimmt hier ganz und gar nicht.«

»Du mußt mir irgendwie helfen, Pikul«, sagte Geller leise und verängstigt.

»Sie verstehen also unser Problem«, sagte Carlaw.

Wieder hob er die Waffe, und diesmal war seine Absicht klar und eindeutig. Alle Lässigkeit, die er bisher gezeigt hatte, war aus seinen Bewegungen verschwunden. Vor dem grellerleuchteten orangenen Hintergrund des Infernos im Tal zielte er auf Allegras Kopf und zog am Abzug.

Doch bevor die Waffe losging, wurde er zur Seite geschleudert, und sein Kopf verdrehte sich heftig in einem gräßlichen Winkel. Er brach zusammen. Die Waffe fiel klappernd auf die Felsen neben ihm. In unnatürlicher Haltung lag er ausgestreckt zwischen zwei spitzen Steinbrocken. Er zuckte.

Pikul und Geller erstarrten vor Entsetzen.

Da trat Kiri Vinokur plötzlich aus dem Schatten der den Platz säumenden Bäume heraus und ging vorsichtig auf den niedergestreckten Mann zu. Er hielt etwas in der

Hand, das auf den ersten Blick wie eine große, tote Ratte aussah, sich dann aber schnell als die Kadaver-Waffe entpuppte, die Pikul selbst in dem chinesischen Restaurant zusammengebaut hatte.

Vinokur blieb vor dem stöhnenden Carlaw stehen und gab ihm ohne Zögern und mit ruhiger Hand den Gnadenschuß. Der Mann bäumte sich noch einmal auf und blieb dann leblos liegen.

Vinokur wandte sich zu Pikul und Geller um. Auf seinem Gesicht spiegelten sich Erleichterung und Vergnügen.

»Gott sei Dank, ich kam rechtzeitig!« sagte er. »Ich chabe värsucht, euch zu finden.« Er schwenkte die Kadaver-Waffe und betrachtete sie begeistert. »Mein Chund chat sie mir gebracht.«

»Du bist alles andere als rechtzeitig gekommen«, meinte Geller schlicht und halsstarrig.

»Wie meinst du das?« Vinokur deutete nachdrücklich auf Hugo Carlaws Leiche.

»Das Spiel ist tot. *eXistenZ* ist am Ende. Und du warst es . . . du hast mein Spiel umgebracht.«

»Nein, Allegra, ich chabe das nicht getan. Ich chabe nur umgebracht dein Gamepod. Das Spiel selbst ist gesund und munter.«

»Nein.«

»Ich chabe kopiert das gesamte Närvensystem deines Gamepods, als ich es chabe repariert. Das ist eine Standardmaßnahme bei der Operation. Alles, was zu diesem Zeitpunkt in dem Gamepod war, ist immer noch sicher.«

»Du hast *eXistenZ* kopiert? Kiri, du arbeitest für *Antenna*. Du weißt doch, daß es ein absolutes Kopierverbot gibt und daß man fristlos entlassen wird, wenn man es nicht beachtet.«

»Ich weiß.«

»Na, dann ... wie kannst du nur einfach so dastehen und mir das erzählen?«

»Natirlich ich hätte nicht kennen, wenn ich arbeiten wirde noch für *Antenna*. Das chat sich geändert.«

Er wartete, bis sie die Bedeutung seiner Worte erfaßt hatten.

»Sie wollen desertieren?« fragte Pikul.

»Das ich chabe schon. Ich bin jetzt bei *Cortical*, und es ist meine schene Aufgabe, mit dir zu verchandeln, Allegra. Komm zu uns, zu *Cortical Systematics*. Sie auch, Pikul. Ja, *Cortical Systematics* ... ihr chabt mich gechert richtig. Ich chabe desertiert, und es ist das Beste, was ich getan chabe in meinem ganzen Leben. Die ganze oberste Riege von *Antenna Research* kommt mit mir – Pellatt, Melzack, Sherrin, all die besten und chellsten Leute.«

»Jetzt bist du also als Spion für *Cortical Systematics* tätig«, meinte Geller kühl.

»Wartet mal!« sagte Pikul, dem ein Gedanke durch den Kopf ging. »Geller, *Cortical Systematics* ist *nicht* echt!«

»Was?«

»Es gibt sie gar nicht. Wir haben das doch herausgefunden, du und ich. Du mußt dich doch daran erinnern! *Cortical Systematics* ist nur die Spielversion von *Antenna* ...«

Vinokur schnitt ihm das Wort ab und sprach zu Geller.

»Du willst dein Baby zurick, Allegra. Das du kannst chaben – aber die einzige Meglichkeit ist, zu uns zu kommen. *eXistenZ* von Allegra Geller. Nur von *Cortical Systematics*.«

»Nur von *Antenna Research*«, antwortete Geller aufsässig.

Sie setzte sich auf einen Felsen, dicht neben Carlaws Leiche. Seine Maschinenpistole lag neben ihrem Fuß.

»Also willst du bleiben bei denen?« fragte Vinokur und nahm seine Waffe zur Hand.

»Ich muß.«

»Aber warum? Siech dir nur dieses Schlamassel da unten im Tal an. Die ganze Sache mit der Realität ist von denen vellig värmurkst worden. Jeder, der bei *Antenna* arbeitet, chat gemacht Mist. Wenn sie noch nicht einmal eine Situation in den Griff kriegen, die im Grunde nur eine Sache der Effentlichkeitsarbeit ist, wie gut gechen sie dann mit etwas wirklich Schwierigem um, wie dem Värmarkten von *eXistenZ*? Iberchaupt, wie kannst du ihnen värtrauen nur jemals wieder? Sie chaben wiederholt gefährdet dein Leben.«

Geller starrte zu Boden. Carlaws Körper hatte sich beim Fallen völlig verkrümmt.

Pikul sah ebenfalls hin. Was für eine Art zu sterben. Was für ein Ort zum Sterben, dachte er und bedauerte den Mann.

»Was du sagst also, Allegra?« wollte Vinokur wissen.

»Ich weiß nicht.«

Sie klang, als hätte sie den Faden ihrer Diskussion verloren. Zerstreut griff sie nach unten und nahm Carlaws Waffe. Sie wirkte in ihren Händen groß und schwer, und sie schien nicht zu wissen, wie sie damit umgehen sollte.

»Sei vorsichtig«, meinte Pikul. »Sie ist wahrscheinlich noch geladen.«

»Ja, und noch gespannt«, sagte sie.

»Leg sie hin.«

»Ja.« Ihre Stimme klang weit entfernt, als ob ihre Gedanken ganz woanders wären. »Weißt du, dieser Typ, dieser Carlaw, der wollte mich doch tatsächlich umbringen.«

»Aber ich chabe dich gerettet«, sagte Vinokur. Er wandte sich an Pikul. »Kennen Sie nicht reden värninftig mit ihr? Ich chabe ja schon gesagt, daß ich ärwarte, Sie auch bei *Cortical Systematics* zu sechen. Sie wirden bekommen eine dicke Gehaltserchechung.«

»Haben Sie noch freie Stellen für Marketingtrainees?« fragte Pikul.

Vinokur wollte antworten, doch was immer er sagen wollte, es kam nicht mehr über seine Lippen.

Mit einer plötzlichen, heftigen Anwandlung von Gewalttätigkeit zog Geller am Abzug der automatischen Waffe. Ein Hagel von Schüssen explodierte aus der Mündung, und Kiri Vinokur wurde rückwärts auf die spitzen Felsen geschleudert. Blut quoll ihm aus Kopf, Hals, Brust und Bauch.

Gellers sinnlose und unvorhergesehene Handlung brachte Pikul wieder auf die Beine. Er kümmerte sich nicht um das, was sie ihm hätte antun können, stürzte zu ihr und schlug ihr die Waffe aus der Hand. Sie fiel mit einem lauten metallischen Scheppern auf den felsigen Boden. Er stieß sie mit dem Fuß von ihr weg, sprang hinterher und ergriff sie, noch bevor Geller sie erreichen konnte.

»Was machst du da für eine Scheiße, Geller?« schrie er. »Du hast ihn umgebracht!«

»Das hat er verdient«, meinte sie gelangweilt. »Er hat *eXistenZ* umgebracht.«

»Er hat gesagt, daß er es nicht getan hat.«

»Aber so gut wie.«

»Du kannst aber nicht einfach Leute wegen so was umbringen!« brüllte er. »Was kommt dann? Willst du mich auch erschießen?«

»Ach, Pikul!« Sie warf den Kopf zurück und lachte irre. »Vinokur war nur eine Spielfigur. Das hast du doch selbst herausgefunden. Mir hat nur die Art nicht gefallen, wie er mit dem umging, was mir wichtig ist.«

»Dir hat nicht gefallen, wie er mit dem umgegangen ist, was dir wichtig ist. Und deswegen war es in Ordnung, ihn umzubringen?«

»Er war doch nur eine Spielfigur.«

»Aber was ...? Was ist, wenn meine Theorie nicht stimmt? Was ist, wenn wir nicht mehr in einem Spiel sind?«

»Wir müssen es noch sein.«

»Bist du sicher?« fragte Pikul. »Bist du *wirklich* sicher?«

»Klar bin ich sicher. Was du gesagt hast, ergibt doch Sinn.«

»Ich wollte doch nur alles erklären. Aber du kennst dich mit *eXistenZ* besser aus, als es mir je gelingen wird. Was ist zum Beispiel ... was ist mit dem Realitätsleck, über das wir gesprochen haben? Das muß doch vorher schon hundertmal passiert sein.« Sie schwieg. »Oder?«

»Ja.«

»Und was ist mit D'Arcy Nader?«

»Was ist mit ihm?«

»Die berühmten Spielablagerungen. Erinnerst du dich? Und da war er schon tot!« Er schwenkte verzweifelt die Waffe. »Das alles ergibt doch überhaupt keinen Sinn mehr, wenn du einfach jeden umbringen kannst, nur weil du denkst, daß er dein Spiel gefährdet.«

»Und woher weißt du, daß das immer noch ein Spiel ist?« fragte Geller. »Warum bist du so sicher?«

Sie sah ihn an, und in dem immer noch glühenden Licht der Zerstörung konnte er erkennen, daß ihre Wangen naß waren.

»Wir müssen es noch sein«, sagte sie und holte tief und bebend Luft. »Wenn ... wenn wir ... wenn wir es nicht mehr sind?«

»Wenn wir es nicht mehr sind, Geller, dann hast du gerade einen wirklichen Menschen umgebracht. Jemanden, den du kanntest, der dein Freund war. Einen echten Menschen.«

Sie schien immer noch nicht zu verstehen. Pikul sah

sich gezwungen, sein letztes Argument auszuspielen, das er sich aufgehoben und tief in sich vergraben hatte.

»Du hast gesehen, was passieren kann«, meinte er. »Mir ist wichtig, daß du es verstehst.«

»Wieso wichtig?« fragte sie dumpf.

»Ich muß es dir jetzt sagen. Endlich. Nicht zufällig sind wir beide zusammen auf die Flucht gegangen.«

Das weckte schließlich ihre Aufmerksamkeit.

»Nicht zufällig?« sagte sie.

Pikul hob die Maschinenpistole. »Nein.«

Er wartete.

Sie stand auf und ging an den Rand des Abhangs hoch über dem Tal. Sie beugte sich vor, und Pikul dachte, daß sie gleich springen würde. Doch sie schwankte nur ein bißchen und sah sich dann zu ihm um.

»Du hattest nie einen Bioport, aber irgendwie hast du für *Antenna* gearbeitet«, sagte sie. »Deshalb, oder? Du warst einer von denen.«

»Das bin ich noch«, antwortete er. »Einer von denen, meine ich.«

»Aber jetzt hast du einen Bioport. Warum hast du das zugelassen? Ich dachte, Anti-*eXistenZ*ialisten dürften das nicht.«

»Für mich gilt das nicht. Strenggenommen mußte ich es tun. Es war ein großes Opfer, aber ich mußte dichter an dich rankommen. Ich mußte dich lieben, dich, meine Feindin. Ein schreckliches Opfer.«

»So schlimm war's nicht, hoffe ich.«

»Nein . . . aber es war immer noch ein Opfer.«

»Und warum hast du es dann getan?« fragte sie.

»Um den Menschen besser zu verstehen, den ich töten sollte.«

Langsam begann sie das Ausmaß dieser neuen und letzten Erkenntnis zu begreifen.

»Du, Pikul?«

»Ja, ich«, sagte er mit der Waffe in der Hand. »Ich bin dein eigentlicher Feind. Das mußt du verstehen.«

»Nein . . . du mußt etwas verstehen«, sagte sie ruhig. Sie zog etwas, das wie eine winzige Fernbedienung aussah, aus der Brusttasche ihres Hemdes. »Verstehen, daß ich einen Verdacht hatte, wer du sein könntest, und zwar von dem Moment an, als du dich im Auto selbst angerufen hast. Verstehen, daß ich wußte, daß du mein echter Attentäter warst, als du in dem chinesischen Restaurant die Waffe auf mich gerichtet hattest. Verstehen, daß niemand in meiner Position ohne Schutz in der Welt unterwegs ist.«

Sie klappte die Sicherheitsabdeckung der Fernbedienung hoch, unter der sich ein winziger Schalter befand, und richtete das Gerät auf ihn.

Pikuls Hände verkrampften sich am Griff der Pistole.

»Und verstehen, daß du ein toter Mann bist, Ted Pikul.«

Sie drückte mit dem Finger auf den Schalter, und im selben Augenblick explodierte der Bioport an Pikuls Rücken.

Er schrie und stürzte unter entsetzlichen Schmerzen zu Boden, wo er mit dem Kopf auf die spitzen Felsvorsprünge aufschlug.

Während er sich vor Schmerzen hin und her wälzte, tanzte Geller vor ihm herum und schwenkte das kleine Fernbedienungsgerät über dem Kopf.

»Nieder mit dem Dämon Ted Pikul!« schrie sie und lachte laut in das weite Tal hinaus.

Pikul, der kaum noch bei Bewußtsein war und außer seinen gräßlichen Schmerzen fast nichts mehr mitbekam, rollte sich zum Rand des Hügels. Obwohl sein Sehvermögen nachließ, konnte er doch noch erkennen, daß unten gerade die letzten Flammen gelöscht wurden. Eine dicke Qualmwolke schob sich durch das Tal, beschienen vom bleichen, ungerührten Mondlicht.

Sein Gehirn starb. Die letzten Worte, die er hörte, bevor ihn endgültige Dunkelheit einhüllte, kamen von Geller.

»Habe ich das Spiel gewonnen?« rief sie mit kindlicher Schadenfreude. »Habe ich gewonnen? Habe ich gewonnen?«

Dann überflutete sie beide eine ganz andere Art von Dunkelheit.

26. Kapitel

In der schlichten ehemaligen Dorfkirche fanden seit Jahren nur noch Tanzvergnügungen, Gemeindeversammlungen, Wahlen und ab und zu eine politische Veranstaltung statt. An Orten wie diesem testeten Spieleproduzenten gern die Marktakzeptanz ihrer neuen Produkte. Er lag weit draußen auf dem Land in einer Gegend, in der viele Benutzer von Spielesoftware lebten, der Saal war allen Bewohnern vertraut, die Miete war niedrig, und außerdem war es ein Ort, an dem sich die führenden Virtual-Reality-Spezialisten unauffällig versammeln konnten. Heutzutage konnte man nicht vorsichtig genug sein.

Auf der Bühne saßen Spieler auf Stühlen. An einer Seite stand eine Tafel auf drei Beinen. Die Stühle waren in einem lockeren Halbkreis aufgestellt, und in der Mitte war ein Teil der zentralen Verbindungsapparatur für das Spiel aufgebaut. Der Saal war voller bewundernder, eifriger Zuschauer, die darauf warteten, daß auch sie das brandneue Spielsystem testen und bewerten durften, das heute abend vorgestellt wurde.

Es gab zwei Sicherheitsleute, die nur mit elektronischen Schlagstöcken bewaffnet waren.

Keiner von beiden war Ted Pikul.

Eine der Wachen hatte einen Hund an der Leine, der gelangweilt neben dem Mann auf dem Boden lag und knurrend auf etwas Hartem herumkaute.

Pikul selbst saß auf der Bühne und war mit dem Spielgerät verbunden. Er war einer der Spieler, die vorher aus der Menge ausgewählt worden waren. Alle wollten unbedingt zu den ersten gehören, die das neue System ausprobierten.

Neben ihm saß Allegra Geller und hatte kameradschaftlich eine Hand auf Pikuls Unterarm gelegt.

Beide saßen, wie auch alle anderen Spieler, mit friedlich vorgeneigten Köpfen da.

Das Publikum wartete höflich und ruhig und nippte Eistee oder kaltes Mineralwasser, das vorher ausgeteilt worden war. Niemand wollte Unruhe verbreiten, denn das hätte zu einem vorzeitigen Ende der Spieldemonstration geführt. Alle wollten miterleben, wie sich das neue System bewährte, und jeder hoffte, als nächster dranzukommen. Diese Veranstaltungen, bei denen die fortschrittlichsten Spiele vorgestellt und getestet wurden, galten als legendär, denn alle Anwesenden bekamen die Möglichkeit, teilzunehmen. Niemand, der mitmachen wollte, wurde abgewiesen.

Selbst die beiden Sicherheitsleute durften vor Seminarabschluß ihre Schlagstöcke beiseite legen und das Spiel ausprobieren.

Trotzdem schätzte es niemand, warten zu müssen. Die Spannung war unerträglich.

Eine Frau namens Merle leitete das Ganze. Sie war nicht nur für den Aufbau und Ablauf des Seminars verantwortlich, sondern auch für die Sicherheit der Teilnehmer. Sie gehörte zu den wenigen Anwesenden, die sich an diesem Abend nicht in das Spiel einklinken würden.

Während des Spiels beobachtete sie mit einem Auge die elektronischen Monitore und paßte auf, daß in dieser Hinsicht nichts schiefging, doch ihr Hauptaugenmerk war auf das Wohlergehen der Spieler gerichtet und darauf, wie sie sich mit dem neuen Spielsystem fühlten. Deshalb mußte sie sich vor allem während des Spielverlaufs konzentrieren und konnte sich erst nach seinem Ende wieder ein bißchen entspannen.

Dieses kündigte sich durch einen allgemeinen Anflug von Bewegung unter den Spielern an. Einer, dessen Kopf nach vorn gefallen war, richtete sich langsam auf. Eine andere Spielerin bewegte die Hand und lockerte vorsichtig die Finger. Ein oder zwei streckten die Beine aus oder gaben ein kaum hörbares Stöhnen der Zufriedenheit von sich.

Allegra Geller seufzte und drückte liebevoll Ted Pikuls Unterarm. Er grunzte.

Die Virtual-Reality-Sets, die die Spieler benutzten, stellten an sich noch keinen revolutionären Durchbruch in der Technik dar. Bei solchen Seminaren verließ sich die Firma immer auf erprobte und getestete Hardware und adaptierte dafür die Spielsoftware vorübergehend sozusagen nach unten, damit sie auch auf den alten Kisten lief. Wenn das Produkt auf den Markt kam, würde es mit seiner eigenen eleganten technischen Ausstattung geliefert werden, die auf dem allerneuesten Stand und für Raubkopierer schwierig zu reproduzieren war, jedenfalls ein paar Monate lang. Doch zu diesem Zeitpunkt war die Planung der Hardware noch nicht abgeschlossen.

Daher benutzten die Spieler an diesem Abend konventionelle VR-Ausrüstung: die traditionellen großen VR-Helme, die die Informationen über Seh- und Hörnerven vermittelten, und aufgeklebte elektronische Sensoren, die für die übrigen Sinneswahrnehmungen zuständig waren.

Die Helme waren über ganz normale Kabel mit dem Spielmodul verbunden, das der Spieler auf dem Schoß hielt.

Auch hier war der Stand der Technik nicht ungewöhnlich, bis auf den neuartigen Daumensensor. Dabei handelte es sich um eine Vertiefung an der Seite des Moduls, in die der Daumen gesteckt werden mußte. Weitere Mikrosensoren übertrugen und werteten die Gigabytes von Sinneseindrücken aus, die das Programm benötigte oder erzeugte.

Merle bemerkte, daß sich jetzt viele Spieler bewegten, und nickte der einen ihrer beiden Assistentinnen zu. Die üppig gebaute Frau trat in die Mitte des Halbkreises und drückte den Schalter an der dort aufgebauten Hauptkonsole.

Sofort seufzten alle Spieler gemeinsam auf. Sie öffneten die Augen, sahen sich an und blinzelten im hellen Licht.

»Sind Sie alle gut zurückgekommen, meine Damen und Herren?« fragte Merle, als sie auf die Bühne stieg. »Geht es allen gut?«

Sie erhielt allgemeine Zustimmung, und nacheinander zogen die Spieler den Daumen aus dem Sensor und nahmen den VR-Helm ab.

Einige Frauen schüttelten ihre zerdrückte Frisur, und ein oder zwei Männer kratzten sich verlegen die schwitzende Kopfhaut. Niemand trug den VR-Helm gern längere Zeit, doch gleichzeitig mochte auch niemand das Spiel vorzeitig verlassen.

Einer der ersten, die den Helm abnahmen, war der Mann neben Allegra Geller. Es war Jewgenij Nourish.

Er sah sich in der Runde um und erhob sich von seinem Sitz. Er war ausgesprochen energiegeladen, wirkte ausgelassen und verströmte künstlerisches Temperament und dynamische Jugendlichkeit. Anders als bei seiner Spielversion leuchtete in Nourishs Augen fast ein messianischer Eifer. Er trug lässige, moderne Kleidung, und seine dunklen Haare waren kurz geschnitten. Er schien etwa Mitte Vierzig zu sein.

»Hallo, Merle!« rief er und sprach dabei nicht nur sie,

sondern auch das Publikum an. »Ja, wir sind alle wieder da. Und auch gesund und munter, glaube ich. Obwohl ich vermute, daß es einigen aus dieser Gruppe noch nicht ganz bewußt ist.«

Jewgenij Nourish sprach perfekt Englisch ohne jede Spur eines ausländischen Akzents.

Die anderen Spieler, die etwas langsamer als Nourish in die Realität zurückkehrten, lachten verlegen und warfen sich nervöse Blicke zu.

Einer von ihnen, ein Chinese mit fröhlichem Gesicht und athletischem Körper, reckte Arme und Beine und grinste die anderen an.

»Wow!« sagte er. »Was für eine Erfahrung! Möchte jemand einen Teller scharf-saure Suppe?«

Die anderen lachten, immer noch etwas nervös.

»Geben Sie einen aus?« fragte einer von ihnen, ein junger Mann in leicht ölverschmiertem Overall.

»Aber sicher!« sagte der Chinese. »Heute abend geht alles auf mich!«

Daraufhin lachten sie lauter, und das Eis war endgültig gebrochen.

»Ich nehme etwas Suppe«, sagte ein anderer. Sie drehten sich zu ihm um. Es war Kiri Vinokur. Auch er sprach völlig ohne Akzent. Er wirkte jünger und gesünder als der Vinokur, der im Spiel aufgetaucht war. »Ich nehme etwas«, sagte er, »aber nur, wenn Sie versprechen, daß im Reis viele mutierte Lurche sind.«

»Froschschenkel gelten als Spezialität«, meinte der ehemalige chinesische Kellner. »Hier ist wohl niemand aus Frankreich?«

Sie schüttelten den Kopf.

Eine Assistentin las etwas von der zentralen Konsole ab.

»Insgesamt waren es zweiundzwanzig Minuten und fünfunddreißig Sekunden«, rief sie Merle zu.

»Verstanden. Danke.«

»Zweiundzwanzig Minuten?« fragte ein weiterer Spieler, ein junger Mann in Jeans, weißem T-Shirt und glänzender Lederjacke. Es war Noel Dichter. »Es kommt mir vor, als hätten wir Tage in dem Spiel verbracht«, meinte er. »Das ist eine phantastische Zeitdehnung. So etwas habe ich noch nie erlebt.«

D'Arcy Nader setzte seinen Helm ab und wischte sich mit einem großen, getupften Taschentuch Stirn und Schläfen.

»Wenn das nur zwanzig Minuten waren«, sagte er, »dann denken Sie mal darüber nach, wie es wäre, wenn wir länger drin wären. Wenn man den Rest seines Lebens im Spiel verbringen würde, könnte man leicht fünfhundert Jahre alt werden. Kein schlechter Tausch!«

Auch Hugo Carlaw saß auf der Bühne.

»Diese Verwicklungen am Ende haben mich total verwirrt«, sagte er. »Vielleicht gab es zu viele und zu schnelle Handlungswechsel, die für einen gewöhnlichen Spieler kaum nachvollziehbar sind.« Er sah Ted Pikul und Allegra Geller an, die mittlerweile ebenfalls hellwach waren. »Aber ihr zwei wart großartig. Ihr seid richtige Spielstars! Ich glaube, ihr hättet es beide verdient, zu gewinnen.«

Daraufhin brach spontaner Applaus aus, vorwiegend von seiten der anderen Spieler, denn dem Publikum fehlte natürlich das Wissen um den Ablauf des Spiels. Es konnte nur raten, was damit gemeint war. Doch offensichtlich stimmten alle anderen Spieler Carlaws Ansicht zu.

Pikul und Geller lächelten erfreut zurück und nahmen Carlaws Kompliment geschmeichelt und mit bescheidenem Nicken entgegen.

»Tja, einigen von euch erging's sicher ganz gut«, sagte Sprit, der junge Mann im öligen Overall. »Aber ich will mal ehrlich sein. Ich habe mich am Anfang ein bißchen betrogen gefühlt. Ich wurde so früh aus dem Spiel geworfen.«

»Ja, ich weiß . . .«, sagte Nourish.

»Doch ich habe mich nur am Anfang so gefühlt«, fuhr Sprit schnell fort. »Mir war nicht klar, daß man, wenn man ganz früh stirbt, später noch ein paar kleinere Rollen bekommt. Die meiste Zeit hat das richtig Spaß gemacht. So war ich zum Beispiel ein Feuerwehrmann im Ski-Club, und ich bin vorher noch nie bei einem großen Feuer dabeigewesen. Davor habe ich es sehr genossen, einer von den merkwürdigen Kunden im Spieleladen zu sein.«

»Ich war auch da, habe Sie aber nicht gesehen«, warf Wittold Levi ein. »Aber wissen Sie, bei dem Zwischenspiel an der Tankstelle waren Sie wirklich herrlich böse. Den Bösewicht zu spielen ist immer dankbar, was? Ich hatte in der ersten Szene im Kirchsaal eine große Rolle, doch irgendwie kam mir meine Figur, na ja, langweilig vor. Danach hat mir das Spiel nicht mehr allzuviel zu tun gegeben.«

»Ja, aber sehen Sie doch, was mit mir passiert ist. Ich spiele einen Tankwart, und im wirklichen Leben bin ich ein Tankwart! Ich war ehrlich enttäuscht, daß ich im Spiel dasselbe war. Ich spiele, um aus der Wirklichkeit rauszukommen – da wünsche ich mir doch ein bißchen mehr Phantasie, Leute.«

Merle hatte dem Gespräch aufmerksam zugehört und nickte bei Sprits Schilderung mitfühlend.

»Es ist sehr interessant, was Sie da sagen«, meinte sie. »Aber warum machen wir jetzt nicht eine kurze Pause und sprechen nachher in der Diskussionsrunde noch einmal darüber?«

Sprit hob zum Zeichen seiner Zustimmung kurz die Hand.

Frances, eine sympathische Dame mit angegrautem Haar, hielt ihr Spielmodul hoch.

»Hat jemand was dagegen, wenn ich mein Gerät behalte?« fragte sie und lächelte, um zu zeigen, daß sie es nicht ganz ernst meinte. »Die Gefühle, die dieser kleine Apparat vermittelt! So was habe ich noch nie gespürt! Und dieses Daumenloch ist großartig. Was für ein Spaß!«

»Netter Versuch«, meinte Jewgenij Nourish über das erneute Gelächter hinweg. »Aber wie Sie wissen, müssen Sie die Geräte wieder abgeben, weil noch mehr Leute das Spiel ausprobieren wollen. Übrigens sind diese Module nur handgefertigte Vorläufermodelle. Wir müssen sie nach den Tests heute abend auseinandernehmen und untersuchen, inwieweit sie darunter gelitten haben. Aber alle, die heute abend hier sind, bekommen ein Zeugnis über die Teilnahme an diesem Seminar. So ist es doch, Merle, oder?«

»Genau«, sagte Merle. »Und jeder, der ein Testzeugnis bekommen hat, wird bei der Bestellung bevorzugt. Wenn Sie Ihr Zeugnis bei Ihrem Spielehändler oder einem landesweiten Postversand einreichen, wird ein fertiges Modul aus der ersten Lieferung, die auf den Markt kommt, für Sie reserviert. Und das Spiel heißt natürlich *TranscendenZ* von *PilgrImage*. Sie erhalten einen Vorzugspreis mit einem wirklich ordentlichen Nachlaß.«

Sie ging an die Seite der Bühne, wo die Tafel stand, nahm ein Stück Kreide und schrieb flink die beiden Wörter an.

»Denken Sie daran«, sagte sie. »Es wird immer so geschrieben. *TranscendenZ*, mit einem großen Z am Ende. Das ist neu, das gibt's nur von *PilgrImage* – mit einem großen I in der Mitte –, und es erscheint in Kürze.«

Sie tippte noch einmal mit der Kreide auf die Tafel, um ihre Worte zu unterstreichen, wischte sich den Staub von den Händen und ging dann wieder an den Bühnenrand zurück.

Allegra Geller stand auf, legte das Spielmodul auf den Stuhl und trat zu Jewgenij Nourish. Er hatte ihr den Rücken zugewandt, daher berührte sie ihn leicht mit der Hand. Er drehte sich um und lächelte erfreut, als er sie erkannte.

»Ms. Geller!«

»Ich möchte mich bedanken, Mr. Nourish«, sagte Allegra schüchtern. »Ich möchte Ihnen vor allem sagen, wie sehr ich es zu schätzen weiß, daß Sie mir die Gelegenheit gegeben haben, die Stardesignerin zu spielen. Ich glaube, das Spiel hat gemerkt, wie sehr ich mir wünsche, so zu sein wie Sie.«

Nourish antwortete ihr und sprach dabei wieder gleichzeitig zum Publikum. »Ich möchte der erste sein, der eingesteht, daß ich fast froh bin, dieses Spiel verloren zu haben. Normalerweise lasse ich mich auf keine so abstoßende Spielfigur ein.«

Sein Geständnis erregte allgemeine Heiterkeit. Allegra stimmte in das freundliche Lachen ein.

Nourish ergriff ihre Hand und hielt sie hoch.

»Diese junge Dame«, informierte er das Publikum, »heißt Allegra Geller. Allegra, ich möchte Ihnen sagen, daß Sie Ihre Rolle so gut gespielt haben, daß es mich nicht wundern würde, wenn *PilgrImage* bald einen Vertrag mit Ihnen abschließen würde.«

Daraufhin begannen viele zu klatschen und begeistert zu pfeifen.

»Und vielleicht«, fuhr Nourish fort, »vielleicht sollten Sie Ihren Freund Ted, vielmehr Mr. Pikul, mitbringen. Sie sind ein großartiges Team. Ted verliert nicht so leicht den Kopf, und wenn Sie das Entwerfen von Spielen zu Ihrem Beruf machen, können Sie so jemanden gut gebrauchen.«

Allegra wurde tatsächlich rot und tastete hinter sich nach Pikuls Hand. Schnell trat er vor und stellte sich neben sie.

»Ich glaube, es ist kein Geheimnis«, sagte sie, »daß Ted und ich schon vor dem heutigen Abend eine Beziehung miteinander hatten. Wir spielen wirklich gern zusammen.«

»Genau«, stimmte Pikul ein. »Doch ich möchte allen Anwesenden versichern, daß Allegra ganz bestimmt nicht mit einem Sicherheitsmann in der Ausbildung ins Bett gehen würde, es sei denn, mit mir. Stimmt's, Allegra?«

»Genau!«

Sie schmiegte sich an seinen Arm, und wieder lachte der ganze Saal. Besonders die zwei Sicherheitsleute genossen diesen Schlagabtausch.

Merle trat in die Mitte der Bühne.

»Nun, was können wir unserem Designer erzählen? Unserem brillanten und preisgekrönten Designer, sollte ich besser sagen. Hat er nun einen weiteren Volltreffer gelandet oder nicht?«

Der wilde, nicht enden wollende Beifall der Spieler war eine unmißverständliche Antwort.

Nourish nahm das Lob bescheiden und erfreut entgegen, lächelte und ließ seinen Blick über die Menge schweifen. Geller und Pikul zeigten ihre Zustimmung besonders deutlich, und Pikul klopfte ihm kräftig auf den Rücken.

Schließlich hob Merle die Hände und signalisierte mit einem Lächeln das Ende des Applauses.

»Also, Leute«, sagte sie. »Jetzt müssen wir aber an die Arbeit.«

Pikul seufzte theatralisch, worauf Merle geschickt mit einem weiteren Lächeln reagierte.

»Ich muß allen Teilnehmern ein paar Fragen stellen,

bevor die Halbwertszeit des Spiels abgelaufen ist«, erklärte sie dem Publikum. »Aber zuerst möchte ich Ihnen danken, Ihnen allen, für Ihren Beitrag zu diesem Testseminar. Die Kundenzufriedenheit ist das höchste Ziel von *PilgrImage*. Es gehört zum Programm, unseren treuesten Fans nur die besten Spiele anzubieten. Heute abend waren Sie alle ein wunderbarer Teil dieses Vorgangs.«

Dann erklärte sie den Spielern das weitere Vorgehen. »Gleich werden wir alle Helme und Spielmodule einsammeln. Danach teilen wir einen Fragebogen aus, und wir bitten Sie alle, sich ein bißchen Zeit für die Beantwortung zu nehmen. Ich möchte, daß Sie uns offen, wenn es sein muß brutal, die Wahrheit sagen. Verschweigen Sie nichts. Als führender Spielehersteller legen wir größten Wert auf Ihre Einschätzung. Wenn Sie uns eine klare Bewertung des Spiels geben, das Sie gerade gespielt haben, können wir in Zukunft darauf aufbauen.«

Sie wandte sich wieder an das Publikum. »Danach wählen wir die nächste Gruppe aus, und die erste Gruppe nimmt an einer Diskussionsrunde teil, in der wir uns noch einmal ausführlicher miteinander unterhalten können. Wir möchten genau wissen, was Sie während des Spielverlaufs erlebt haben. Sie waren den unterschiedlichsten Abenteuern ausgesetzt, die dennoch miteinander verbunden sind. In der Diskussionsrunde wollen wir versuchen, diesen Zusammenhang zu klären. Ich bin sicher, das wird für einiges Erstaunen sorgen.« Sie hielt eine Hand hoch, um das Ende ihres Vortrags anzukündigen. »Vielen Dank an alle.«

Nachdem der Fragebogen ausgeteilt worden war, und die Teilnehmer dabei waren, ihn schweigend auszufüllen, trat Nourish zu Merle und flüsterte ihr etwas ins Ohr.

»Wir müssen uns unterhalten, Merle«, sagte er.

»Was ist? Stimmt was nicht?«

»Ich weiß nicht, ob etwas nicht stimmt, aber ich bin mehr als beunruhigt über das gerade abgelaufene Spiel.«

»Es scheint doch ein absoluter Erfolg gewesen zu sein.«

»In gewisser Hinsicht. In anderer vielleicht nicht.«

»Wie meinen Sie das?« fragte Merle.

»Es gab ... Untertöne. Gewalttätige Untertöne. Nein, nicht so abstrakt. Gewalttätige und aufwühlende Ereignisse. Wir wissen zwar alle, daß Gewalt zum Spiel gehört, aber ...«

»Reden Sie weiter.«

Nourish wirkte besorgt. »Es gab eine starke Tendenz gegen das Spiel. Im Hauptcode war nichts dergleichen vorgesehen. Es war ... unkontrollierbar, wenn Sie so wollen. So begann es zum Beispiel mit einem Anschlag auf eine Spieldesignerin.«

Merle wollte den Einwand zunächst herunterspielen, denn ihr war noch nicht klar, wie ernst es Nourish war. »Tatsächlich?« meinte sie. »Das ist doch eine ganz originelle Ausgangssituation.«

»Ja ... auf so etwas sind wir programmiert. Das Spiel ist so gestaltet, daß zufällige, unvorhersehbare Ereignisse möglich sind. Aber Zufälligkeit im Spiel ist meist positiv: eine Belohnung, eine Erkenntnis, eine höhere Ebene der Realität. Mit einem so negativen Ereignis zu beginnen, ist nicht gut.« Er warf ihr einen kurzen, warnenden Blick zu. »Wir dürfen das nicht ignorieren. Wir müssen die Quelle dafür finden.«

»Wenn Sie's so formulieren, glaube ich zu verstehen, was Sie meinen.« Merle blickte zu den Spielern hinüber, von denen sich viele bereits durch die zweite Seite des Fragebogens arbeiteten. »Ich muß gestehen, daß mich das beunruhigt. Wenn es nicht Bestandteil des Codes ist, was ist es dann? Kann es an einem der Freiwilligen liegen?«

»Diese Vermutung drängt sich mir auf.«

»Haben Sie auch eine Vermutung, wer es gewesen sein könnte?«

»Von mir kam es bestimmt nicht!« Nourish dachte einen Moment lang nach. »Der Grundtenor des Spiels war leidenschaftlich, fanatisch. Die Stimmung war paranoid, und das ständige Gefühl von Verrat war überwältigend. Die ganze Zeit fühlte es sich instabil, gefährlich, explosiv an. Ja, ich weiß ... es ist nur ein Spiel. Aber noch schlimmer war, daß es eine Art Nebenhandlung gab. Damit bin ich die ganze Zeit über nicht klargekommen. Durch das Spiel zog sich das Motiv von Industriespionage, es war Firmenbespitzelung im Gange, Abwerbung von Spitzenkräften, Diebstahl von Spielsystemen und Vermögenswerten, und es gab Angestellte, die von einer Spielefirma zur anderen wechselten. Solche Sachen.«

»Genau wie im wirklichen Leben, was?« meinte Merle mit zynischem Grinsen.

»Aber nicht wie in dem, in dem ich lebe«, erwiderte Nourish offen. »Ich habe von Anfang an für *PilgrImage* gearbeitet. Das wissen Sie, Merle. Ich bin unseren Firmenzielen so fest verpflichtet, wie man nur sein kann.«

»Tut mir leid.« Sie nickte zu der Spielgruppe hinüber. »Wenn es also einer von denen war, wer könnte es gewesen sein?«

»Vielleicht finden wir es in der Diskussionsrunde heraus«, sagte Nourish. »Mir ist klar, daß wir infiltriert wurden, und wenn es stimmt, dann haben wir ein ziemliches Sicherheitsproblem. Lassen wir sie miteinander reden und sehen, was dabei herauskommt. Diese Gruppensitzungen sind immer für eine Überraschung gut.«

»Gut, ich kümmere mich darum. Ich tue alles, was ich kann.«

Sie wurden von Ted Pikul und Allegra Geller unterbrochen, die sich vom Rest der Gruppe getrennt hatten.

Pikul führte den Hund an der Leine, auf den ein Sicherheitsangestellter während des Spiels aufgepaßt hatte. Er und Geller hielten ihre Fragebögen in der Hand.

»Hallo, Merle«, sagte Pikul. »Wir haben uns gefragt, ob wir Mr. Nourish vielleicht ein paar Fragen stellen könnten, unter vier Augen.«

»Klar, schießen Sie los.« Nourish setzte ein leutseliges Lächeln auf. »Solange Sie nicht verlangen, daß ich Ihre Fragebögen ausfülle.«

Er lachte leise, doch Pikul blieb ernst.

»Jetzt haben wir Ihr Spiel ausprobiert, Mr. Nourish«, sagte er. »Und wir stimmen mit den anderen überein, daß Sie einer der größten lebenden Spielkünstler der Welt sind.«

»Vielen Dank, Ted«, sagte Nourish.

»Bis zum heutigen Abend waren wir uns nicht sicher.«

»Um so besser, daß Sie kommen konnten.« Nourish zog sich etwas zurück, denn er war nicht in der Stimmung für Geplauder.

»Jewgenij«, meinte Allegra, »glauben Sie nicht, daß Sie büßen sollten für all den Schaden, den Sie an der menschlichen Gemeinschaft angerichtet haben und auch weiterhin planen?«

»Was? Soll das ein Witz sein?«

»Kein Witz«, sagte Pikul. »Finden Sie nicht auch, daß der größte Spielkünstler der Welt bestraft werden sollte?«

»Wofür? Ich verstehe Sie nicht.«

»Bestraft für die nachhaltigste Verformung der Realität?«

»Jetzt begreife ich.«

Nourish wandte sich hastig ab, stieß dabei an Geller und geriet leicht ins Taumeln. Geller trat zurück und beugte sich nach unten. Nourish rief nach den beiden Sicherheitsposten.

»He, Wachen!« schrie er. »Könnten Sie mal kommen – *sofort*?«

Doch es war schon zu spät.

Geller hatte sich zu dem Hund hinuntergebeugt, der gehorsam neben Pikul stand. Sie griff an seinen Hals, und sofort klappten sich auf seinem Rücken zwei große Stücke aus künstlichem Fell zurück. An seinen Flanken waren zwei halbautomatische Pistolen befestigt.

Geller griff nach der einen und warf Pikul die andere zu.

Sie erschoß Nourish. Pikul erschoß Merle.

Beide fielen auf der Stelle mit einem lauten Krachen zu Boden, wobei sie die Stühle mitrissen, die hinter ihnen gestanden hatten. »Nieder mit dem Dämon Jewgenij Nourish!« kreischte Geller.

»Nieder mit *PilgrImage*!« stimmte Pikul ein. »Nieder mit *TranscendenZ*!«

Der ganze Saal erstarrte angesichts des plötzlichen Ausbruchs von Gewalt. Bis auf die Wachleute, die sich schnell durch die Menge zur Bühne hin durchschlängelten und ihre nutzlosen elektronischen Schlagstöcke hochhielten.

Pikul und Geller zielten mit ruhiger und sicherer Hand auf die Männer.

»Halt, oder wir schießen«, sagte Pikul klar und gelassen. »Glauben Sie mir, das ist es nicht wert.«

Die Wachen erstarrten. Sie warfen ihre Stöcke weg, hoben die Hände und wichen zurück.

»Okay, wir schießen nicht weiter!« rief Geller. »Wenn niemand Dummheiten macht! Haben Sie verstanden?«

Ein paar Leute nickten schwach und wagten kaum zu atmen.

Pikul und Geller bewegten sich seitwärts in Richtung Ausgang, die Waffen auf die Menge gerichtet und per

Zufall hierhin und dorthin zielend, um jede Einmischung zu unterbinden. Sie standen beide unter Strom und waren zu allem bereit.

Auf halbem Weg zum Haupteingang kamen sie an dem Chinesen vorbei. Er drückte sich nervös und mit erhobenen Händen gegen eine Säule und war schweißüberströmt. In der einen Hand hielt er den halb ausgefüllten Fragebogen, in der anderen einen Kugelschreiber.

Pikul und Geller blieben bei ihm stehen und warteten auf Pikuls Hund, der ihnen langsam durch den Saal hinterhertrottete.

»Okay, bleiben Sie ganz ruhig«, sagte Pikul. »Wer eine plötzliche Bewegung macht, ist tot. Verstanden?«

Sie setzten ihren Weg zur Tür fort.

Plötzlich rührte sich der Chinese. Er ließ die Arme sinken und machte ein, zwei Schritte in den Raum hinein. Sofort richteten sich beide Waffen auf ihn. Pikuls Finger spannte sich am Abzug.

Der Mann blieb wieder stehen und hob die Hände.

»Sie brauchen mich nicht zu erschießen«, sagte er, während ihm der Schweiß in die Augen rann. »Ich möchte Sie nur etwas fragen.«

»Was denn?« fragte Geller.

»Sagen Sie mir die Wahrheit. Sagen Sie uns allen die Wahrheit.« Er sah sich in der Menge nach Unterstützung um, doch niemand bewegte sich oder sagte ein Wort. »Das ist immer noch ein Spiel, oder?«

Pikul sah Geller an, Geller sah Pikul an.

»Ich glaube, das ist etwas, was Sie nie herausfinden werden«, sagte Pikul.

Geller und er verließen rückwärts den Saal, hinaus in die dunkle Nacht. Sie schmolzen dahin und verschwanden in der größeren Realität des Jenseits.

Das Buch zum Film

»Hector hob die Hand seitlich an die Stirn und salutierte militärisch. Er wußte, daß Shooter diese Geste kannte, es war ihr Gruß gewesen, der Gruß der Fremdenlegionäre.«

Ein Ex-Fremdenlegionär, Kampfname Straight Shooter, läuft Amok. Nur einer kann den Todesschützen stoppen: Frank Hector: sein ehemaliger Ausbilder. Ein spannender Thriller über die krankhafte Leidenschaft eines Einzelnen, die Ohnmacht der Gesellschaft und die Verletzlichkeit, die aus Freundschaft entsteht.

Gerhard Seidl
Straight Shooter
Thriller
208 Seiten
Ullstein TB 24642

Ullstein Taschenbuch